リマインダーズ・オブ・ヒム

Reminders of Him

Colleen Hoover

あなたの遺《のこ》したもの

コリーン・フーヴァー
相山夏奏 訳

二見書房

REMINDERS OF HIM
by
Colleen Hoover

Japanese translation rights arranged
with DYSTEL, GODERICH & BOURRET LLC
through Japan UNI Agency, Inc.

この本をタサラに

◆登場人物紹介

カナ・ローウェン ―――― 五年間の服役を終え出所した女性
レジャー・ウォード ―――― バーの経営者。元プロフットボール選手
スコッティ ―――― カナの元恋人。車で事故死
ディエム ―――― カナとスコッティの間に生まれた娘
パトリックとグレース ―――― スコッティの父母。ディエムを養育している
ローマン ―――― レジャーが経営するバーの従業員
ベンジーとロビン ―――― レジャーの父母

1

カナ

道路わきの地面に立つ小さな木製の十字架、そこには彼が死んだ日が記されている。

スコッティはその手のメモリアル《記念碑》が大嫌いだった。それを立てたのはきっと彼のママだ。

「停めてもらえる？」

運転手はゆっくりとスピードを落とし、タクシーを停めた。車を降り、その場所まで歩いていく。十字架を左右に揺らし、まわりの土をゆるめて抜き取る。

まさにこの場所で彼は死んだの？　それとも道路で？

事前審理の間、事故の状況説明はほとんど耳に入らなかった。彼が車から這《は》いでて、数メートルのところで息を引き取った。そう聞いたとたん、頭のなかでぶんぶんと音が鳴りはじめ、後は検事の言葉が耳に入ってこなくなった。そして裁判になった場合、さらに詳細を聞かされることになるのを恐れて、すぐさま自分の罪を認めた。

実際、わたしが彼を殺したのも同然だ。

自分の行動で彼を殺したわけじゃない。でも行動しなかったことで、彼を殺した。

あなたが死んだと思っていたの、スコッティ。でも死んだ人は這ったりできないよね。

わたしは十字架を手にタクシーに戻った。十字架を後部座席の自分の隣に置いて、運転手が車を出すのを待つ。でも車は動かない。ちらりとミラー越しに彼を見ると、彼も片眉を上げて、わたしを見ていた。

「道路脇のメモリアルを盗むなんて罰が当たるよ。本当に持っていくつもり？」

わたしは運転手から目をそらして、嘘をついた。「いいの。これを立てたのはわたしだから」

ふたたび彼の視線を感じたけれど、とにかく車は走り出した。

これから住むアパートはここからたった三キロのところ、わたしがかつて住んでいた場所とは反対の方向にある。車は持っていないから、歩いて仕事に行けるよう町の中心部に近い場所に住むことにした。まあ仕事が見つかったらの話だけれど。職探しは簡単にはいかないかもしれない。わたしには前科はあるけど、職歴はない。おまけに運転手によれば、今はカルマまで背負っているらしい。

スコッティのメモリアルを盗むのはよくないかもしれない。でもメモリアルを毛嫌いしていた彼のために立てられた十字架を、そのままにしておくのもどうかと思う。だからわざわざ回り道をして、この場所に寄った。きっとグレースは事故の現場にメモリアルを立てる。スコッティのために、それを回収するのは自分の役目だと思っていた。

「支払いは現金、それともカード？」運転手がたずねる。

メーターを見て、チップも含めた額の紙幣を財布から取り出し、車が停まってから渡す。スーツケースと盗んだばかりの木の十字架を抱えてタクシーから降りると、目指す建物にむかって歩いた。

これから住むアパートメントは大きくはない。廃車置き場とコンビニエンスストアに挟まれた小さな建物だ。階下の窓はベニヤ板で覆《おお》われ、腐敗したごみのなかからビールの缶がのぞいている。わたしはスーツケースの車輪に引っかからないよう、缶を蹴り飛ばした。

建物はネットで見たときよりさらにひどい状態だけれど、それは予想していたことだ。空室があるかどうかを確認するために電話をかけたとき、家主はわたしの名前さえたずねずに言った。「空室ならいつでもあるよ。現金を持ってきな。わたしは一号室に住んでるから」そう言って電話は切れた。

一号室のドアをノックする。窓辺に座った猫がこちらを見ている。まったく動かないからぬいぐるみかと思ったけれど、次の瞬間、まばたきをしてどこかへ消えた。

ドアが開くと、年配の小柄な女性が不機嫌そうな表情でわたしを見上げていた。髪にカーラーを巻き、鼻に口紅がついている。「先週、アパートメントのことで問い合わせをしたものです。空きがあると聞いて」

女の鼻についた口紅をじっと見つめる。それはしわにめり込んで、まるでこびりついた血のように見えた。

プルーンみたいにしわだらけの顔の女はふんと鼻を鳴らし、上から下へじろりとわたしを見つめた。「まさかあんたみたいなのがくるとはね」

どういう意味だろう？　当惑気味に自分のジーンズとTシャツを見下ろしていると、部屋に引っ込んだ女がポーチを持って戻って来た。「一か月五五〇ドルだ。一か月目と最後の月の家賃は今日もらうよ」

わたしは札を数えて、彼女に渡した。「契約書は？」

女は大きな声で笑い、ポーチに紙幣をつっこんだ。「あんたの部屋は六号室だ」指を立てて上を指す。「この上だ。騒音はごめんだよ。あたしは夜、早く寝るから」

「光熱費は含まれてるの？」

「水道とゴミ収集代金はね。でも電気代は自分持ちだ。あんたの名義に変更するまで三日かかる。電力会社の保証金は二五〇ドルだ」

最悪だ。三日間のために二五〇ドル？　すぐにこの町に戻ってきたのがよかったのか、わたしは不安になった。更生施設から出たとき、二つの選択肢があった。一つは有り金を使って、しばらくはその町でなんとかやっていく、もう一つは五百キロ車を走らせて、この町に戻ることだ。

わたしはかつてスコッティにゆかりのあった人々が暮らす、この町に戻ることを選んだ。

女は玄関から一歩さがって言った。「ようこそ、パラダイスアパートメントへ。落ち着いたら子猫を持っていくからね」

わたしはあわてて閉まりかけたドアを押さえた。「待って。今なんて？　子猫？」

「ああ、子猫だ。猫、でも小さいやつ」

わたしは女の言葉から身を守るように、ドアからさっと後ずさった。「遠慮しとくわ。子猫なんていらない」

「たくさんいるんだよ」

「いらないって言ってるでしょ」

「子猫をいらない人なんているのかね？」

「わたし」

ふん、女は鼻を鳴らした。わたしの反応がまったくの理不尽だとでも言いたげだ。「じゃ、こういうのはどうだい？　子猫を引き取ってくれるなら、二週間分の電気代を払ってやるよ」

それってどういうこと？「わかった、わかった」女は言った。わたしが黙っているのを交渉のテクニックだと思ったらしい。「一か月分だ。もし一匹引き取ってくれるなら、電気の名義変更は一か月そのままにしとく」そう言うと、女はドアは開けっ放しのまま部屋のなかへ消えた。

子猫なんて欲しくない、欲しいと思ったこともない。でも今すぐ電気の保証金を払わなくていいなら、もう数匹、引き取ってもいいくらいだ。

女は茶色の毛並みに黒のぶちがある子猫を持って、部屋から出てきた。その子をひょいとわたしの手に置く。「ほら、持ってきな。何かあったときのために言っとくけど、わたしの名前はルースだよ。でも何もないようにしとくれ」彼女は再びドアを閉めようとした。

「待って。公衆電話はどこにあるの？」

ルースはくすりと笑った。「ああ、あったね、二〇〇五年までは」そしてドアはばたんと閉まった。

子猫がミャオと鳴いた。でもかわいいミャオじゃない。助けを求めるミャオだ。「わたしも同じ気持ちよ」わたしはつぶやいた。

猫を手にスーツケースを引きずりながら、階段へ向かう。もう数か月、我慢してからここに戻ってくるべきだったのかもしれない。働いて、二千ドルを貯めた。でもそのほとんどを引っ越しで使い果たしてしまった。もしすぐに仕事が見つからなかったら？　おまけに今は、子猫の命を守るという責任まで押しつけられている。

昨日までより、人生は十倍も大変になっている。

シャツにしがみつく子猫を連れて、ようやく部屋にたどり着く。鍵《かぎ》を差しこみ、ドアを手前に引っ張りながら、鍵を回す。息を止めて、どんなひどい匂いがするのかこわごわドアを開けた。

明かりをつけると、あたりを見回し、ゆっくりと息を吐く。何の匂いもしない。ほっとすると同時に何だか拍子抜けだ。

リビングにはソファが置いてある。だが、それだけだ。狭いリビングルームに小さなキッチン、ダイニングはない。寝室もない。あとはクローゼットとバスルームだけのワンルームだ。トイレはあまりに狭くて、バスタブにくっついている。

ひどい場所。四十五平方メートルばかりのウサギ小屋。でも、わたしにとっては一歩前進だ。刑務所では、ルームメイト一人と、三メートル四方の部屋をシェアしていたし、更生施設では、六人のルームメイトと一緒に暮らしていた。でも、この部屋は独り占めできる。

わたしは二十六歳。本当の意味で一人暮らしをするのは、これが初めてだ。不安だけれど、やっと自由になれた気もする。

今月の終わりに、まだこの部屋を借りている余裕があるのかどうかわからない。でもできるだけやってみよう。どんな仕事でも片っ端から応募してみるつもりだ。

自分でアパートメントを借りた唯一の理由は、ランドリー家に交渉を申し込むときに役に立つと思ったからだ。とにかくわたしが自立していることを証明してくれる。たとえその自立が苦難に満ちたものだとしても。

わたしはもがく子猫を、リビングの床におろした。猫は歩き回って、階下に残した人を呼んでいる。その姿にわたしの胸はずきりと痛んだ。彼女が出口を探しているように見えたからだ。家《ホーム》に帰る道、母と兄弟のいる場所に帰る道を。

彼女はマルハナバチそっくりだ。あるいはハロウィンの飾り、黒と明るい茶色のまだら模様だ。

「どんな名前をつけようかな？」

思いつくまで、彼女は数日間、名無しの可能性もある。何かを名付けるというのは、重大な責任だ。最後に名付けの責任を負ったときも、わたしは何よりも真剣に考えた。妊娠中ずっと独房で、赤ん坊の名前だけを考えていた。

わたしが選んだのはディエムだ。なぜなら出所したらすぐに、この町に戻って、何が何でも彼女を探すと決めていたからだ。

そして今、わたしはここにいる。

カーペ・ディエム《ディエムをとらえよ》。（carpe diem、ラテン語からきた表現。現在を楽しめ、今の機会を捉えよという意味を持つ）

レジャー

2

トラックをバーの裏の路地に停めたとき、右手の爪にマニキュアがついていることに気づいた。しまった。昨日の夜、四歳とおしゃれごっこをしたのを忘れていた。

まあ、紫の仕事着には合わなくもない。

トラックを降りたとき、ローマンがゴミ袋をダンプスター（大型の移動式ゴミ箱）に投げ入れていた。彼はぼくの手に握られたラッピングバッグに気づいて、さっと手を伸ばした。それが自分のためのものだと知っているからだ。「当ててみようか、コーヒーマグだろ？」そう言って袋のなかをのぞく。

コーヒーマグだ。いつものように。

ローマンは礼も言わない。いつものように。

それが一週間をしらふで過ごせたことの証《あかし》であることはどちらも触れない。でもぼくは毎週金曜日に、マグを一つ、彼のために買うことにしている。これで九十六個めのマグだ。

そろそろやめるべきなのかもしれない。彼の部屋はマグだらけだ。でもまだだめだ。ローマンはまもなくしらふ百週目を迎える。百個目のマグまで、もうしばらくは続けるつもりだ。百個目はデンバーブロンコス、ローマンが一番嫌いなチームのマグにする予定だ。

ローマンが手振りで裏口のドアを示した。「ほかの客に嫌がらせをしてるカップルがいる。注意しておいたほうがいい」

妙だ。普通、夜のこの早い時間に、厄介な客がいることはまずない。まだ六時にもなっていない。「どこに座ってる？」

「ジュークボックスの隣だ」彼の目がぼくの手を見た。「きれいな爪だな」

「だろ？」ぼくは手を上げ、指をくねくねと動かした。「四歳にしてはうまく塗れたからね」

裏口のドアを開けると、ぼくのお気に入りの曲をずたずたにする、アグリー・キッド・ジョー（一九八九年に結成されたアメリカのハードロック・バンド）の耳障りな声がスピーカーから流れていた。

厨房《ちゅうぼう》を通り抜け、店内へ入るとすぐに問題の二人は見つかった。身を乗り出すようにして、ジュークボックスにもたれている。ぼくが静かに二人のほうへ進むと、女がまた、もう一度4のボタンを押した。二人はいたずらな子どものようにくすくす笑っている。肩越しにスクリーンを見ると、『ゆりかごのなかの猫』《Cat in the cradle》が三十六回連続で入っていた。

ぼくは咳ばらいをした。「どこがおもしろいの？　ぼくにこれから六時間、ずっとこの曲をきかせつづけることが？」

その声を聞いて、父さんがくるりと振り向いた。「レジャー！」ぼくを引き寄せハグをする。ビールと車のオイルの香りが鼻をかすめる。それからライム？　酔っぱらってる？

母さんはジュークボックスから体を離した。「これを直そうとしていたの。わたしたちがやったんじゃないわ」

「だろうね」ぼくは母さんをハグした。

二人はいつも突然現われる。何の予告もなしに現われて、一日、あるいは、二、三日過ごし、またRVでのロードトリップへと戻っていく。

だが、二人が酔っぱらって現われたのは初めてだ。肩越しにちらりと見ると、ローマンはバーカウンターの後ろにいた。ぼくは両親を指さした。「二人に飲ませた？　それともここにきたとき、すでにできあがってた？」

ローマンは肩をすくめた。「まあ、どっちもかな」

「記念日なのよ」母さんが言った。「だからお祝いしているの」

「まさか車に乗ってきてないよね？」

「もちろん」父さんが言った。「車はRVと一緒に整備工場に置いてきた。定期点検のためにね。だから配車サービスを利用した」ぼくの頰を軽くたたく。

「おまえに会いたくてね。二時間もここで待ってたんだ。でも腹が減ったから、もう行くよ」

「いつも言ってるだろ。こっちに来る前には連絡してくれって。こっちにだって都合ってものがある」

「今日がわたしたちの結婚記念日だって覚えてたか？」と父さん。

「悪い。うっかりしてた」

「ほらな」父さんが母さんに言った。「いただきだ、ロビン」

母さんがポケットに手を伸ばして、父さんに十ドル札を手渡した。

二人はことあるごとにすべてを賭けの種にする。ぼくの恋愛事情、どの休日をぼくが覚えているか。ぼくが出場したフットボールのゲームの結果。でも、ぼくは二人が数年間、たった一枚の十ドル札を渡したり、渡されたりしているだけではないかと思っている。

父さんが空のグラスを上げて、振った。「おかわりを頼むよ、バーテンダー」

ぼくは父さんのグラスを受け取った。「冷たい水はいかがですか?」二人をジュークボックスのそばに残して、カウンターに入る。

グラスに水を注いだとき、若い女性が一人、バーに入ってきたのが見えた。入ってきたというより、迷い込んだというのが正しいかもしれない。店内を見渡している。初めて見る顔だ。女性はカウンターの端に、誰もいない一角を見つけると、そこへまっすぐに歩いていった。バーを横切る彼女に、ぼくの目はくぎ付けになった。見つめすぎて、うっかりグラスから水があふれた。あわててタオルをとり、こぼれた水を拭く。母さんを見ると、母さんも彼女を見つめていた。それからぼくを見て、もう一度、彼女を見た。

まずい。母さんに客とぼくをくっつけようだなんて思わせたくない。しらふのときにも、母さんはマッチメイキングをしようとする。何杯かひっかけた後には、その癖がさらにひどくなる。とにかく二人をここから追い出す必要がある。

ぼくは水を運ぶと、母さんにクレジットカードを渡した。「通りの先にあるジェイクズ・ステーキハウスに行くといいよ。ぼくのおごりだ。歩いていけば、その間に酔いが覚める」

「あら、ずいぶん親切ね」母さんは大げさに自分の胸に手を当てて、父さんを見た。「ベンジー、わたしたち、いい息子を持ったわね。さあ、子育ての成功を息子のカードでお祝いしましょ」

「たしかに。子育ては成功だったようだ」父さんも同意した。「あと二、三人、作るべきだ」

「わたしは更年期よ、ハニー。忘れたの？　この一年ずっと、わたしがあなたにイライラしていたことを？」母さんはバッグを手にした。二人は水のグラスを持って出ていこうとしている。

「おごりなら、リブアイ・ステーキを食べよう」店を出ながら、父さんがつぶやくのが聞こえた。

ぼくはほっと溜息をついて、バーに戻った。女性は静かに隅《すみ》に座って、ノートに何かを書いている。ローマンは今、カウンターにいない。誰もまだ彼女のオーダーを取っていないようだ。その役目なら、喜んで引き受ける。

「ご注文は？」ぼくはたずねた。

「水と、それからダイエットコークを」彼女はぼくを見上げようともしない。ぼくはオーダーをとると、すぐに厨房へ下がった。注文の品を運んできたとき、彼女はまだノートに何かを書きつけていた。何を書いているのか、ちらりとのぞき見しようとする。でも彼女はノートを閉じて、ぼくを見上げた。「どうも……」言いかけて、彼女は押し黙った。それから「ありがとう」ともごもごとつぶやいて、ストローをくわえた。

どぎまぎしているらしい。

彼女に聞きたい。名前とか、どこから来たのかとか。けれど、この仕事をしている数年の間に学んだのは、バーで一人で飲んでいる客に話しかけると、結局、何かぐさりと相手を傷つけるようなことを言うはめになるってことだ。

でも、彼女ほど興味をそそられる客はめったにいない。ぼくは彼女の前に置かれた二つのドリンクを手で示した。「誰かと待ち合わせ？」

彼女は二つのグラスを引き寄せて言った。「いいえ、ただ喉《のど》が渇いていたから」さっと目をそらし、椅子に深くもたれて、ふたたびノートに集中する。

あっちへ行け、そういう意味だ。ぼくはバーカウンターの反対側に行って、彼女にプライバシーを与えることにした。

ローマンがキッチンから戻ってきて、あごで彼女を示した。「誰だ？」

「さあね。でも結婚指輪はしていないから、おまえのタイプじゃない」

「そりゃ笑える」

3

カナ

大好きなスコッティへ

あの本屋さんがバーになってたの。サイアクよね？

わたしたちが日曜日になると座っていたソファ、どうなったのかな？

この町全体が、大きなモノポリーのボードで、あなたがいなくなった後、誰かがやってきて、ボードを持ち上げて、すべてのピースをぐちゃぐちゃにかき混ぜたみたい。

何一つとして同じものはない。見覚えのあるものは何もない。数時間、ダウンタウンを歩きまわって、その道すがら、スーパーに立ち寄った。店の脇にあるベンチで、わたしたちがよくアイスクリームを食べた店よ。わたしはベンチに腰を下ろして、しばらく行きかう人を眺めていた。

この町では誰もが何のくったくもない時間を過ごしているように見える。ある日世界がひっくり返って、舗道から投げ出されたと思ったら、空に頭をぶつけるなんてことは絶対に起こらないと信じてる。皆、目的をもって行動していて、子どもを失って歩き回っている母親のことなんかに気づきもしない。

たぶん、バーになんて行くべきじゃなかったのよね。とくにこの町に戻って最初の夜には。わたしはアルコール依存症じゃないけれど、あの夜は例外だった。でもあなたの両親の家に行く前にバーに立ち寄ったなんて、知られたら一番まずいことよね。

でもわたしはその場所がまだ本屋だと思っていた。そして本屋にはコーヒーがある。店内に入って、がっかりした。バスとタクシーを乗り継いでわざわざここまでやって来たのに、ダイエットソーダよりも、もっとカフェインたっぷりのものが飲みたかった。

バーにもコーヒーがあるかもしれない。でもたずねてみることもしなかった。

あなたにこんなことを言うのはどうかと思うけど……でもね、この手紙を全部読んだら、何が言いたいかわかってもらえると思う。一度だけ、看守とキスをしたことがあるの。

その場を目撃されて、看守は違うユニットに移動になった。わたしは罪悪感を覚えた。わたしとキスをしたことで、彼を困ったはめに陥れた。でも彼はわたしが、数字で呼ばれる囚人ではなく、本当の人間みたいに扱ってくれたの。彼が好きだったわけじゃない。でも彼のほうはわたしに惹《ひ》かれていた。だから彼が体をかがめてキスをしたとき、わたしもキスを返した。それがわたしなりの感謝を伝える方法だった。彼もわかっていて、それでもかまわないと思っていた。最後にあなたがわたしに触れてから二年がたった頃よ。だから彼に壁に押しつけられて、ウエストをつかまれたとき、もっと感じるかと思っていた。

でも、悲しいことに何も感じなかった。

信じないかもしれないけど、彼はコーヒーの味がしたの。しかも囚人に出されるプリズン《刑務所》コーヒーじゃない、もっと贅沢なコーヒー、八ドルのスターバックスのコーヒーの味がした。キャラメルソースとホイップクリームとチェリーをのっけたコーヒー。だから彼にキスをしつづけたの。キスとか、彼とか、腰をつかんだ手を楽しんでいたわけじゃない。ただ贅沢なフレーバーコーヒーが恋しかった。

そしてあなたのことが。フレーバーコーヒーとあなたが恋しかったの。


愛してる。

カナ

「おかわりは？」バーテンダーがたずねた。ノースリーブのシャツから出た二の腕にタトゥーを入れている。シャツは濃い紫、刑務所ではあまり見かけない色だ。

刑務所に入るまでは、そんなこと考えたこともなかった。でも刑務所は本当に、無味乾燥で色がなかった。しばらくそこにいると、秋の木々がどんな色だったかも忘れてしまう。

「コーヒーはある？」わたしはたずねた。

「もちろん。砂糖とミルクは？」

「キャラメルは？　それとホイップクリームも」

バーテンダーは布巾をぽんと肩に乗せた。「もちろん。ソイ、スキム、アーモンド、それともホールミルク？」

「ホール」

バーテンダーは声をあげて笑った。「冗談だよ。ここはバーだ。コーヒーは淹《い》れてから四時間、ポットに入れっぱなしで、クリームも砂糖もない」

彼の肌を引き立てていたシャツの色が一気にあせて見えた。やな奴。「とにかくコーヒーを」わたしはつぶやいた。

彼はプリズンコーヒーを淹れにバーの奥へ行った。ホルダーからポットを持ち上げ、鼻先に持ってきて、匂いを嗅いでいる。顔をしかめ、それからシンクにコーヒーをぶちまけた。片手で水栓をひょいと上げ、もう片方の手で男性客のおかわりのビールを注ぐ、ポットに新しいコーヒーを作り、大げさすぎない笑みを浮かべてほかの客の会計をする。

人がこれほどよどみなく動くのを見たのは初めてだ。まるで脳が三つに腕が七本あるみたいに、すべてを同時にこなしている。何かに長《た》けている人を見るのは楽しい。

わたしは何が得意だろう？　そんなものがあるのかどうかもわからない。

うまくできるようになりたいと思うことはいろいろある。いい母親になりたい。未来の子どもたちにとって。でも、まずはわたしがすでにこの世に送り出した娘にとっていい母親になりたい。何かを植える庭が欲しい。育てやすくて、枯れないものを。口を開くたびに言わなきゃよかったと思わずに、何かを言える方法を学びたい。異性に腰に触れられたら、感じるようになりたい。いい人生の達人になりたい。何の苦もなく生きられるようになりたい。でもわたしはここに来るまでに、人生のすべての面を困難にしてしまっている。

コーヒーができると、バーテンダーが戻ってきた。マグにコーヒーを注ぐ。彼は魅力的だ。

思わずうっとりと見惚《みと》れてしまいそうになる。今から娘の親権を手に入れようというときに近づくには危険すぎる。彼の目は一度に二つのものを見ることができて、彼の手は一度に一人、あるいは二人を攻撃することができる。

彼の髪の毛はしぐさと同様にしなやかだ。体を動かすたびに、はらりと目にかかる一筋のダークヘアが体と同じ方向へ動く。なでつける必要もない。わたしがここに座ってから、彼は髪に一度も触れていない。首を軽く振るかすかな動きだけで、髪は彼の思いどおりになる。豊かで、しなやかな髪、サワッテミタクナル髪だ。

マグにコーヒーがなみなみと注がれる。でも、彼は人差し指を立てて言った。「ちょっと待って」体をひるがえし、小型の冷蔵庫から牛乳を取り出す。マグに牛乳を注ぎ、パックを戻すと、もう一つの冷蔵庫を開ける。驚いたことにホイップクリームが現われた。彼が後ろに伸ばした手が再び現われたときには、チェリーを一つ持っていた。彼はチェリーをうやうやしくコーヒーの上に乗せ、さっとわたしのほうへ出すと、マジシャンよろしく、両手を大きく広げてみせた。

「キャラメルはない」彼は言った。「これがカフェじゃない店の限界だ」

たぶん彼は、毎日八ドルのコーヒーを飲む女の子のわがままにつきあって、しゃれたドリンクを作ったつもりだろう。どれだけ長く、わたしがまともなコーヒーを飲んでいないか、彼が知る由もない。更生施設で過ごしたこの数か月にも、プリズンガールにはプリズンコーヒーしか出されなかった。

涙が出そう。

ほんとに涙が出た。

彼の目がカウンターの向こうにいる客に向くとすぐに、わたしはコーヒーを一口飲んで、目を閉じ、泣いた。人生は残酷で厳しい。何度も自分で自分の人生を終わらせようと思ったことがある。でもこんな瞬間がわたしに思い出させる。永久に続く幸せなんてないことを。幸せはときどき現われる。そしてほんのぽっちりの幸せに触れて、わたしたちはまた進みつづける。

4

レジャー

子どもが泣いたらどうすればいいかはわかってる。でも大人の女性が泣いているときにどうすればいいのかわからない。彼女がコーヒーを飲んでいる間、ぼくはできるだけ彼女から離れていた。

女性がこの店に入ってきてから一時間、まだ何も彼女のことはわからない。ただ誰かに会うためにこの店に来たわけじゃないってことは確かだ。一人になるためにここへやって来た。一時間の間に、男が三人、声をかけたけれど、彼女は片手を上げて、目を合わせようともしなかった。

彼女は黙ってコーヒーを飲んだ。まだ夜の七時前だ。もしかしたらこの後、アルコールにするのかもしれない。でもそうなってほしくない気もする。バーに来て、コーヒーをオーダーして、男たちとは目を合わせようともしない彼女に、ひどく興味をそそられる。

メアリー・アンとラジがやってくるまで、この時間に働いているのは、ローマンとぼくだけだ。ずっと彼女を見ていたいけれど、客が増えはじめると、そうもいかなくなった。彼女のスペースに立ち入りすぎないためにも、ぼくは店内をあちこち動き回り、ひとところにはとどまらないようにした。

コーヒーを飲み終えた彼女に、次は何を飲むのかききたい。でも、空になったマグを前に座る彼女をしばらくそのままにして、十五分が過ぎたところで、彼女のもとへ行った。

その間にも、何度かちらちらと彼女を見た。彼女の顔は芸術的で、美術館の壁に彼女の肖像画がかかっていたらと思うほどだ。何時間でも飽きずに眺めていられる。かわりに彼女を見ては、誰もが等しく持つ顔のパーツが、実にバランスよく配置されていることに感動を覚えた。

週末のバーにすっぴんで来る女性はめったにいない。だが彼女はまったくおしゃれをしていない。服も〈マウンテンデュウ〉のTシャツにジーンズだ。シャツの緑色が瞳の色によくあっている。きっと彼女自身は何も考えずに身に着けてきたのだろうけれど、まるで探しに探して、その完璧な色のTシャツを見つけたかのようだ。あごのところでワンレングスに切りそろえられた赤みがかった髪が芯の強さを物語っている。時折、その髪を手でさらりとすく拍子に、華奢な体が折れてしまいそうに見えて、カウンターを回って、抱きしめたくなる。

何があったんだろう?

知りたくはない。

知る必要もない。

客とはつきあわないと決めている。二度、そのルールを破ったけれど、二度とも痛い目をみて終わった。

おまけに、彼女にはかまってほしくないオーラが満載で、声がかけにくい。実際、話しかけるにも、声が胸に囚われてしまった気がする。息をのむというよりは、もう少し複雑な感覚だ。まるで脳が彼女に関わるなと警告を発しているかのようだ。

レッドフラッグ《警戒信号》！　危険だ！　やめろ！

でも、なぜ？

彼女のマグに手を伸ばした瞬間、目があった。今夜、彼女はぼく以外、ほかの誰も見ていない。喜ぶべきだけれど、同時に怖くなる。

ぼくは元プロのフットボール選手で、今はバーを経営している。だが、この美女との一瞬のアイコンタクトに怯えている。マッチングアプリ〈ティンダー〉のプロフィールに書いたらウケるかもしれない。元ブロンコスの選手、バーのオーナー。弱点はアイコンタクト。

「次は何を？」ぼくはたずねた。

「ワイン、白で」

バーの経営とアルコールの問題はバランスが悩ましい。自分以外の誰にも、酒は飲んでほしくない。でも客は必要だ。ぼくはグラスにワインを注ぎ、彼女の前に置いた。

昨日からずっと乾いているグラスをクロスで拭くふりをしながら、彼女のそばに留《とど》まりつづける。グラスを見た瞬間、彼女の喉がゆっくりとうねった。本人は気づいていないようだ。一瞬のためらい、あるいは後悔、それだけでアルコールとの付き合い方に問題を抱えているのがわかった。客がグラスを見る目つきを見れば、彼らが自制を解く瞬間がわかる。

アルコール依存症の人にとって、酒はストレスをもたらすだけだ。

だが、彼女はワインを飲まなかった。黙ってソーダをちびちびと飲んでいる。やがて空になったグラスにぼくが手を伸ばすと同時に、彼女もグラスに手を伸ばした。

互いの指が触れあった瞬間、声だけでなく、何かが胸に囚われているのを感じた。たぶん数回分の心臓の鼓動、たぶん噴火寸前の火山だ。

彼女がすばやく指を丸め、膝に手を置いた。ぼくは彼女の前から空になったソーダのグラスを引いた。中身がまったく減っていないワイングラスとともに。彼女は目を上げて、その理由をたずねることもせず、小さくため息をついた。ぼくがワイングラスを引いたことにほっとしたように。なら、なぜそんなものをオーダーしたんだろう？

彼女が見ていない間にソーダをつぎ足し、ワインはシンクに流して、グラスを洗った。

それからしばらくの間も、彼女はソーダを飲みつづけた。だがぼくと目を合わせようとはしない。気を悪くしたのかもしれない。

ぼくがずっと彼女を見ていることに気づいたローマンが、カウンターに肘をついて言った。

「離婚？　それとも死別かな？」

一人でバーにやってきて、なんとなく浮いている人の理由を探るのはローマンの趣味だ。彼女は離婚して、ここにやってきたようには見えない。離婚した女性はたいてい、〈元人妻《Ex-Wife》〉と書かれたタスキをかけ、大人数の友だちをひき連れて、どんちゃん騒ぎをする。

彼女は悲しそうだ。でも自分が悲しんでいることを表に出すまいとしている。

「離婚だな」ローマンが言った。

ぼくは何も答えなかった。彼女の悲しみの理由をあれこれ詮索《せんさく》したくない。ただそれが、離婚とか、死とか、ついてない一日とかでなければいいなと願った。何かいいことが起こってほしい。なぜなら彼女はもうずっと長い間、いいことに巡りあっていないように見える。

ほかの客の相手をしている間、プライバシーを尊重して、彼女を見るのをやめた。でも彼女はその隙に、カウンターにキャッシュを置いて、そっと出て行ってしまった。

あわてて外に出ると、空が燃えていた。ぼくは目の上に手をかざした。この時間、沈む直前の太陽がどれだけ強烈な光を放つのかを忘れていた。

彼女を見つけて声をかける。彼女はぼくから三メートルほど先で、くるりと振り向いた。彼女は目を覆う必要はない。背後から差す夕暮れの光がまるで光輪のように彼女の頭を取り囲んでいる。

「お金は置いてきたわよ」彼女は言った。

「わかってる」

ぼくたちは一瞬、無言のまま見つめあった。なんと言えばいいのか、言葉が出てこない。ぼくはただ茫然と立ち尽くしていた。

「じゃ、何か問題が？」

「別に」ぼくは言った。でもすぐにこう言い直した。「大ありだ」

彼女はぼくを見つめた。こんなのは初めてだ。やめろ、心の声が聞こえる。でもこのまま彼女を歩き去らせたら、ずっと考えつづけるはめになる気がした。チップなんて払う余裕がないのに、十ドルのチップを置いていった悲しげな若い女性のことを。

「今夜十一時に戻ってきてくれ」有無も言わせず、言い訳もさせない口調でそう言うと、店に戻った。ぼくの要求に好奇心を掻き立てられて、彼女が戻ってくることを願いながら。

5
カナ

わたしはまだ名前のない子猫と一緒にエアマットレスの上に座って、バーに戻るべきではないすべての理由について考えていた。

出会いを求めてこの町へ戻ってきたわけじゃない。たとえ相手があのバーテンダークラスのイケメンだったとしても。わたしがここにいるのは娘のため、それだけだ。

明日は大事な日だ。誰にも負けない強い気持ちでのぞむ必要がある。でも、彼がワイングラスを下げたのを見て、ひどく弱々しい気分になった。それを飲むつもりはなかったのに。オーダーしたのは、アルコールには支配されないという感覚を確かめるためだ。ただそれを見つめて、香りをかいで、歩き去って、強くなった自分を感じたかった。

今は落ち着かない気分だ。ワイングラスを見つめているところを彼に見られて、どうやらアルコール絡《がら》みの問題を抱えていると思われてしまったらしい。

それは誤解だ。もう何年もお酒は飲んでいない。酔ったあの一夜で、わたしの五年間を台なしにする悲劇が起こった。そしてその五年間が、わたしをこの町に引き戻した。この町はわたしを不安にさせる。唯一の慰めは、まだわたしの人生と決断が自分のコントロールのもとにあると思える何かをすることだ。

だからワインを飲まなかったのに。

今夜は眠れそうにない。彼のせいで達成感を覚えることもできなくなった。ぐっすり眠るためには、わたしが欲しいと思う何かに抗《あらが》う必要がある。

あるいは、誰かに。

長い間、誰かを求めたことなんかなかった。スコッティに会ってからは一度も。でもあのバーテンダーはセクシーで、笑顔がステキで、彼の淹れるコーヒーはすばらしかった。おまけに向こうから誘ってきた。あとは店に行って、彼の誘いを断るだけだ。

そうすればぐっすり眠って、目が覚めたときには準備万端で人生のもっとも大事な一日に立ち向かうことができる。

飼いはじめたばかりの猫も一緒に連れていけたら……。心の支えが必要だ。けど、今、彼女は買ったばかりの枕の上でぐっすりと眠っている。

まだほとんど物は買っていない。折り畳み式のエアマットレス、クッションを二、三個、シーツ、クラッカーとチーズ、そしてキャットフードと猫用トイレの砂。とりあえず二日だけは、この町にいると決めている。明日が何を連れてくるのかわかるまで。六か月働いて貯めたお金を少しもむだにすることはできない。すでにいろいろ使っている。だからタクシーは呼ばないことにした。

アパートを出て、バーに向かって歩き出す。今回はバッグもノートも持っていない。必要なのは免許証とアパートの鍵だけだ。アパートメントからバーまでは歩いて二キロ半だ。でも空は晴れて、星が道を明るく照らしている。

バーに行ったら、誰かわたしを知っている人がいるんじゃないかと少し不安になる。でもわたしの見た目は五年前とはまったく違う。当時はメンテナンスに余念がなかった。でも刑務所で過ごした五年間で、ヘアカラーやエクステ、ネイルにもまったく興味がなくなった。

この町には、スコッティ以外に多くの友だちができるほど長く住んでいなかった。だからわたしのことを知っている人はほとんどいないと思う。でも自分がいなくなっても、誰も寂しく思わないのを認めるのはつらい。

パトリックとグレースは、見れば、わたしのことがわかるだろう。でも刑務所に行く前に二人に会ったのはたった一度だけだ。

刑務所。その言葉を口にするのに慣れることはけっしてない。声に出して言うにはかなり勇気のいる言葉だ。たとえば個人的な手紙か何かに書くのはかまわない。でも口に出して〈刑務所〉と言うのは、すごく抵抗がある。

この五年間どこにいたのか考えるとき、わたしは〈刑務所〉を頭のなかで〈施設〉に置き換えている。それから〈服役の期間〉は〈町を離れていた間〉に。「わたしが刑務所にいたとき」なんて言い方に、絶対に慣れることはない。

でも今週、仕事を探すときには、その言葉を口にせざるを得ないだろう。きっと聞かれるはずだ。「犯罪歴は?」そしてわたしはこう答える。「あります。保護責任者遺棄の罪で五年間、刑務所にいました」

それを聞いて、相手はわたしを雇う？　雇わない？　たぶん雇わないだろう。獄中でさえ、女性に関してはダブルスタンダードがある。女が刑務所に行ったと言えば、誰もが皆、思う。こいつはクズ、売春婦、ジャンキー、盗人だ。だが男が言えば、それがある意味、勲章になる。そいつはクズだけどワルで、ジャンキーだけどタフで、盗人だけど凄《すご》みがある。

男は悪い噂ともうまく付き合っていける。でも女は一度、烙印《らくいん》を押されたら、それを払しょくするチャンスはない。

裁判所の時計を見たら、ダウンタウンに着いたのは十一時三十分だった。三十分遅かった。彼がまだ店にいればいいけど……。

夕方は、まだ太陽の光が残っていたし、店が本屋でなくなったことにショックを受けていたせいで、バーの名前には気づかなかった。でも今見ると、ドアの上にWARD《ウォード》'sというネオンサインが光っている。

なかに入ろうとして、わたしは少しためらった。戻ってきたら、彼にメッセージを送ってしまうことになる。自分でも彼に受け取ってほしいかどうか、まだわからないメッセージを。でも店に入らなければ、自分のアパートメントに戻って、また悶々《もんもん》と考えることになる。

この五年間、一人っきりでいろいろなことを考えてきた。もう考えるのはたくさんだ。今のわたしに必要なのは、人、音、それからこれまで持てなかったさまざまなものだ。アパートメントの部屋は孤独と静寂が広がって、どこか刑務所を思い出させる。

わたしはバーのドアを開けた。夕方よりずっと騒がしく、暗くて、タバコの煙が立ち込めている。空いている席はない。客の間をすり抜け、バスルームへ向かう。それからホールでも、外でも時間をつぶし、ようやく空いたブースを見つけ、そこに一人で座った。

例のバーテンダーがカウンターから出てきた。こちらを気にしていないのが嬉しい。二人の男がケンカを始めた。彼はひるむことなく、ただドアを指さし、出ていけと手振りで示した。彼はよく指をさす。そしてさされた相手は彼の指示に従う。

彼が二人の客を指さし、もう一人のバーテンダーと目を合わせた。バーテンダーは男たちのところへ歩いていき、チェックを渡した。

彼が空っぽの棚を指さす。ウエイトレスの一人がうなずき、数分後、棚に酒を補充した。彼が床を指さす。別のバーテンダーが両開きのドアを開けて、モップを持って戻ってくると、床にこぼれた酒を拭いた。

彼が壁のフックを指さすと、ウエイトレス――お腹が大きいほう――が、声は出さずに口の動きだけでありがとうと伝え、エプロンをはずして帰宅した。

彼が指をさすと、人が従う。オーダーストップ、そして閉店の合図。客は次々に出ていき、もう誰も入ってこない。

彼はわたしを見なかった。ただの一度も。

ここに来たのは間違いだったかも、わたしは思った。彼は忙しそうだし、もしかしたら彼の気持ちを読み間違えたかもしれない。わたしに興味があって戻ってこいと言われたと思っていたけれど、客にはいつも似たようなことを言うのかもしれない。

たぶん出て行ったほうがいい。わたしは立ち上がった。だがその瞬間、彼がわたしにむかって指を立てた。そしてその指を動かし、座れと伝えてくる。わたしは指示に従った。

自分の直感が正しかったことを知って、ほっとする。でもバーに客がいなくなるにつれ、不安が増した。彼はわたしを大人の女性だと思っている。でも自分では、まだ大人だとは思えない。二十六歳のティーンエイジャーだ。経験も少なく、人生をゼロからスタートさせようとしている。

ここにいるべきなのかどうかわからない。ただ店に入っていって、彼といちゃついて、歩き去ろうと思っていた。でも、彼は贅沢なコーヒーより魅力的だ。もっとそそられる。ここにきたのは彼を拒絶するためなのに、彼が一晩じゅう、指をさしつづけて、わたしにも指示をするとは思わなかった。指をさす仕草が、これほどセクシーだとも。

五年前なら、それをセクシーだと思った？　今のわたしが、些細なことに過剰に反応しすぎているだけだろうか？

日付が変わると、店はわたしたち二人だけになった。ほかの従業員は家に帰ってしまった。ドアには鍵がかかっている。彼は空のグラスが入ったケースを店の奥に運んだ。

わたしは不安のあまり、脚を抱えた。この町に戻ってきたのは、男に出会うためじゃない。もっと大きな目的がある。なのに彼の指さしで、その目的が脱線させられてしまいそうだ。

でも、わたしだって人間だ。人間には触れ合いが必要だ。それに、たとえ出会いを求めて戻ってきたわけじゃなくても、彼を素通りするのはむずかしい。

両開きのドアを抜けて戻ってきたときには、彼は着替えていた。今はもう、店のユニフォームの、袖をロールアップした紫色のシャツじゃない。白いTシャツだ。シンプルで、だからこそいっそう彼を魅力的に見せる。

彼はわたしに手を差し伸べ、にっこりと笑った。その笑みに、ブランケットでふわりと包まれたように体が温かくなる。「戻ってきたね」

わたしはぶっきらぼうに答えた。「戻ってこいって言われたから」

「何か飲む？」

「大丈夫」

彼は髪をかき上げて、わたしを見下ろした。挑むような瞳に葛藤が見える、そしてわたしはもはや中立国じゃない。だがとにかく彼はわたしのところにやって来て、わたしの隣に座った。すぐ隣に。胸の鼓動が速くなる。数年前、スコッティが四度目にレジに来たときよりも、もっと速い。

「名前は？」

名前は言いたくない。彼はスコッティと同世代だ。スコッティが生きていたら、ちょうど彼くらいの歳だろう。つまりわたしの名前を、あるいはわたしを知っていて、あの出来事を覚えている可能性がある。今は誰にもわたしが何者かを知られたくないし、思い出してほしくない。ランドリー夫妻にわたしが戻ってきたことを警告されたらまずい。

ここは小さな町じゃないけれど、それほど大きくもない。わたしが戻ってきたことは、いずれは皆の知るところになるだろう。ただ今はまだ気づかれずにいる必要がある。だからわたしは嘘をついた、というか、ミドルネームを教えた。「ニコールよ」

彼の名前は聞かなかった。聞いたところで意味はない。今夜以降、もう二度とこの店に戻ってくるつもりはない。

わたしは自分の髪を一筋、指に絡めて引っ張った。長い間、誰かとこんな至近距離で向かい合うことはなかったせいで緊張しすぎて、何をどうすればいいのか思い出せない。だから思わず、このバーに来た理由を話した。「飲むつもりはなかったの」

わたしの告白に、彼は首を傾げている。わたしはさらに言った。

「ワインを、ときどき……」首を横に振る。「ばかげてるわよね。でもときどきやるの。アルコールをオーダーして、わざとそれを飲まないで歩き去るの。別にアルコールで問題を抱えているわけじゃない。自制心の問題よ。自分が強くなれる気がするの」

かすかな笑みを浮かべて、彼がわたしの顔を見た。「わかる」彼は言った。「ぼくが酒を飲まないのも似たような理由だ。毎晩、酔っ払いのすぐそばにいて、そばにいればいるほど、そのなかの一人にはなりたくないと思う」

「バーテンダーなのに飲まないの？　珍しい。バーテンダーはもっとも高い確率で、アルコール依存症になると思ってた。いつもお酒がすぐそばにあるから」

「実際のところ、確率が一番高いのは建築関係の仕事に携わっている人たちだ。つまりぼくもオッズは低い。この数年間ずっと、家を建ててるからね」

「つまり、負ける可能性が高いってことね」

彼はにっこりした。「かもね」今は少しリラックスしている。「仕事は何をしてるの？」

今こそ、歩き去るタイミングだ。しゃべりすぎてしまう前、彼がさらに質問を重ねる前に。

けれど彼の声も存在も心地よすぎる。ここにいると、嫌なことを考えずにすむ。今のわたしには気晴らしが必要だ。

でもしゃべりたくはない。しゃべればトラブルを招くだけだ。

「本当に知りたい？　わたしがどんな仕事をしているか？」そんなはずはない。この瞬間、どう答えたとしても、彼が考えているのは、わたしのシャツをたくし上げたいってことだけのはずだ。そもそも、五年の刑期を終えたばかりだから、今は無職だなんて認めるつもりもない。

わたしは彼の膝の上に乗った。

わたしの行動に彼は驚いた表情になった。まるでここに座って、それから一時間、おしゃべりを楽しむことを期待していたかのように。

でも、すぐに事態を受け入れた。彼の手がお尻をつかむ。その感触にわたしは震えた。

彼がわたしの体を持ち上げて、座り直させる。ジーンズの生地越しに彼の手を感じると、五秒前、確実に歩き去ることができると思っていた自信が揺らぐ。彼にキスをして、おやすみと告げて、自分を誇らしく思う気持ちとともに、ここから歩き去ることができるだろうか？　明日の前に、ちょっと気持ちに弾《はず》みをつけたかった。でも今、くびれに食い込む彼の指の感触に、気持ちが弱くなって、何も考えられなくなっていく。投げやりになっているわけじゃない。頭のなかが空っぽになって、体のなかの火の玉が大きくなっていくように、熱い思いが広がっていく。

彼の右手が背中をのぼってくる。押し寄せる波のように、下から上へと這い上がる感覚に、わたしは思わず声をもらした。彼の手がわたしの顔を包み込み、指が頬骨に、そして唇に触れる。彼はじっとわたしを見つめた。まるでどこでわたしに会ったのか思い出そうとでもするかのように。

　たぶん考えすぎだ。

「きみは誰？」彼がささやく。

　さっき教えたはずだ。でもわたしはミドルネームを繰り返した。「ニコール」

　彼は微笑み、すぐに真顔に戻った。「名前は知ってる。でもどこから来たの？　以前にも会ったことがあったっけ？」

　質問はされたくない。正直な答えも持ち合わせていない。わたしは体を傾け、彼に唇を寄せた。「あなたは誰？」

「レジャー」彼はわたしの過去を切り裂き、心の残骸を取り出すと、それを床に投げ捨て、わたしにキスをした。


　世間では〈恋に落ちる《fall in love》〉っていう表現がある。でも考えてみれば、〈落ちる《fall》〉って言葉に、あまりポジティブなイメージはない。〈無視する《fall on ground》〉とか、〈遅れをとる《fall behind》〉とか、〈転落死する《fall to death》〉とか。

　恋に落ちるって最初に言った人が誰だか知らないけど、その人はすでに〈破局している《fall out of》〉しているに違いない。でなきゃ、ほかのもっといい言い方をするはずだ。

　わたしとの関係はまだこれからだ、スコッティはそう言った。初めてわたしを自分の親友に紹介するはずだった夜のことだ。彼の両親には会ったときにも、彼は喜んでいた。でも自分の兄弟のような親友に引き合わせるのは、それよりはるかに嬉しそうだった。

結局、親友と会うことは叶わなかった。古い話だから、理由は思い出せない。でも親友からキャンセルの連絡があって、スコッティはひどくがっかりしていた。だからクッキーを焼いて、大麻とフェラで彼をなぐさめた。わたしは最高の彼女（ベスト・ガールフレンド・エバー）だった。

わたしのせいで死ぬまでは。

それは彼が亡くなる三か月前のことだった。悲しんでいても、彼は生きていた。彼の心臓は鼓動を刻み、息をするたびに胸が上下に動いていた。目に涙をためて彼は言った。「愛してる、カナ。誰よりも。こんなに誰かを愛したのは初めてだ。一緒にいても、きみが恋しい」

その言葉をわたしはよく覚えている。「一緒にいても、きみが恋しい」

あの夜、心に残ったのはその言葉だけだと思っていたけれど、ほかにも覚えていたことがあった。名前だ。レジャー。

紹介されることのなかった親友。わたしが会わなかった親友の名前。

今、その親友がわたしの口に舌を差し入れ、シャツをたくし上げ、胸にその名前を刻んでいる。

レジャー

6

人が誰かに惹かれるメカニズムは謎だ。

なぜ、人は互いに惹かれあうのだろう？　毎週のように、入口のドアをくぐってたくさんの女性が店に入ってくる。けれどその誰にも、もう一度見たいという衝動を覚えることはなかった。ところが彼女が入ってきた途端、目が離せなくなった。

彼女の何が、客とは付き合わないというマイルールを破らせたのかわからない。でも彼女には、声をかけるのは今しかないと思わせる何かがあった。彼女がこの町を通り過ぎ、二度と戻ってはこないと感じた。彼女の日常がどんなものかは知らないけれど、今夜は彼女にとって特別の夜のようだ。このチャンスを逃したら、年老いて、人生を振り返ったときの、唯一の後悔になるだろうという気がした。

彼女は寡黙《かもく》だ。でもシャイというわけじゃない。激しさを秘めた静けさ、雷鳴がとどろくまではそこにいることに気づかない、忍び寄る嵐のような静けさだ。

多くを語らないからこそ、彼女の言葉をもっと聞きたくてたまらなくなる。コーヒーを飲んでいたのに、彼女の唇はリンゴの味がした。そしてリンゴはぼくの一番好きなフルーツだ。これからもずっと大好きなフルーツになるだろう。

キスは数秒続いた。最初に誘ったのは彼女なのに、ぼくに引き寄せられた瞬間、彼女は驚いたような表情をした。

いきなりキスになるとは思っていなかったのかもしれない。あるいは彼女が思った感触とは違っていたのかもしれない。でもぼくの唇が触れる寸前、もらしたかすかな吐息がなんであれ、彼女もキスを望んでいたと思う。

彼女はとまどいとともに体を引き、次の瞬間、心を決めたようにぼくにキスをした。

だが、決意はすぐに揺らぎ、ふたたび体を引いた。彼女の瞳には後悔があふれていた。首を振り、ぼくの胸に手を置く。ぼくがその手を上から包み込んだ瞬間、彼女は言った。「ごめんなさい」

彼女がぼくを押しやり、体をかがめてブースから出ていく。そのとき、彼女の内ももがぼくのジッパーの脇をかすめ、体の中心が一層固さを増すのがわかった。思わず彼女の手をつかむ。だが彼女の指はするりとぼくの指を逃れ、テーブルから離れた。「やっぱり戻ってくるんじゃなかった」

彼女はぼくに背を向け、ドアへ歩いていく。

がっかりだ。

まだ彼女の顔もはっきりと覚えていない。重なりあった唇の感触もまだ残っているうちに、彼女が去ってしまうなんて。

ぼくはブースを出て、後を追った。

ドアは開かなかった。彼女は一刻も早くぼくから逃れようとして、取っ手を握り、ドアをがたがたと揺すっている。行かないで、そう言って引き止めたい。けれど彼女を逃がしてやりたいとも思った。だからドアの上のロックをはずし、フロアロックも足ではずした。ドアが開いた瞬間、彼女は転がるように外に出た。

彼女は大きく息を吸うと、振り返った。ぼくは彼女の口もとを見た。せめてその形を目に焼きつけようとして。

彼女の瞳はもうシャツと同じ色じゃない。涙が乾いた今は、明るいエメラルドグリーンだ。自分でもどうすればいいのかわからない。これほど短い時間で、心を奪われた女性《ひと》は初めてだ。彼女に嘘や意図は感じない。でもほんの少し感情を見せてくれたと思ったら、それをするすると巻きとって、どこかにしまい込んでしまう。

彼女もとまどっているように見える。

彼女は息を吸い、数滴の涙を拭った、ぼくは何を言えばいいのかわからず、ただ彼女を抱きしめた。

ぼくに何かできることはあるだろうか？

抱き寄せられた瞬間、彼女は一瞬、体を固くしたものの、すぐに力を抜いて、安堵のため息をもらした。

あたりに人はいない。もう深夜で、皆、家で眠っているか、映画をみているか、セックスしているかだ。でもぼくはこの通りに立って、悲しみに暮れる女性を抱きしめ、なぜ彼女は泣いているんだろうと思い、こんなときに彼女をきれいだと思ってしまう自分を咎《とが》めている。彼女はぼくの胸に顔を押しつけ、腰に腕を回した。彼女の額がちょうどぼくの口の位置だ。だが彼女はほんの少し体をかがめ、ぼくのあごの下にもぐりこんだ。

ぼくは彼女の腕をさすった。

トラックを停めているのは、角を曲がった路地、いつもの場所だ。けれど泣いている彼女にそこまでついてきてくれとは言えない。ぼくは日よけの支柱にもたれ、彼女を腕のなかに引き入れた。

二分、いや三分はそこでじっとしていたかもしれない。彼女も体を引こうとはしなかった。ぼくの腕、胸、そして手を感じて、安心しきった様子で身をゆだねている。まだ声がうまく出ないけれど、ぼくは彼女の背中をさすりつづけた。

彼女に何があったのかわからない、何があったのかを知りたいかどうかもわからない。でも、彼女をこのまま歩道に残して、車で走り去ることはできない。

まだ完全には泣きやまないうちに、彼女が言った。

「家に帰るわ」

「送っていくよ」

彼女は首を振って、ぼくから離れようとする。腕をつかもうとすると、彼女は胸の前で腕を組んだ。その瞬間、彼女の指が二本、ぼくの右腕に触れた。ほんの一瞬だったけれど、彼女の意志を感じた。別れる前に、最後にもう一度だけぼくを感じようとするかのように。

「大丈夫、近くに住んでるの」

歩いて帰ろうなんて、どうかしてる。「一人で歩くには遅すぎる」ぼくは路地を指さした。「トラックはこの先に停まってる」彼女はためらいながらも、差し伸べた手を取り、ぼくについて角を曲がった。

トラックが見えると、彼女は立ち止まった。振り向くと、不安そうにトラックを見つめている。

「もしトラックがいやなら、ウーバーを呼ぶこともできる。でも約束する。ただ送っていくだけだ。何も期待はしていない」

彼女はうつむいたまま、トラックに向かった。ぼくが開けたドアから、助手席に乗り込む。でも前は向かず、ぼくのほうを向きつづけている。脚を外に出し、ドアを閉めるのを阻んで。帰りたい、でも帰りたくない、そんな表情だ。かすかに眉根をよせている。こんなにも悲しそうな表情の誰かを、これまで見たことがあっただろうか。

「大丈夫？」

彼女はシートにもたれかかり、ぼくを見た。「大丈夫になる」静かな声で答える。「明日はわたしにとって大切な日なの。だから緊張しちゃって」

「明日、何があるの？」ぼくはたずねた。

「大切な日よ」

それ以上答えるつもりはないらしい。ぼくはうなずいて、踏み込まないことにした。

彼女はぼくの腕を見つめ、Tシャツの袖口に触れた。だからぼくは彼女の膝に手を置いた。どこかで彼女を感じたい。それには膝が一番無難に見えたからだ。彼女が自分でどこに触れてもらいたいか教えてくれるまでは。

彼女が何を求めているのかわからない。バーにやってくるほとんどの人の目的は明らかだ。異性をひっかけるか、酔っぱらいたいか、すぐにわかる。

でも彼女に関しては謎だ。たまたまドアを開けたら、そこがぼくのバーで、何をすればいいのかわからないといった様子だ。

たぶん、今夜をすっとばして、何か知らないけど、明日の大切な用事にたどり着きたかったのかもしれない。

どうしてほしいのか、ぼくは彼女のサインを待った。家に送っていくつもりだった。なのに彼女は前を向いて座っていない。まるでもう一度ぼくのキスを待っているかのように。でもまた彼女を泣かせたくない。でもキスはしたい。

そっと頬に触れた瞬間、彼女はぼくの手にむかって体を傾けた。それを心地よいと感じているのか、まだわからない。ゆっくりと彼女を抱き寄せ、彼女の脚の間に体を割り込ませると、脚がぼくの腰を締めつけるのがわかった。

キスをしながら、彼女がもらすかすかな喘《あえ》ぎに狂おしいまでに気持ちが昂《たかぶ》る。

彼女に導かれるままに、シャツをたくし上げると、ぼくは彼女の胸をつかんだ。彼女の脚はぼくを捉えたままだ。ぼくたちはジーンズ越しに、まるで高校時代に戻ったかのように、腰を前後にくねらせた。結局、ここに行きついた。

彼女をバーに連れ戻し、服を脱がせたい。でもこれでいい、これ以上はやりすぎだ。彼女にとって。あるいはぼくにとっても。彼女の唇を知るだけなら、このトラックで十分だ。

暗がりのなかで一分ばかり抱き合ったのち、体を引くと、ぼくは彼女を見た。目を閉じ、うっすらと唇を開けている。ぼくのリズミカルな腰の動きに合わせて、彼女も腰を浮かす。布越しの摩擦でも、互いに火をつけるのには十分だ。彼女の脚の間はひどく熱い。こんな顚末《てんまつ》になるなんて、考えてもいなかった。きっと彼女も同じだろう。さらに近づくか、今すぐ止めるか、どっちか決めなければ。お互いどうにかなってしまう。

彼女を家に連れていくことも考えたけれど、両親がこの町にいる。二人のそばに誰も連れて行きたくない。

「ニコール」ぼくはささやいた。間抜けな提案だとはわかっているけれど、このまま路地で続けるのは彼女を軽く扱っているようで悪い気がする。「店に戻る？」

彼女は首を振った。「ううん、このトラックが気に入ってるの」そう言って、ぼくを引き寄せキスをした。

彼女がいいなら、異存はない。ぼくもこのトラックを愛している。今この瞬間、トラックは世界で二番目に好きなものだ。

一番は彼女の唇だ。

彼女がぼくの手をつかみ、その手を自分のデニムのボタンへと誘う。舌を絡めながら、ぼくはボタンをはずしにかかった。デニムのなかに手を差しいれると、下着が触れ、眠りに落ちたこの町の静寂には大きすぎる声で彼女が喘いだ。

指で下着をずらすと、肌の滑らかさと熱を感じる。大きく吐いたぼくの息も震えている。

彼女のうなじに顔をうずめた瞬間、大通りをヘッドライトが照らした。

「ちくしょう」ぼくのトラックは路地に停まっている。でも通りから丸見えだ。現実に引き戻されて、ぼくたちは二人ともあわてた。ぼくが彼女のデニムから手を引き抜き、彼女はボタンを留める。ぼくが彼女の上半身を引き起こすと、彼女は前を向いて、髪をなでつけた。

　助手席のドアを閉め、運転席の側へと回った瞬間、一台の車がスピードを緩《ゆる》め、路地の前で停まった。ちらりと目を上げると、クルーザーのなかにグレイディがいた。彼は窓を下ろした。ぼくはトラックから離れ、彼の車へ向かった。

「忙しかったみたいだな？」ぼくを助手席に身を乗り出すようにして話しかけてくる。

　ぼくはトラックのなかの彼女をちらりと振り返り、それから彼を見た。「ああ。閉めたところだ。これから仕事？」

　彼はラジオのボリュームを下げた。「ホイットニーの病院のシフトが変わったんだ。だから夜勤に戻った。夜勤が好きなんだ、静かだから」

　ぼくは彼の車のフードを軽く叩き、一歩後ずさった。「そりゃよかった。じゃあな。明日、球場で」

　グレイディは何かあったと気づくだろう。いつもなら、しばらく軽口を叩くところだ。彼は身を乗り出し、ぼくをじろじろ見て、トラックのなかに誰がいるのか見ようとした。ぼくは右に体を傾け、彼の視線を遮った。「気をつけてな、グレイディ」ぼくは道路を指さし、パトロールを続けるよう促した。

　彼はにやりと笑った。「ああ、おまえもな」

　ニコールを隠すつもりはない。ただし彼の妻はゴシップ好きだ。明日、Tボール（野球に似た競技。アメリカやカナダなどの小学校でおこなわれている）の球場でネタにされたくない。

トラックに乗り込むと、彼女はダッシュボードに足を乗せて座っていた。窓の外を眺めて、ぼくと目を合わせようとしない。彼女に決まりの悪い思いをさせたくない。それはもっともしたくないことだ。ぼくは手を伸ばし、彼女の髪を耳にかけた。「大丈夫？」

彼女はうなずいた。でもどこかぎこちない。彼女も、彼女の笑みも固い。「うちのアパートメントはセフコの隣よ」

そのガソリンスタンドは三キロ半も先だ。たしかさっき彼女は近くに住んでいると言ったはずだ。深夜の三キロ半は近くない。「ベルビューの向こうのセフコ？」

彼女は肩をすくめた。「だと思う。通りの名前は覚えてないの。今日、この町に引っ越してきたばかりだから」

それでこれまで彼女を見かけなかった理由がわかった。次はこう聞きたい。「どこから来たの？　なぜ来たの？」でも何も聞かなかった。彼女が聞かれたくないと思っているのがわかったからだ。

車の少ない三キロ半を走るのは二分もかからない。そして二分はあっという間だ。でもファックしようとして途中でやめた相手とトラックのなかで過ごす二分は永遠にも思える。もしファックしていても、うまくはいかなかったと思う。短くて、ずさんで、自分勝手で、とても彼女を喜ばせることはできなかったはずだ。

謝りたい。でも何を謝ればいいのかわからない。彼女とこうなったのを後悔していると思われたくない。後悔しているとすればたった一つ、彼女をぼくの家ではなく、彼女のアパートメントに送っていこうとしていることだ。

「そこよ」彼女はパラダイスアパートメントを指さした。

この界隈にはほとんど来たことがない。ぼくの家とは反対の方向だから、この道を走ることはめったにない。正直言って、すさんだ地域だ。

駐車場に車を停め、エンジンを切ったら、助手席側のドアを開けるつもりだった。だがエンジンを切るとすぐさま、彼女はトラックから外に出た。

「送ってくれてありがとう」彼女は言った。「それから……コーヒーも」ドアを閉め、ここでお別れとばかりにくるりと背を向ける。

「ねえ、待って」ぼくはドアを開けた。

彼女は一瞬立ち止まったものの、ぼくがそばに行く前に、こちらを振り返りはしなかった。両手で自分を抱きしめ、唇を嚙《か》んで、腕をさすっている。彼女はぼくを見上げた。「何も言わなくていいわよ」

「どういう意味？」

「つまり……言わなくてもわかるから」彼女は手振りでトラックを示した。「電話番号を聞く必要もない。わたしはスマホを持ってないし」

どうしてわかったんだろう？ ぼくも何を言おうかまだ考えている最中だったのに。たぶん彼女に聞くべきかもしれない。「それってどういう意味？ もう会えないの？」

未踏の海に放り出された気分だ。一夜限りの関係は経験がある。でもそれだって、事の前に話し合って、同意した上でのことだ。そしてそれはいつも、ベッドの上、あるいはそれらしきものの上で起こった。

でも彼女とは、ついさっきのことで、しかも中途半端で終わった。場所は路地だ。最低だ。なんと言えばいいのかわからない。どこに手を置けばいいのかもわからない。別れのハグをしたい。でも彼女のほうはさっさとぼくと別れたがっている。ぼくはデニムのポケットに手を突っ込んだ。「また会いたいな」それは嘘じゃない。

彼女はぼくを見て、それからアパートメントの建物を見た。「わたしは……」ため息をつく。「もう結構よ」

丁寧な言い方だ。腹を立てることさえできない。

ぼくは彼女のアパートメントの前に立ち尽くしたまま、彼女が階段を上がって、ドアの向こうに消えるのを見ていた。もう彼女の姿はない。それでもぼくはそのままそこにいた。ショック、いや少なくとも驚きを覚えて。

ぼくは彼女のことを何も知らない。でもこれまで自分の人生であった誰よりも複雑な人のようだ。彼女にもっといろいろ聞きたい。ぼくが彼女の人生にたずねても、一つの質問にも答えなかった。いったい彼女は何者？

なぜ、彼女についてもっと知らなくちゃと感じるんだろう？

7

カナ

大好きなスコッティ

世間って狭いっていうけれど、ほんとにそう。狭すぎ、極狭、それに人が多すぎる。

この話をするのは、あなたがもう実際にはこの手紙を読めないってわかっているから。でも、今夜レジャーのトラックを見て、泣きそうになっちゃった。

ほんとはもうすでに泣いていた。彼が名前を言って、何者かがわかって、なのにわたしは彼とキスをしていた。罪悪感で一杯で、うろたえて外に走り出て、パニック発作を起こしそうになった。

でも、そう。あのトラック。彼がまだ持っているなんて信じられない。初デートの日、あなたがあのトラックを横づけにして、わたしを乗せてくれた夜をまだ覚えている。わたしは笑った。だって、びっくりするほど鮮やかなオレンジ色で、いったい誰がそんな色を選んだのって思ったから。

あなたにはもう三百通以上の手紙を書いている。でも今夜はじめて気がついたの。わたしたちが出会った瞬間について書いた手紙がないってことに。最初のデートについて書いたものはあるけれど、お互い目が合った瞬間のことを書いたものは一通もない。

わたしは一ドルショップ、ドル・デイズのレジで働いていた。デンバーから引っ越してきて、はじめて就いた仕事だった。知り合いは誰もいないけれど、そんなことはどうでもよかった。知らない州の知らない町、誰もわたしのことを色眼鏡で見たりしない。母のことも知らない。

あなたがわたしの担当するレジに並んだとき、わたしは気にもとめなかった。お客を見ることはほとんどなかった。とくにその人が自分と同じような年頃の場合には。当時、若い男の子にはうんざりしていて、次に付き合うのはもっと年上の人、あるいは女性かもと思っていた。同年代の男の子にはいいイメージがまったくない。女とみれば声をかけて、あわよくばものにしたい、どうせそんなことしか考えてないんでしょ、そう思っていた。

ドル・デイズは小さな店で、店の商品はすべて一ドルだった。だからみんな、カート一杯に買いものをする。あなたはわたしのレジの列に並んで、ディナープレートを一枚買った。皿を一枚だけ買うなんてどういう人？　そこでまず興味を惹かれた。どんな人でも、時には友だちが来たり、あるいは来るかもと思ったりするはずだ。一枚だけ皿を買うってことは、いつでも一人で食事をするってことだから。

値段を打ち込むと、皿を包み、ショッピングバッグに入れて渡した。あなたの顔を見たのは、二、三分後、あなたがまたわたしのレジに並んで、二枚目のディナープレートを買おうとしたときだった。よかった、わたしは思った。二枚目の皿の値段も打ち込んで、おつりの一ドル札と小銭を数枚渡す。ショッピングバッグを受け取った瞬間、あなたがにっこり笑った。

その瞬間、わたしの心は奪われた。たぶん気づいていなかったと思うけど。あなたの笑顔にあたたかさに包まれた気分になった。危険で、心安らぐ笑顔。どうしたらいいかわからなくて、わたしはあなたから目をそらした。

二分後、あなたはまたレジに並んだ。三枚目の皿を持って。

お会計をして、あなたが支払いを済ませ、わたしは皿を包んで、バッグに入れた。でも、今度はあなたに話しかけた。「またすぐにお越しを」

あなたはにやりと笑った。「喜んで」

あなたはくるりと向きを変えると、通路をもと来た方向へ歩き出した。ほかに客はいない。通路を見つめていると、やがてあなたが四枚目の皿をレジに戻ってきた。

わたしは皿の会計を済ませて言った。「知ってる？　一度に一枚じゃなくて、全部まとめてお会計することができるのよ」

「知ってる」とあなた。「必要なのは一枚だけなんだ」

「だったらなぜ、四枚目を買ったの？」

「勇気を出して、きみに話しかけるために」

そうだったらいいなと思っていた。わたしは指と指が触れることを願いながら、皿を入れたショッピングバッグを渡した。そして願ったとおりになった。わたしたちの指はまるでマグネットみたいにぴたりとくっついた。実際、引き離すのに苦労するほどだった。

あなたのアプローチに、わたしは知らんふりをしていた。男の人に対してはいつもそんなふうにしていたから。だから言ったの。「お客と付き合うのは、店のルール違反よ」って。声が嘘っぽかったと思う。でもあなたもそのゲームを楽しんでいるようだった。「わかった。じゃ、ちょっと待って」あなたは店にもう一つある別のレジに歩いていった。一メートルほど離れたその場所で、こう言うのが聞こえた。「この皿を全部返品したいんです」

あなたが四回レジに並んでいる間、もう一人のレジ係は電話の対応に忙しかった。だから彼女が、あなたがふざけていることに気づいていたかどうかはわからない。ただちらりとこちらを見て、顔をしかめた。わたしは肩をすくめた。四枚の皿にそれぞれ四枚のレシートなんてわけがわかんないわよね、とでも言いたげに。それからくるりと背を向け、別の客の精算にかかった。

数分後、あなたはわたしのレジにやってきて、返品のレシートをぽんとカウンターに置いた。「もうこれで客じゃなくなったよ。どうする?」

わたしはレシートを取り上げ、それを注意深く見るふりをしてから、あなたに返した。「七時に終わるわ」

あなたはレシートを小さく折り、わたしを見もせずに言った。「じゃ、三時間後に」六時と言ってもよかった。なぜなら仕事はもっと早く終わるから。わたしは余った時間で、近所の店で新しい服を買った。あなたは七時を二十分も過ぎたころに現われて、わたしの車の隣に車を停めると、窓をおろして言った。「遅れてごめん」

わたしも遅刻の常習犯だから、遅れてきたことをあれこれ言うつもりはない。でもトラックに関しては話が別だ。たぶんあなたはいかれてるか、とんでもない自信家か、どっちかだろうと思った。旧型のフォードF—250、大型のピックアップトラックで、色はけばけばしいオレンジ。こんなの見たことない。「いいトラックね」本当のことを言っているのか、嘘をついているのか自分でもわからない。ずんぐりむっくりのフォルムは大嫌いだ。でもひどく不格好だからこそ、わざわざその車でわたしを迎えに来たのは悪くないと思った。

「ぼくのじゃない。親友のトラックだ。ぼくの車は修理に出してる」

あなたの車じゃないと聞いて、わたしはほっとした。でもちょっとがっかりもした。だって、ファンキーなオレンジが気に入ったから。あなたはわたしを手招きして、トラックに乗せた。得意そうな顔、あなたからキャンディケインみたいな甘い香りがした。

「それで遅れたの？　車が壊れたから？」

あなたは首を横に振った。「いや、元カノと別れ話をしたから」

わたしははっとしてあなたを見た。「彼女がいるの？」

「今はいない」決まり悪そうな顔だ。

「でもわたしをデートに誘ったときにはいたのよね？」

「ああ、三枚目のディナープレートを買う瞬間まではね。そのときわかったんだ。元カノとは別れることになるなぁって。うまくいってなかったのに、ぐずぐずしてた」あなたは言った。

「お互いわかってたんだ。でもなんとなく慣れた関係が心地がよくて、終わりにしようって言えなかった」あなたはウインカーを出すと、ガソリンスタンドに入り、給油のノズルを取り上げた。「きっと母さんは悲しむ。彼女のことが大好きだったから」

「わたしはたいていの母親に嫌われるの」わたしは認めた。たぶん警告に聞こえたかもしれない。

あなたはにっこり笑った。「わかる。母親って人種は、息子には健康的な女の子と付き合ってほしいと思うからね。きみは少しばかりセクシーすぎて、母親として気まずくなるのかも」

セクシーと言われても腹は立たなかった。それがその日の狙いだったから。ほんの三十分前、胸を魅力的に見せようと、胸もとがざっくり開いたシャツとブラを買ったばかりだ。

わたしはそれを誉め言葉と受け取った。あなたの下心がちょっぴり透けて見えたけれど。ガソリンを入れるあなたを見ながら、わたしは自分がデートの誘いに応じたせいで、どんな健康的な女の子があなたと別れることになったのかなと考えた。その瞬間、自分がヘビになった気がした。

でも、わたしは自分からあなたを誘惑したわけじゃない。あなたの放つオーラが好きだった。だからあなたのまわりにとぐろを巻いて、逃げ出さないと決めたの。

昨日の夜、レジャーがキスをしながら自分の名前を言ったとき、思わず言いそうになった。「スコッティのレジャー?」って。でもそんな質問、まぬけよね。なぜならあなたの親友のレジャーに決まってる。レジャーって名前の人が何人いる? わたしは今まで一人も会ったことがない。

レジャーにキスをされて、キスを返したかった。でもわたしの心は引き裂かれた。あなたについて聞きたいことが山ほどあったから。「子どもの頃、スコッティはどんな子だった?」「彼のどこが好きだった?」「彼はわたしのことを何か言ってた?」「まだ彼の両親とは連絡を取り合ってる?」「わたしの娘に会ったことは?」「わたしの壊れた人生の欠片《かけら》を取り戻す手助けをしてくれない？」

でも何も言えなかった。レジャーの焼けるほど熱い舌が唇を割って入ってきた瞬間、浮気者の烙印を押された気分になった。

なぜ浮気をしている気分になるのかはわからない。あなたが死んでからもう五年になるし、刑務所の看守とキスをしたこともある。だから最後のキスの相手があなたってわけじゃない。でも看守とキスをしたときには、あなたを裏切っている気にはならなかった。もしかしたら看守はあなたの親友じゃないからかも。

あるいはもしかしたら、レジャーのキスで感じてしまったからかも。それはあなたのキスと同じようにステキだった。でも次の瞬間、裏切り者、嘘つき、クズといった要素が加わった。なぜならレジャーはわたしのことをまったく知らない。彼にすれば、その夜、ただ心惹かれた行きずりの女の子にキスしただけだ。

わたしにとっては……わたしのせいで親友を失ったホットなバーテンダーにキスをした。すべてが砕け散った。自分が粉々になった気がした。わたしはレジャーが自分に触れるのを許した。わたしが何者かを知ったら、たぶん彼はナイフで刺してやりたくなるはずだとわかっていながら。でも彼のキスから身を引くのは、核爆弾で山火事を消そうとするようなもので、さらにひどいダメージを残すだけに思えた。

謝りたい。逃げ出したい。

たぶん、レジャーのほうがあなたのことをよく知っている。そう考えただけで倒れそうになる。最悪よね。よりによって、自分が一番避けるべき相手にばったり出会ってしまった。

泣いているわたしから、レジャーは目をそらさなかった。かつてのあなたと同じことをした。わたしを腕のなかに包みこみ、好きなだけそのままでいてくれた。いい気持ちだった。あなたがいなくなってから、あんなふうに抱きしめられたことはなかった。

わたしは目を閉じ、あなたの親友はわたしの同志だと思おうとした。レジャーはわたしの味方だと。彼はわたしがあなたにしたことにもかかわらず、わたしを抱きしめて、わたしを慰めようとしてくれている。

成り行きに身を任せたのは、もしこの町にレジャーが戻って、今もまだわたしたちが出会った頃と同じトラックに乗っているなら、彼が変化を好まない性格だと思ったからよ。つまりわたしたちの娘も彼の日常の一部になっている可能性が高い。

わたしはディエムから遠ざけられた、たった一人の人間だってこと？

もしあなたが今、わたしが書いているこの手紙を見ることができるなら、涙の跡に気づくと思う。唯一わたしが得意なのは泣くことだけみたい。泣くこと、そして間違った判断をすること。

それからもちろん、あなたに下手な詩を書くことも得意よ。この町に戻るバスのなかで書いた詩をあげる。

娘をまだこの腕に抱いたことがない
娘の匂いもまだ知らない
娘の名前をまだ呼んだこともない

彼女はまだ母の存在を知らない
愛してる
カナ

8

レジャー

昨日の夜、家に戻ったとき、ガレージに車は入れなかった。グレースによれば、ディエムは朝起きぬけに窓の外を見て、ぼくが家にいることを確かめるのが好きで、トラックがガレージに入ったままで見えないと悲しそうな顔をするらしい。

ぼくはディエムが八か月の頃から、彼女とランドリー夫妻が暮らす家の向かいに住んでいる。デンバーに住んでいた数年をのぞけば、生まれてからずっと、この家に住んでいることになる。

両親がこの家に住まなくなって数年がたつ。今、この瞬間は客間で酔いつぶれているけれど。

二人は父さんの定年退職と同時にRVを買って、今は国じゅうを旅している。デンバーから戻ったぼくにこの家を売ると、荷物をすべて詰め込んでロードトリップに出た。せいぜい一年続けばいいほうだと思っていたのに、今で四年目になる。二人がスピードを緩める気配はない。

唯一、頼みたいのは、帰ってくるときには前もって知らせてくれってことだ。何らかの形で事前通告を受けることができるように、二人のスマホにGPSのアプリをダウンロードしておくべきかもしれない。でも二人が帰ってくるのが嫌なわけじゃない。準備ができたらいいなと思っているだけだ。

それが、ぼくが建築中の新居に門を作っている理由だ。

結局、それがせいぜいだ。

新居の建築は、ほとんどの作業をローマンと二人だけでしているから、なかなか進まない。毎週日曜は夜明けから日暮れまで作業をしている。どうしてもむずかしい作業は専門の業者に頼んでいるけれど、大部分は自分たちで仕上げた。日曜日ごとに作業をして二年、ようやく形になりつつある。おそらくあと半年ほどで、引っ越しができるだろう。

「どこに行くんだ？」

ガレージのドアへ手を伸ばした瞬間、ぼくは驚いて振り向いた。ゲストルームの外に父さんが立っている。しかも下着姿だ。

「ディエムをTボールに連れて行く。一緒にくる？」

「いや。今日は二日酔いでね。子どもの相手をするのは無理だ。それに旅の続きに戻らなきゃ」

「もう出発するの？」

「二、三週間で戻る」父さんはぼくをハグした。「母さんはまだ寝てる。でもおまえのかわりにまたねって言っとくよ」

「次に来るときには先に知らせてよ。そしたら休みをとるから」

父さんは首を横に振った。「突然現われて、おまえの驚いた顔を見るのが好きなんだ」バスルームに向かうと、ドアを閉めた。

ぼくはガレージを出て、通り向かいのパトリックとグレースの家へ向かった。まだ頭がぼうっとしている。ディエムがおしゃべりモードになっていませんように、心のなかで祈った。昨日の夜から、頭のなかはあの女性のことで一杯だ。どうしても彼女にもう一度会いたい。彼女の部屋の前にメモを残したら、変な奴だと思われるだろうか？

玄関ドアをノックして、すぐになかに入る。ぼくたちは互いの家を頻繁《ひんぱん》に行き来していて、あるとき「開いてるわよ」と答えるのに飽きた。いつも開いているからだ。

グレースはディエムと一緒にキッチンにいた。ディエムはテーブルの真ん中に胡坐《あぐら》をかいて、膝の上に卵料理の入ったボウルを抱えている。椅子には座らない。いつも一番高いところが好きだ。ソファの背もたれ、キッチンカウンター、それからテーブル。彼女は〈のぼり屋《クライマー》〉だ。

「まだパジャマじゃないか」ぼくは卵のボウルを取り上げ、廊下を指さした。「出かけるよ、着替えて」ディエムは自分の部屋に駆け込んで、Tボールのユニフォームを着た。

「ゲームは十時からよね」グレースが言った。「それまでに準備をさせるつもりだったけど」

「ああ、十時からだよ。でもゲータレードを準備する当番だし、店に寄ってローマンを拾うことになってるから」カウンターにもたれて、オレンジを一つ手にとる。皮をむいている間に、グレースが食洗器のスイッチを入れた。

グレースは顔にかかった髪の毛を払いのけた。「ディエムはジャングルジムが欲しいって。あのびっくりするような大きなやつ。あなたの家の裏庭にあったような。同級生のネイラの家にあるの。ダメとは言えないでしょ。五歳の誕生日なんだから」

「まだ持ってるよ」

「そうなの？　どこに？」

「ばらして納屋に入れてる。でもパトリックが手伝ってくれれば、組み立てるのはそれほどむずかしくないはずだ」

「まだ使えるかしら？」

「たぶんね」解体した理由がスコッティだとは言えない。彼が死んだ後、それを見るたびに怒りがこみ上げた。

オレンジの房をもう一つ、口のなかに放り込むと、ぼくは話題を変えた。「信じられないな。ディエムがもう五歳だなんて」

グレースがため息をついた。「ほんとに。信じられない。神様は残酷よね」

ふいにキッチンからパトリックが顔を出し、ぼくの髪をくしゃくしゃとかき乱した。ぼくはもう三十で、彼より十センチも背が高いことなど忘れたみたいに。「今日のゲームには行けないんだ、グレースから聞いた？」

「まだ話してないわ」グレースが目を丸くして、決まり悪そうにぼくを見つめた。「姉さんが手術のために入院するの。まあ、別にやらなくてもいい手術なんだけど、車で病院に送っていって、猫に餌《えさ》をやってくれって頼まれたから」

「今回は何の手術？」

グレースは顔の前で手を振った。「ちょっとした目の手術よ。わたしより五歳も年上だけど、十歳は若く見えるのにね」

パトリックはグレースの口を覆った。「ストップ。きみは完璧だ。誰かと比べる必要はない」

グレースは声をあげて笑い、彼の手を振り払った。

二人がけんかするのを見たことがない。スコッティが子どもの頃からずっとだ。ぼくの両親はしょっちゅうけんかしている。まあ、ほとんどの場合はじゃれてるだけだ。でもグレースとパトリックは、ぼくが二人と知り合って二十年間で一度も、口げんかさえしない。

いつの日か、ぼくもそんなふうになれたらと思う。でも時間がない。働き過ぎで、いつか燃え尽きてしまうと思う。もし本当に、二人のように、ずっと仲良くいられるような相手が欲しいと思うなら、まずこのライフスタイルを変える必要がある。

「レジャー！」ディエムが寝室から叫んだ。「手伝って！」ぼくは廊下を抜け、様子を見にいった。ディエムはクローゼットで、ひざをついて、服の山をひっかきまわしている。「わたしのブーツの片方を知らない？　ブーツが必要なのに」

ディエムは片方のカウボーイブーツを手に、もう片方を探している。「どうしてブーツが必要なんだ？　必要なのはスパイクだろ」

「今日はスパイクをはきたくない。ブーツをはきたいの」

ぼくはベッドのわきに置かれたスパイクをとった。「Tボールをするのにブーツははけない。ほら、ベッドに座って。靴ひもを結んであげるから」

彼女はさっと立ち上がると、次の瞬間、赤いブーツをベッドに投げた。「あった！」体くねらせ、ベッドに上がると、ブーツをはこうとしている。

「ディエム、Tボールだよ。Tボールをするときにブーツをはく人はいない」

「わたしははくの。今日はブーツをはく」

「だめだ、T――」ぼくはそこで押し黙った。今、ディエムと言い争っている時間はない。それに球場に行って、ほかの子がスパイクをはいているのを見たら、きっとブーツは脱ぐだろう。ぼくはブーツをはくのを手伝い、彼女を抱き上げ、スパイクを持って部屋を出た。

グレースがドア口にいて、ディエムにジュースのパウチを渡した。「楽しんでね」ディエムの頰にキスをする。次の瞬間、グレースの目がブーツにとまった。

「見なかったことに」ぼくは玄関ドアを開けた。

「ナナ、バイバイ」ディエムが言った。

キッチンにいるパトリックには、ディエムは何も言わない。パトリックは大げさな身振りで近づいてきた。「ノノにバイバイは？」

ディエムが言葉を話しはじめたとき、パトリックは自分をパパと呼ばせたがった。けれどなぜか、彼女はグレースをナナ、パトリックをノノと呼んだ。グレースとぼくがそれをおもしろがっているうちに、結局はノノが定着した。

「バイバイ、ノノ」ディエムがくすくす笑う。

「わたしたちのほうが遅くなるかも」グレースが言った。「もしまだ戻っていなかったら、ディエムを頼める？」

きかれるまでもない。ノーと言ったことはないし、ノーと言うつもりもない。「ゆっくりしてきて。ディエムをランチに連れていくよ」ぼくは外に出ると、ディエムを地面に降ろした。

「マクドナルドがいい！」ディエムが言う。

「マクドナルドはだめだ」トラックにむかって歩きだす。

「マクドナルドのドライブスルー！」

後部座席のドアを開け、ディエムをチャイルドシートに乗せる。「メキシコ料理はどう？」

「やだ、マクドナルド」

「中華は？　最近、あんまり中華を食べてない」

「マクドナルド」

「わかった。じゃ、球場に着いたとき、スパイクをはいていたら、マクドナルドだ」チャイルドシートのバックルを締める。

ディエムは首を横に振った。「やだ。ブーツがはきたい。ランチなんかいらない。お腹すいてないもん」

「昼までには腹ペコになるよ」

「ならない。ドラゴンを食べたから。一生、腹ペコにはならないの」

ときどき、ディエムの話に心配になることがある。でも、説得力のある話しぶりには、心配というより感心している。何歳になったら、子どもは嘘とファンタジーの区別がつくようになるのだろう。でもそれはグレースとパトリックに任せておこう。ディエムの想像力がぼくは大好きだ。むやみに抑え込みたくない。

ぼくは通りを走り出した。「ドラゴンを食べた？　丸ごと一匹？」

「そうよ。でも赤ちゃんドラゴンだったの。だからわたしのお腹にぴったりだった」

「そのドラゴン、どこで見つけたの？」

「ウォルマート」

「ウォルマートで赤ちゃんドラゴンを売ってるの？」

ディエムはさらに赤ちゃんドラゴンがウォルマートでどんなふうに売られているのかを話しつづけた。特別のクーポンがあって、子どもだけが赤ちゃんドラゴンを食べることができる。ローマンの家に着いたときには、話はドラゴンの調理法に移っていた。

「まず塩とシャンプーを入れて」とディエム。

「シャンプーは口に入れちゃだめだ」

「口には入れない。ドラゴンを洗うのに使うだけ」

「なるほど」

ローマンがトラックに乗り込んできた。まるで誰かの葬式に行くみたいなテンションの低さだ。ローマンはTボールが嫌いだ。子ども好きでもない。彼がぼくを手伝ってコーチをしている唯一の理由は、ほかの親が誰もやろうとしないからだ。ぼくは彼の上司だから、コーチをシフトの一部にした。

Tボールのコーチで報酬を得ているのはローマンだけだ。でも彼自身はそれを当然だと思っている。

「おはよ、ローマン」ディエムは後部座席から歌うような声で言った。

「朝からコーヒーを一杯しか飲んでない。おれに話しかけるな」ローマンは二十七歳だ。でもディエムといつもじゃれあっている。二人とも精神年齢は十二歳くらいだからちょうどいい。

ディエムはローマンのヘッドレストの後ろをとんとんと叩きはじめた。「起きて、起きて、起きて」

ローマンは頭をぐるりと回して、ぼくを見た。「せっかくの休みにガキの面倒を見たって、死後の世界の点数稼ぎにはならないぞ。宗教は人をコントロールするために社会によって作られた。天国って概念も奴らが作り出したものだ。本当なら今もまだ寝てるいられるはずなのに」

「辛らつだな。コーヒーを飲む前のおまえには会いたくない」ぼくは私道から車を出した。

「天国が人の頭のなかにしかないとしたら、地獄はどこにある？」

「Tボールの球場だ」

9

カナ

仕事を見つけようと、六つの店を回ってみた。まだ朝の十時にもなっていない。どこも同じような反応だ。応募は受けつけてくれて、これまでの仕事の経験についてきかれる。とりたてて言えるような経験はないことを話し、その理由も話すはめになる。

次の瞬間に返ってくるのはお断り言葉だ。まあ、その前に皆、わたしをじろじろと見る。大家のルースと同じだ。彼女も最初にわたしを見たときに言った。「人は見かけによらないねぇ」って。

刑務所帰りの女については、皆、ある独特のイメージを持っているらしい。でも、わたしたちだって、誰かの母で、妻で、娘で、人間だ。

必要なのは、なんとかチャンスをものにして、このパターンから抜け出すことだ。

たった一度でいい。

七番目に行ったのはスーパーだ。わたしのアパートメントからは三キロ半離れている。考えていたよりは遠い。でももうくたくただ。アパートメントからこの店までの間では、仕事はまったく見つからなかった。

店に入ったとき、わたしは汗だくだった。身なりを整えるためバスルームに入る。手を洗っていると、つやのある黒髪の小柄な女性が入ってきた。個室へ入ろうとはしない、ただ壁にもたれて、目を閉じている。名札にはエミーと書かれている。

目を開けた彼女は、彼女の靴をじっと見つめているわたしに気づいた。彼女がはいているのは白と赤のビーズが付いていて、先が丸みを帯びたデザインのモカシンだ。

「気に入った？」エミーは足を片方上げて、左右に振ってみせた。

「ええ。すごくステキ」

「うちのおばあちゃんの手作りよ。店ではスニーカーをはくのが決まりだけど、マネージャーが何も言わないから。たぶんわたしのことを怖がってるのね」

わたしは泥のついた自分のスニーカーを見て、あわてて足をひっこめた。こんな汚れた靴で歩き回っていたなんて、気づかなかった。

これじゃどこでも採用されないわけだ。わたしはスニーカーを片方脱ぐと、シンクで洗いはじめた。

「隠れてるの」エミーは言った。「普通はこんなふうにさぼったりしないんだけど、しょっちゅうやってきては文句を言うクレーマーの婆さんが来たから。今日はまじでその女のたわごとを聞いている気分じゃない。二歳の子どもがいるんだけど、一晩じゅう寝てくれなくて、電話で今日は具合が悪いと伝えて休もうと思った。でもわたしはシフトマネージャーで、シフトマネージャーには病欠は認められない。だから来たってわけ」

「で、バスルームに隠れてる」

女性はにやりと笑った。「そのとおり」

わたしはスニーカーを取り換え、もう一方を洗った。喉に塊《かたまり》がこみ上げる。「人手はいらない？　仕事を探してるんだけど」

「いるわ。でもたぶん、あんたがやりたいような仕事じゃないわよ」

わたしの顔に浮かぶ必死さに彼女は気づかなかったらしい。「何の仕事？」

「客の買った品物を袋に詰める作業。フルタイムじゃないの。特別なケアが必要な子どものために、優先的にこのポストは空けておくようにしてるから」

「なるほど、じゃ、その仕事を奪ったら悪いわよね」

「いや、でもないかな」エミーは言った。「労働時間が短いから、あまり応募者がいなくて。でも、ほんとに人手が必要なの。一週間に十二時間だけの仕事よ」

それじゃ家賃にもならない。でも、一生懸命やれば、ほかのポジションに移動もできるかもしれない。「適当な若い子が見つかるまで、働いてもいいわ。どうしてもお金が必要なの」

エミーはわたしを上から下までじろりと見た。「どうしてそんなに必死なの？　ほんとに安いわよ」

わたしはスニーカーをはいた。「つまり、えっと……」靴ひもを結びながら、避けられない告白をする。「刑務所から出てきたばかりなの」おどおどしないように気をつけながら、さりげなく早口で。「でも、あの……これだけは言える。後悔はさせない。トラブルも起こさないから」

エミーは大きな声で笑った。でもわたしは一緒になって笑わなかった。エミーは腕組みをして、首を傾げた。「驚いた、本気なの？」

わたしはうなずいた。「本気。でも店のポリシーで雇えないって言うならあきらめる。気にしないで」

エミーはさっと手を振った。「はっ、うちの店にポリシーなんてあるもんか。チェーン店じゃあるまいし、うちは雇いたい人を雇うわ。ぶっちゃけると『オレンジ・イズ・ニューブラック』（恋人の麻薬取引を手伝った罪で逮捕された裕福なお嬢様の女子刑務所生活を描くドラマ）にハマってるの。あんたがあの番組のどの部分が嘘なのかを教えてくれると約束するなら、応募用紙を渡すわ」

涙が出そうだ。かわりにわたしは作り笑顔を浮かべた。「あの番組に関してはいろんなジョークのネタになってるわよね。わたしもみなくちゃ」

エミーはぐるっと頭を回した。「でしょ、でしょ、でしょ。あの番組、最高。キャストも最高よね。一緒に来て」

わたしは彼女の後について店の正面にあるカスタマーサービスに行った。エミーは引き出しのなかに手を突っ込み、応募用紙を取り出すと、ペンを添えてわたしに差しだした。「今、ここで書いてくれたら、月曜日のオリエンテーションのメンバーに入れておく」

わたしは応募用紙を受け取った。ありがとうと言いたい、彼女をハグしたい。わたしの人生を変えてくれる恩人だって言いたい。でも、わたしはただ微笑んで、静かに応募用紙を受け取り、入口のドアの脇にあるベンチへ向かった。

フルネームを書き込み、ニコールと呼んでもらえるようにミドルネームをかっこのなかに入れる。カナと書かれた名札はつけたくない。誰かが気づくかもしれない。そうしたらゴシップの種になる。

最初のページを半分まで埋めたところで、邪魔が入った。

「やあ」

声が聞こえた瞬間、わたしはペンを握る指にぐっと力をこめ、顔を上げた。レジャーがカートを押して、わたしの前に立っていた。カートのなかにはゲータレードのパックが山積みになっている。

わたしは応募用紙を裏返した。一番上に書かれていた名前を彼に見られていませんようにと願いながら。それからごくりと唾を飲み、今日は昨日より感情的になるまいとした。

手振りでゲータレードを示す。「今夜はゲータレード祭?」

彼の顔にかすかな安堵が広がった。まるでわたしが「失せろ!」とかなんとか叫び出すとでも思っていたかのように。彼はパックの一つを軽く叩いて言った。「Tボールのコーチをしてるんだ」

わたしは彼から目をそらした。その答えに落ち着かない気分になったからだ。彼がTボールのコーチ? ラッキーなママたち。

でも、待って。Tボールのコーチ? 子どもがいるの? ってことは奥さんも?

Tボールのコーチと寝るところだったの?

わたしはペン先でクリップボードを軽く叩いた。「えっと、あの……結婚……してないよね?」

彼の笑みを見ればわかる。答えはノーだ。彼は首を横に振って答えた。「独身だ」それから
わたしの膝の上に置かれたクリップボードを手振りで示した。「応募するの?」

「ええ」わたしはちらりとカスタマーデスクを見た。エミーがわたしをじっと見ている。どうしてもこの仕事が必要だ。この場面のせいで、仕事中、セクシーなバーテンダーに気を取られて、仕事がおろそかになると思われたら困る。わたしは彼女から目をそらした。ここでレジャーに話しかけられたせいで、せっかくのチャンスがふいになったらどうしよう、そう思いながら。わたしはクリップボードを表に返し、彼に名前を見られないよう、手前に傾けた。早く彼が立ち去ってくれることを願いつつ、住所を書きこむ。

彼は立ち去らなかった。カートを脇に寄せ、一緒にいた友だちを先に行かせると、体を斜めにして、壁にもたれかかった。「もう一度ばったり会えたらと思ってたんだ」

今、彼の相手をするつもりはない。

わたしが何者なのかも知らないのに、彼をだますようなことはしたくない。

客といちゃついて、この仕事をふいにするつもりもなかった。「もう行って」わたしは小声、でも彼には聞こえる声で言った。

彼は顔をしかめた。「ぼく何か気に障ることでも?」

「違う。ただこの書類を書かなきゃならないから」

彼はぐっとあごを噛みしめると、壁から体を離した。「まるで怒ってるみたいだから、昨日の夜、悪かったなと思って……」

「大丈夫」わたしはもう一度、カスタマーサービスを見た。エミーはまだこっちを見つめてい

る。わたしはレジャーに向き直り、懇願の口調で言った。「この仕事が必要なの。そして今、未来の上司がずっとこっちを見てる。気を悪くしないでね。でもあなたは全身タトゥーだし、品行方正には見えない。彼女に問題のある人間だと思われたくないの。昨日のことは全然気にしてないわ。お互いさまよ。大丈夫だから」

彼はゆっくりとうなずくと、カートのハンドルを握りしめた。「大丈夫、か」むっとしたように、わたしの言葉を繰り返した。

わたしは一瞬、申し訳なく思った。でも、彼に嘘はつきたくない。彼はわたしのデニムにさっと触れた。誰にも邪魔されなかったら、彼のトラックのなかで、昨日の続きを始めたかもしれない。そうなったらどんなにすばらしいだろう？

でも彼の言うとおりだ。全然、大丈夫じゃない。どうしても彼の口もとに目がいってしまう。彼はキスがうまい。彼の唇以外に、もっと考えなくちゃいけないことが山ほどあると、かえってそのことを考えてしまう。

彼はほんの数秒間、押し黙ると、カートの袋に手を伸ばした。取り出したのは茶色のボトルだ。「キャラメルを買ったんだ。きみが戻ってきたときのために」ボトルをひょいっとカートに戻す。「とにかく、うまくいくといいね」彼はくるりと向きを変えて、ドアから出ていった。

わたしは書類の続きを書こうとした。でも震えが止まらない。彼がいると、まるで自分の体に時限爆弾が括《くく》りつけられていて、一秒、また一秒とわたしの秘密がぶちまけられる瞬間が近づいている気がする。

手が震えたせいで下手な字になったけれど、とにかく書類が書きあがった。カスタマーサービスに戻って書類を渡すと、エミーが言った。「ボーイフレンド？」

わたしはとぼけた。「誰のこと？」

「レジャー・ウォード」

ウォード？　そういえばバーの店名はウォードだった。彼があのバーのオーナー？

わたしは首を横に振った。「まさか。よく知らない人よ」

「残念ね。リアと別れてから、この界隈《かいわい》じゃ、今、一番ホットな独身男なのに」

まるでリアが何者か、わたしも知っていて当然とばかりの言い方だ。このサイズの町なら、ほとんどの人が顔見知りでも不思議じゃない。わたしはちらりと、レジャーが出ていった後のドアを振り返った。「この町に来たのはそういう目的じゃないの。欲しいのは気楽な仕事よ」

エミーは声をあげて笑い、わたしの応募書類に目を通した。「ここの出身？」

「いいえ、デンバー生まれよ。ここには大学のために来たの」嘘だ。大学には行ったことがない。でもここは大学町だし、いつかは行ってみるつもりだった。その夢は叶わなかったけれど。

「そうなの？　じゃあ学位は持ってる？」

「卒業はしなかった。だから戻って来たの」わたしは嘘をついた。「次の学期から大学に通うために」

「じゃあ、この仕事はもってこいね。授業の合間に働けるから。オリエンテーションをするから、月曜日の八時にここに来て。免許は持ってる？」

わたしはうなずいた。「ええ。持ってくるわ」先月、数か月の再申請を経て、免許を取り戻したばかりなのは言わなかった。

「ありがとう」できるかぎり平静を装う。でも今のところはうまくいってる。アパートメントに続いて、仕事も手に入れた。

次は娘を探さなきゃ。

出口へ向かうわたしの背中にエミーが言った。「待って。時給がいくらか知りたくないの？」

「ああ、もちろん、知りたい」

「最低賃金よ。ばかよね、わかってる。わたしがオーナーなら賃金を上げるわ」エミーはカウンターに身を乗り出して、声を潜めた。「ここだけの話、あんたならロウの倉庫で仕事にありつけるわ。時給ははじめからここの倍よ」

「先週、オンラインで応募済みよ。前科者は雇わないって」

「なんだ。がっかりね。いいわ、じゃあ月曜日に」

店を出る前に、わたしはこぶしでカウンターを軽く叩いて、聞くべきじゃない質問をした。

「えっと、レジャーだっけ？　わたしがさっき話していた人を知ってるの？」

エミーは片眉をくいっと上げた。「何が知りたい？」

「彼、子どもはいる？」

「姪っ子か何かが一人いるわ。ときどき、彼と一緒に店に来るけど、かわいい子よ。でもレジャーは間違いなく独身で子どももいない」

姪っ子？

あるいは亡くなった親友の娘？

彼はわたしの娘と一緒にここで買いものを？

突然ぐるぐると渦を巻きはじめた感情のなか、わたしは無理に笑顔を作った。もう一度エミーにありがとうと言って、急いで店を出る。奇跡が起こって、レジャーのトラックがまだそこに停まっていて、わたしの娘が彼と一緒にトラックに乗っていることを願いながら。

駐車場を見回す。でも彼の姿はなかった。みぞおちがずしんと重く沈む。でもまだ希望というアドレナリンが体じゅうを駆けめぐっているのを感じる。彼がTボールのコーチをしているのはわかった。ディエムも彼のチームでプレイしている可能性が高い。なぜなら自分の子どもがいる以外、Tボールのコーチをする理由が見つからない。

Tボールの競技場に行ってみようかとも考えた。でもちゃんと筋を通したい。まずはパトリックとグレースと話がしたい。

10

レジャー

グレイディはフェンスの金網に指を入れてつかみ、ぼくがバッグから用具をダグアウトに引きずり出すのを見ている。「で？　彼女は誰だ？」

ぼくはとぼけた。「誰って誰だ？」

「昨日の夜、おまえがトラックに乗せた子だ」

目が真っ赤だ。夜勤に変わったことが負担になっているのかもしれない。「客だ。家まで送っただけだ」

グレイディの妻、ホイットニーがそばに立っている。少なくともママ軍団は引き連れていない。でも彼女がぼくを見る目で、球場にいる誰もがすでにぼくの噂をしているのがわかった。相手ができるのは一度に一組のカップルだけだ。「グレイディから聞いたわよ。昨日の夜、トラックに女の子を乗せてたって」

さっとグレイディを見ると、彼はしょうがないだろと言わんばかりに両手を上げた。

「別に誰でもない」ぼくは繰り返した。「客を家まで送っただけだ」今日、何度このフレーズを繰り返すことになるんだろうと気が重くなる。

「誰なの?」ホイットニーがたずねる。

「きみたちは知らない人だ」

「この界隈じゃ、誰もが知り合いよ」とホイットニー。

「彼女はこの町の人間じゃない」嘘かもしれない。でも嘘じゃないかもしれない。彼女についてほとんど知らないから、嘘かどうか知りようもない。知っているのは彼女の唇がどんな味だったかだけだ。

「ディスティンはスイングを練習してる」グレイディが息子に話題を変えた。「どうなるか楽しみだ」

グレイディはチームを勝たせて、ほかの父親からうらやましがられたいらしい。ぼくにはその気持ちはわからない。Tボールは楽しくあるべきで、そこに競争を持ち込みすぎると、スポーツのよさが損なわれる。

二週間前、グレイディはアンパイアと取っくみあい寸前だった。ローマンに球場から押し出されなかったら、たぶん殴っていたと思う。

Tボールでそんなに熱くなるなんてみっともない。でも、彼は息子のスポーツに真剣だ。ぼくは……それほどでもない。あまり熱くならないのは、ディエムが自分の娘だからじゃないからかもと思うときもある。自分の娘のことととなれば、ぼくも点数もつかないスポーツで腹を立てたりするのだろうか? ディエムよりも、自分の血がつながった子どもに愛情を感じるのかはわからない。でもスポーツに関する態度を変えることはないと思う。なかには、ぼくがプロのフットボール選手だったから、子どもたちを競わせることを期待する親もいる。でもぼくはずっと、闘争心をあおるタイプのコーチと付き合ってきた。コーチを引き受けたのも、そんな競争バカがコーチになって、ディエムに悪い例を見せることになるのを心配したからだ。

そろそろウォームアップを始める時間だ。だがディエムはTボールをパンツのポケットに突っ込んで、ホームプレートの後ろに立っている。右と左、それぞれのポケットに二つずつのボールを入れて、さらに三つ目をねじこもうとしている。彼女のパンツはボールの重みでずり下がっている。

ぼくはディエムのところへ行き、膝をついた。「ディエム、Tボールを全部入れるのはむりだよ」

「これ、ドラゴンの卵なの」ディエムは言った。「これを裏庭に植えたら、ベビードラゴンが育つの」

ぼくはボールを一つずつローマンにむかって投げた。「そりゃ違うね。ドラゴンは生えてこない。ママドラゴンが卵をあっためるんだ。庭に卵は埋めない」

ディエムは体を前に倒し、小石を拾った。まだ二つ、彼女のシャツの背中にボールが入っている。シャツの裾を少し持ち上げると、ボールが足もとにぽとりと落ちた。そのボールを、ぼくはローマンにむかって蹴った。

「あたしは卵から生まれたの？」ディエムが聞いた。

「いいや、卵じゃない。人間は卵で育たない。人間は……」お母さんのお腹のなかで育つ、そう言いかけて、ぼくは口ごもった。いつもこの手の話は細心の注意をはらって避けるようにしている。自分には答えらえない質問をきかれたら困る。

「人間はどこで育つの？」ディエムが言った。「木のなか？」

まいった。

ディエムの肩に手を置いて、その質問はきかなかったことにする。子どもの作り方について、グレースとパトリックが彼女に何をどう話しているのか知らないからだ。これはぼくの管轄外《かんかつがい》だ。心の準備もできていない。

ダグアウトに集まるよう、子どもたちに大きな声で指示を出す。幸いにも、ディエムは友だちの一人に気をとられて、ぼくから離れた。

ようやくその会話から逃れて、ぼくはほっと大きく息を吐いた。


マクドナルドへ行く前に、ローマンをバーで降ろした。

そう、ディエムはゲームの間じゅう、一度もスパイクをはかなかったけれど、結局、マクドナルドに行くことになった。彼女はどんどんぼくの操縦《そうじゅう》がうまくなっている。

戦いは賢く選べ、よくそう言われる。でも何も選んでいないのに、それが起こってしまったらどうしたらいいんだろう？

「もうTボールはやめる」ハチミツまみれのフレンチフライを握りしめて、ディエムが言った。手からハチミツが垂れている。

いつもどうにかフレンチフライはケチャップで食べさせようとしている。はるかに始末がいいからだ。でもすべてをできるかぎり厄介にするのがディエムだ。

「Tボールが嫌いになったの?」

ディエムは首を横に振って、手首をなめた。

「やりたくないならやらなくてもいい。でも、今シーズンはまだ数ゲーム残っているから、責任ってものがある」

「セキニン?」

「自分が何かをするって言ったときには責任があるんだ。きみはチームのメンバーになるって言った。もしやめたら友だちはがっかりする。今シーズンの間はプレイできるだろ?」

「試合の後にいつも、マクドナルドにこられる?」

ぼくは目を細めて彼女を見た。「なんだかうまくペテンにかけられた気分だ」

「ペテンって何?」とディエム。

「わなにひっかかって、マクドナルドに連れていくはめになるってこと」

ディエムはにっと笑って、フレンチフライを平らげた。トレイにゴミを集めて彼女の手をとる。店から出たところでハチミツのことを思い出した。ぼくの両手はべたべただ。こんなこともあろうかと、トラックのなかにウェットティッシュを置いている。

数分後、ディエムをチャイルドシートに乗せ、ウェットティッシュで手と腕を拭いてやっているときに、彼女が言った。

「いつ、ママは大きな車を買うの?」

「グレースはミニバンを持ってるよね。あれより大きな車が必要なの?」

「ナナじゃない」ディエムは言った。「ママだよ。スカイラーが、あたしのママはTボールに全然来ないねって。だから言ったの。大きな車を買ったら来るよって」

ぼくははたと手を止めた。これまでディエムは母親の話をしなかった。でもさっきうやむやに終わらせた会話を含めて、今日は一日のうちに二度めだ。

そういう年頃になったんだろう、ぼくは思った。でも母親について、グレースやパトリックがどう話しているのかわからない。それにディエムがなぜ、母の車についてたずねたのか、その理由もまったくわからない。

「誰かに言われたの？　ママにはもっと大きな車が必要だって」

「ナナが言った。ママの車は大きくないから、あたしはナナとノノと住んでるんだって」

まいった。首を横に振りながら、バックパックにウェットティッシュを入れる。「そりゃ知らなかったな。ナナに聞いてみて」ぼくは後ろのドアを閉め、運転席に回りながらグレースにメッセージを送った。


ディエムが、母親が自分と一緒にいないのは大きな車がないからだと思ってるのはなぜ？


グレースから電話がかかってきたとき、ぼくたちはマクドナルドから数キロのところにいた。〈スピーカー〉になっていないことを確認する。「やあ、今、ディエムとそっちに戻る途中だ」今は話せないことを知らせるためだ。

グレースが大きく息を吸ったのが聞こえた。さっきのメッセージには長い説明が必要らしい。

「説明するわ。先週のことだけど、ディエムがたずねたの。なぜ自分は母親と暮らしていないのかって。なんと答えるべきかわからなかった。だから彼女がわたしたちと暮らしているのは、ママがわたしたち全員を乗せられる大きな車を持っていないからだって答えたの。それが最初に思いついた嘘だった。パニックになっていたの」

「だろうね」

「彼女にいつか話すつもりよ。でもどう言えばいい？　母親が刑務所にいるなんて。刑務所が何かさえ、ディエムはまだ知りもしないのに」

「責めてるわけじゃないんだ」ぼくは言った。「ただ、話をすり合わせておきたかった。いずれ、もっとちゃんと真実を話すことになるだろうけど」

「そうよね。ディエムはまだ幼すぎるわ」

「でも不思議に思いはじめている」

「わかってる。ただ……もしまた同じ質問をしたら、わたしが彼女に説明するわ」

「そう言った。聞かれたときの準備をしておいて」

「わかった」グレースはため息をついた。「試合はどうだったの？」

「まあまあだ。ディエムは赤いブーツをはいたままだった。で、マクドナルドをゲットした」

グレースはおかしそうに笑った。「甘いわね」

「ああ、知ってる。じゃあ、あとで」電話を切って、ちらりと後部座席を見る。ディエムはずっと聞き耳を立てていたようだ。

「何を考えてるの？」

「映画のなかに入りたいな」ディエムが言った。

「へえ、女優になりたいの？」

「ううん、違う。映画のなかに入りたいだけ」

「だろ。それが女優ってことだ」

「じゃ、そう、女優になりたい。アニメのなかにも入りたいの」

アニメは絵と声だけだけどね、とは言わなかった。「ディエムならいい女優になれると思うよ」

「だよね。馬とか、ドラゴンとか、人魚にもなるつもり」

「あるいはユニコーンとか」ぼくは付け加えた。

ディエムはにっこり笑って、窓の外を見た。

彼女の想像力はすばらしい。でもその想像力は絶対にスコッティから受け継いだんじゃない。

奴はアスファルト以上の石頭だった。

11

カナ

わたしはディエムの写真を見たことはない。彼女がわたしに似ているのか、スコッティに似ているのかもわからない。彼女の瞳はブルー？　あるいは茶色？　スコッティと同じようにくったくのない笑顔で笑うの？　それともわたしに似ている？

彼女は幸せ？

それが唯一、彼女に望むことだ。ディエムには幸せでいてほしい。

グレースとパトリックには感謝している。二人がスコッティをどれだけ愛していたかはわかっているし、ディエムのことも愛しているに決まっている。生まれる前から彼女を愛していた。

わたしが妊娠したことを知った日から、二人は親権の獲得に向けて動きはじめた。まだ赤ん坊の肺もできあがっていないうちに、彼女の最初の息をめぐって争った。

ディエムが生まれる前に、わたしは親権を失った。懲役七年の刑で服役中の母親に多くの権利はない。

裁判官は言った。すべての状況とわたしがスコッティの家族にもたらした悲劇を鑑《かんが》みれば、道義的に考えて、わたしに面接権を認めることはできない。またわたしの服役中は、彼の両親にわたしと娘との関係の維持を強いることもできない。

出所したら交渉をおこなう権利はある、そう言われた。でも親権は消滅しているから、できることは限られているとも。ディエムの誕生から出所までの約五年の間には、誰にも何もできないし、わたしのために何かしてくれる人もいなかった。

わたしにできるのは、ただ子どものように、はかない希望にしがみつくことだけだ。

時間がスコッティの両親の気持ちを和らげてくれますように……わたしは祈った。結局、ディエムの人生に母が必要だと二人が認めてくれるのではと思っていた。

世界から隔絶されていたときには、何もできなかった。出所して、どうするべきなのかを懸命に考えたけれど、何が期待できるのかもわからない。二人がどんな人たちなのかもわからない。二人に会ったのはたった一度、スコッティとデートしたときで、それもうまくいったとは言えなかった。ディエムの写真一枚、見つけられない。ネットで検索しようとしたけれど、二人のアカウントには鍵がかかっていて、ディエムの写真一枚、見つけられない。名前を覚えている限りのスコッティの友人を検索もした。でも思い出せる人はほんの数人で、その人たちのアカウントもすべて鍵がかかっていた。

そもそもわたしと出会う前、スコッティがどんな人生を歩んでいたのか、ほとんど知らない。彼の友だちや家族について多くを知るほど長くは付き合っていない。彼が生きた二十二年の人生の、たった六か月を一緒に過ごしただけだ。

彼の人生にいた人々は、なぜそんなにも閉鎖的なんだろう？　もしかしたらわたしのせい？

こういう事態を予想していた？　わたしが現われて、自分の娘の人生に関わりたいと言い出すのを警戒して？

憎まれているのはわかっている。そして憎まれる理由があることも。でもわたしの一部はディエムのなかにいて、この四年間を彼らと共に過ごしていた。彼女への愛ゆえに、彼らがわたしへの許しを見出してくれるのではと、はかない望みを抱いている。

時は傷を癒す、よね？

でもわたしが彼らに残したのは単純な傷じゃない。大きな喪失だ。傷はあまりにも深く、許されない可能性もある。でもかすかな希望にすがらずにはいられない。これはわたしが心待ちにしていた瞬間だ。

その瞬間がわたしを完成させるのか、破壊するのか、その間はない。

それがわかるまで、あと四分だ。

今、この瞬間、五年前に裁判所で判決を言い渡されたときよりも緊張している。わたしはゴムのヒトデを握りしめた。それはアパートメントの隣にあるガソリンスタンドで唯一セールになっていた子ども用のおもちゃだ。タクシーの運転手に頼んで、ターゲットかウォルマートに寄ることもできたけれど、ディエムが暮らしている場所とまったく逆の方向で、わざわざそこまで回る余裕はなかった。

今日、スーパーでの仕事が終わってから、歩いて家に帰ると昼寝をした。ディエムがいない間に、グレースとパトリックの家に行きたくない。エミーの言うとおり、レジャーに子どもがいないとしたら、彼のTボールのチームにいる幼い女の子はわたしの娘だろう。そして彼が買ったゲータレードの量から判断して、彼は大勢のメンバーと一緒に長い一日を過ごすつもりらしい。つまり、ディエムが家に帰るまでに、あと数時間はあるということだ。

わたしはできる限り長く待った。五時にはバーが開店する。レジャーはそれまでにディエムを家に連れて帰るだろう。でもランドリー家でレジャーと鉢合わせは避けたい。だからタイミングを計って、五時十五分にタクシーで乗りつけた。

それより先でも後でもだめだ。夕食を食べているところを邪魔したくないし、それより遅くなって、ディエムが眠ってしまっても困る。すべてを完璧にやりたかった。わたしが現われることだけでも驚かせるのに、パトリックとグレースに必要以上の負担をかけたくない。

話を聞いてもらう前に、追い出されたくない。

理想の世界では、彼らは玄関ドアを開けてわたしを迎え入れ、まだ抱きしめたことのない娘に再会することを許してくれる。

理想の世界では……彼らの息子もまだ生きているはずだ。

玄関先にいるわたしを見て、彼らの目にはどんな感情が浮かぶだろう？　ショック？　それとも憎しみ？

グレースはどれほどわたしを憎んでいるだろう？

わたしはグレースの気持ちになってみようとした。

彼女が抱えるわたしへの憎しみ――彼女から見た憎しみ――について想像してみる。ベッドに横たわって、目をつぶり、これから何があってもグレースを恨まないよう、彼女がわたしをディエムから遠ざけようとするあらゆる理由を考える。

カナ——自分がグレースだと想像してみて。

あなたには息子がいる。

誰より大切な、若く美しい息子。ハンサムで、人生の勝ち組だ。でも何より大切なのは、彼が優しいってことだ。皆がそう言う。自分もあんな息子が欲しいとほかの親たちからもよく言われる。そんなとき、あなたは微笑み、息子を誇らしく思う。

息子が新しいガールフレンドを家に連れてきて、真夜中にあらぬ声が聞こえてきたときさえ、彼を誇らしく思う気持ちは少しも変わらなかった。その娘は皆で食事の前に祈りを捧げているとき、家のなかをじろじろと見回していた。夜の十一時には、裏庭のパティオでタバコを吸っていた。でもあなたは何も言わなかった。ただ、いずれ自分の完璧な息子が彼女とは別れることを願っていた。

想像してみて。息子のルームメイトから電話がかかってきたときのことを。彼の行方をたずねる電話だ。その日、朝早く仕事に来るはずだったけれど、なぜか現われなかった、と。

想像してみて、あなたの心配を。あなたの息子はいつだって現われた。こんなことはなかった。

想像してみて。なぜ現われなかったのか聞こうとしても、あなたからの電話に息子は出ない。時間がたつごとに、パニックの度合いが増していく。いつもなら彼を感じることができる。でも今日はなぜか彼の存在が感じられない。恐怖に飲み込まれ、誇らしさはすっかりなくなった。

あちこちに電話をかける。大学にも、アルバイト先にも、そしてもし番号を知っていたら、あなたが気に入らなかったガールフレンドにさえかけたかもしれない。

車のドアをばたんと閉める音が聞こえ、ほっと安堵のため息をつく。でも玄関先に警察官の姿を見つけて、あなたは手から電話を取り落とした。

想像してみて。声が聞こえる。「お気の毒」「事故」「車は大破」そして「救えなかった」と。その瞬間、死ななかったのが不思議だ。

想像してみて。どうにか正気を失わず、恐ろしい夜を過ごして、目を覚ましたら、息子の遺体を確認してくれと言われたときのことを。

息子の魂の抜けた亡骸《なきがら》を。

あなたが創って、命を吹き込んだ体。あなたのなかで育って、歩くことや話すことを教え、走ることもできるようになった。いつも誰にでも優しかった。

彼のひどく冷たくなった顔に触れると、プラスチックの袋にあなたの涙が滴《したた》り落ちた。悲鳴が喉に引っかかって、悪夢のなかで叫んでいるみたいに声が出ない。

でも、あなたはまだ生きている。どうにか。

自分が生を与えた命を失って、どうにかやっている。悲しみに暮れ、ひどく弱って、彼の葬儀についてあれこれ決めることもできない。あなたは自分に問いつづけている、なぜあんなに完璧で、あんなに優しい息子があんなに向う見ずな行動にでたのか。

あなたが悲嘆に暮れていても、まだ心臓は鼓動を刻みつづけている。そして何度も、何度ももう二度と息子の心臓の鼓動を感じることがないという事実を思い出させる。

事態はさらに悪くなっていく。

想像してみて。

崖の底に落ちたと思っていたのに、あなたは新しい崖の上にいざなわれ、さらに突き落とされた。警察は言った。砂利の上を猛スピードで車を走らせたのは息子さんじゃなかった。事故は彼女のせいだ。煙草を吸っていたあの女。夕食の祈りの間、目も閉じず、静かな家ではしたない声をあげたあの女のせいだ。

あの女の不注意で、あなたの息子のかけがえのない命が失われた。

女は次の日発見された、自分の家のベッドで、二日酔いで、彼女の体には泥と砂利と息子の血がついていた。

完璧な健康体の、完璧な息子、もし彼女と会わなければ、完璧な女性と結婚して、あの事故にあわない完璧な人生を送ることができたかもしれない。

想像してみて。彼が死ななかった可能性もあったと聞かされたときの気持ちを。

その瞬間、まだ息子には息があった。事故後、六時間は生存していた。それが警察の見立てだ。彼は数メートル這いずって、あなたを探した。あなたに助けを求めて、血を流して、息絶えた。

何時間もの間。

想像してみて。あなたの家で大きな声で喘いで、夜の十一時にパティオでタバコを吸ったあの女が息子を救うことができたかもしれないとわかったときの気持ちを。

彼女は電話一本さえかけてこなかった。

三桁の番号をプッシュして、助けを求めることもしなかった。

女はあなたの息子の命を奪った罪で五年間服役した。彼女はあなたが彼を大切に育んだ十八年、活躍を見守った四年、そしておそらく、これから先、彼と過ごせるはずだった五十五年、それらをすべて奪った。

想像してみて、その後、どうなるのかを。

その女……つまらない女と息子が見限るのを願った相手……その女がありとあらゆる苦しみをもたらしたあげく、あなたの人生に再び現われたとしたら。

女がずうずうしくもあなたの家のドアをノックしたら。

あなたの目の前で微笑んでいたら。

自分の娘を返してくれと言ったら。

奇跡的に息子が後に残した、小さなかわいい命の人生の一部になりたいと言ったら。

想像してみて。自分の息子が死の間ぎわ、数メートルを這いずっていた時間に、自分のベッドで眠りこけていた女の目を見つめるときのことを。

想像してみて。このすべての出来事の後に、彼女になんと言うかを。

どうやったら彼女を傷つけることができるかを。

グレースがわたしを憎むのは当然だ。

彼らの家に近づくにつれて、自分で自分が嫌になってくる。

ここにくるなら、もっと準備をしてくるべきだった。これは簡単なことじゃない。五年間ずっと、この瞬間に立ち向かう覚悟はしていたけれど、どうふるまうか具体的に考えたことはなかった。

かつてスコッティが住んでいた通りで車が停まった。経験したことのない重い気持ちで、体がシートにめり込んでしまいそうだ。

家を前にすると、恐れは実際に音として聞こえるようになった。驚いたことに、喉の奥に小さな音がする。わたしはあふれそうになる涙を必死で押し込めた。

今、この瞬間も、ディエムはあの家のなかにいるかもしれない。

わたしは今、ディエムがいつも遊んでいる庭を横切ろうとしている。

わたしは今、ディエムが開けたドアをノックしようとしている。

ポケットから十五ドルを取り出し、運転手におつりは取っておいてくれと告げる。タクシーから外に出る瞬間、まるで幽体離脱のように体がふわりと浮き上がる感覚を覚え、わたしは振り返って、自分がもうそこに座っていないことを確かめた。

運転手にしばらくはそこで待っていてくれるように頼もうか考える。でもそれは早々に負けを認めることだ。どうやって家に帰るかは後で考えよう。今はとにかく、帰ってくれと言われる前に、しばらくは話を聞いてもらうことができるというありえない夢にしがみついている。

ドアを閉めるなり、運転手は走り去り、わたしは彼の家の通りの向かいに、ぽつんと一人取り残された。太陽はまだ西の空で明るく輝いている。

どこかに身を隠したい。

時間が必要だ。

まだ何をどう言おうか練習もしていない。ずっと考えていたけれど、声に出して練習はしていない。

荒くなる呼吸がコントロールできない。うなじに手をあて、吸って、吐いて、深呼吸を繰り返す。

リビングルームのカーテンは閉まっている。だからわたしの存在はまだ知られていない。わたしは縁石に腰を下ろし、その場所へ向かう勇気を奮い起こした。足もとに散らばっているいろんな考えを一つ一つ拾い上げて、順番に並べてみた。

1 謝る
2 感謝の気持ちを伝える
3 許しを乞う

もっとちゃんとした服を着てくるべきだった。昨日着ていたジーンズと〈マウンテンデュウ〉のTシャツのままだ。自分の姿をあらためて見下ろして、わたしは泣きたい思いに駆られた。初めて娘に会うのに、〈マウンテンデュウ〉のTシャツなんて最悪だ。こんなふざけた服装のわたしの話を、パトリックとグレースは真面目に聞いてくれるだろうか?

急ぎすぎた。もっと慎重に考えればよかった。わたしはパニックになりはじめた。

一人でも友だちがいれば……。

「ニコール?」

わたしは声がした方向を振り返った。首を伸ばして見ると、そこにレジャーがいた。普通の状況なら、ここで彼と会ったことに驚いたと思う。でも今のわたしはすでに一杯一杯で何かを感じる余裕もない。その気力もなかった。「ええ、そうよ」

わたしを見る彼の冷ややかな視線に、腕に鳥肌が立つ。「ここで何を?」

まずい、まずい、どうしよう。「別に」でもわたしの視線は通りの向こうをちらちらと見ている。次の瞬間、わたしはレジャーの背後を見て、そこが彼の家だということに気づいた。思い出した、スコッティが言っていたっけ。彼とレジャーは通りを挟んで向かい合わせの家で育ったって。**彼が今もその家に住んでいるのは単なる偶然？**

どうすればいいかわからず、わたしは立ち上がった。足が重い。レジャーを見る。彼はもうわたしを見ていなかった。道をへだてたところにあるスコッティの家を見つめていた。

あごをさする彼の顔には芽生えたばかりの不信感が浮かんでいた。「なぜあの家を見ていたの？」彼はうつむき、通りを見て、太陽の方向を見た。でも次の瞬間、わたしが質問に答えられないのを見て、彼の視線がわたしに戻った。今の彼は、今日わたしがスーパーで会った彼とはまったくの別人だ。

もはやローラーブレイドをはいているかのように、バーのカウンターのなかで優雅に動き回る男性じゃない。

「きみの名前はニコールじゃないよね」重い口調だ。

わたしはびくりとした。

嘘がばれた。

彼はその嘘を引き裂いてしまいたいと思っているに違いない。

彼は自分の家を指さした。「入って」鋭い語気、命令だ。わたしは一歩あとずさって、彼から離れた。体が震え出す。彼は通りに一歩踏み出し、わたしのところへやって来た。そしてもう一度、向かいの家をちらりと見て、わたしの腰に腕を回し、強く背中を押した。ディエムが住む家と反対の方向へ。「二人に見られる前に、なかに入るんだ」

いずれは彼にもすべてがわかると思っていた。でも、どうせわかるなら、まだ昨日の夜のほうがよかった。わたしが娘からわずか数メートルのところにいる今ではなく。

わたしは彼の家を見て、パトリックとグレースの家を見た。彼から逃れるのは無理だ。今、ここでもめるのは避けたい。わたしのゴールは平和的に到着して、できるかぎりスムーズに事を進めることだ。でも、レジャーは正反対のことを望んでいるようだ。

「ほっといて」わたしは食いしばった歯の奥で言った。「これはあなたには関係のないことよ」

「関係なくない」彼が低い声で言った。

「レジャー、お願い」わたしの声は恐れと涙で震えている。彼が怖い、この瞬間が怖い、事態をさらに困難にするのが怖い。でも、彼がここまでわたしに腹を立て、二人の土地からわたしを追い出す理由は何だろう？

パトリックとグレースの家を見ながら、足はレジャーの家に向かっていく。抗うこともできるけれど、もはやランドリー夫妻と話をする準備ができているかどうかも怪しくなってきた。ほんの二、三十分前、タクシーに乗り込んだときには準備は万全だと思っていた。でもここに来て、レジャーの怒りを前にすると、何をどうしたらいいのかわからない。この数分でわかったのは、わたしがやってくるのがなぜか予想されていて、しかもわたしはまったく歓迎されていないということだ。

パトリックとグレースはわたしが更生施設からでてきたのを知らされていて、やがてはこうなることも考えていたに違いない。

もう足の重さは感じない。ふたたび体が浮遊している感覚が戻ってきた。まるで風船のように宙をふわふわと漂っている気分だ。わたしはまるで糸で引っ張られているかのように、レジャーの後をついていった。

自分が恥ずかしい。恥ずかしさのあまり、自分の声も考えもなくなって、ただレジャーの後をついていく。さっきまでの自信はもうまったくない。こんな大事な瞬間に、わたしのTシャツはあまりにもふざけている。ばかだった。あまりにも事を簡単に考えすぎていた。

レジャーはドアを閉めると、わたしをリビングへ連れていった。憮然《ぶぜん》とした表情だ。わたしを見たからか、それとも昨日のことを考えたからか、理由はわからない。彼は額に手をあて、リビングをうろうろと歩き回った。

「だからぼくのバーに来たの？　ぼくを利用して、彼女に近づこうと？」

「まさか」わたしは悲痛な声をあげた。

彼はいらだちに顔をなでおろし、つぶやいた。「ふざけるな」

彼がわたしに激怒している。なぜわたしはいつも最悪の決断をしてしまうの？

「きみがこの町にいたのはたった一日だ」彼はテーブルから鍵をさっと取った。「おかしいと思わない？　こんなに早くここに現われるなんて？」

こんなに早く？　**ディエムはもう四歳よ。**

わたしはねじれそうなみぞおちを腕で押さえた。どうすればいいのかわからない。どうする？　何ができる？　何かあるはずだ。お互いに折り合える点が。わたしに相談もせずに、彼らが勝手にディエムに何がベストかを決めることはできない。

できるの？

できる。

このシナリオにおいて、むちゃを言っているのはわたしだ。あまりに怖くて、それを認めることができなかった。彼に聞きたい、二人に話を聞いてもらうために、何がわたしにできるのかを。でも彼の鋭い目を見ると、そんなのはお門違いだという気がする。わたしにはその質問をする資格さえないのかもしれない。

彼はわたしが握りしめているゴムのヒトデを見た。わたしのほうに歩いてきて、手を差し出す。なぜそんなことをしたのか自分でもわからないけれど、わたしはヒトデを彼に渡した。たぶん、おもちゃを持って現われたのを見て、わたしに悪意がないことをわかってもらえると思ったのかもしれない。

「まじ？　歯がためだろ？」彼をまるでそれが今まで見たなかでもっともばかばかしいものと言わんばかりに、ぽいっとソファの上に投げた。「彼女は四歳だ」キッチンへ向かう。「送っていくよ。ガレージからトラックを出すから待ってて。きみの姿を二人に見せたくない」

もう体が浮かんでいる感じはしない。重くて、凍りついている。彼の家のコンクリートスラブに足がとらわれてしまったかのように。

わたしは通りに面した、パトリックとグレースの家のリビングの窓をちらりと見た。**こんなに近くにいるのに。**わたしたちを隔てるものは一本の通りだけだ。車も走っていない、人もいない。

これからどうなるのかは明らかだ。レジャーがわたしの訪問を阻止した様子からすると、パトリックとグレースはわたしと関わることを望んでいない。つまり二人と話ができる可能性はない。許しを得られる可能性もまったくない。

彼らはまだわたしを憎んでいる。

奇跡でも起こらない限り、わたしが娘に会うことはできない。法に訴えることはできるけれど、それにはかなりのお金と時間がかかる。そんな余裕はない。

これはディエムに会える唯一のチャンスだ。スコッティの両親に会って、許しを乞いたい。今、できなければ、二度と無理だ。

今か、永遠に無理か。

わたしがついてこないのにレジャーが気づくには、少なくとも十秒くらいはかかるだろう。もしかしたら彼につかまる前に、二人の家にたどり着けるかもしれない。

わたしは外に出ると、通りの向こうを目指して駆け出した。

彼らの家の庭にたどりつく。

ディエムがいつも遊んでいる芝生をすばやく横切る。

玄関ドアを叩く。

ドアベルを鳴らす。

窓から部屋のなかをのぞいて、ちらりとでもディエムの姿を見ようとした。

「お願い」わたしは小さな声で言い、さらに激しくドアをノックした。小声が悲鳴に変わろうとしたとき、レジャーが追いついてきた。「すみません！」わたしは叫びながらドアを叩いた。

「すみません、ごめんなさい、お願いだから彼女に会わせて！」

次の瞬間、わたしは腕をとられ、通りを渡って彼の家へと連れ戻された。彼の腕から逃れようともがきながら、ひと目でも娘の姿が見えることを願って、小さくなっていく二人の家の玄関ドアを見つめつづけた。

わたしがそこから立ち去るまで、家のなかに動きはなかった。わたしはレジャーの家に引き戻され、ソファの上に投げ出された。

レジャーは電話を手に、リビングを歩き回っている。三桁の番号、警察を呼ぼうとしている。わたしはパニックになった。「やめて」必死に訴える。「やめて、お願い」ダッシュでリビングを横切り、彼の電話を奪おうとした。だが彼はわたしの肩を片手で押さえ、ソファに押し戻した。

わたしは膝を抱えてうずくまり、震える手で口もとを覆った。「お願い、警察には通報しないで。お願いだから」わたしは静かに座った。おびえていると思われたくない。彼がわたしの目を見つめて、そこに宿る痛みを感じてくれることを願いながら。

彼と目が合った瞬間、わたしの頰を涙が伝った。彼は立ち止まり、電話をおろした。約束を探して、わたしの顔をじっと見下ろしている。

「もうここには来ないから」もし彼が通報したら、わたしにとっては致命的だ。もうこれ以上、自分の記録に何も付け加えたくない。たとえ法を犯す行為でなくても、望まれないのにここにいるだけで、わたしにとってはマイナスポイントになる。

彼はわたしに一歩近づいた。「きみはここに戻ってくることはできない。約束してくれ。もう二度と、ぼくたちの前に姿は現わさないと。でなけりゃ、今すぐに警察に通報する」

むりだ。そんな約束はできない。娘以外に、わたしの人生に何があるの？　わたしには彼女がすべてだ。それがまだ、わたしが生きている理由だ。

こんなの、おかしい。

「お願い」何を乞うているのかもわからないまま、わたしは叫んだ。誰かに話を聞いてほしい。わたしの気持ちを。そしてどれだけつらかったかをわかってほしい。彼が昨日バーで出会った彼のままでいてほしい。わたしを腕のなかに引き入れて、自分はわたしの味方だと感じさせてほしい。大丈夫だと言ってほしい。けっして、何一つ大丈夫じゃないのは、自分が一番よくわかっているけれど。

その後の数分は呆然としたまま過ぎた。さまざまな感情があふれる。

レジャーのトラックに乗り込むと、彼はわたしを乗せて、わたしの娘が生まれてからずっと暮らす界隈から走り去った。数年を経て、やっとここまでたどり着いた。でも今ほど彼女が、はるか遠くの存在に感じられたときはない。

わたしは助手席の窓に額を押しつけ、目を閉じ、はじめからもう一度やりなおせたらと願っていた。

最初の最初から。

あるいはせめて早送りで最後までたどりつけたら。

12

レジャー

人が死ぬときに褒めたたえられるのはよくあることだ。時にはヒーローと持ち上げられることもある。だが、スコッティは言葉で飾り立てる必要はない。誰もが彼にはいい思い出を持っている。皆が言う。優しく、ユーモアがあって、スポーツができて、正直で、カリスマがあった。いい息子、すばらしい友人。

スコッティのかわりにぼくが死ねばよかった、そう思わなかった日は一日もない。もし彼がディエムと一日を過ごすことができるなら、その場で自分の命を差し出すだろう。

もしカナが事故を起こしただけだったら、これほどの怒り――ディエムを守らなくてはという気持ち――を覚えることはなかったと思う。でも彼女はそれ以上のことをした。するべきではないときに運転をして、スピードを出して、酒を飲んで、車がひっくり返った。

おまけに彼女はその場を歩き去った。スコッティを残して。歩いて家に戻って、ベッドにもぐりこんだ。なぜならそれでその事態を乗り切れると思ったからだ。スコッティが死んだのは、彼女がトラブルに巻き込まれるのを恐れたせいだ。

そして今、許しが欲しいと？

今、スコッティの死の詳細について考えるのはやめよう。このトラックで、彼女が隣に座っているときには。なぜなら彼女がディエムについて知る喜びを許すくらいなら死んだほうがましだ。もしそれが二人して橋から転落することを意味するなら、たぶん復讐のために今すぐそうするだろう。

彼女が、自分が現われても大丈夫だと思ったこと自体、理解できない。でもさらに腹が立つのは、昨夜、ぼくが誰だか、彼女が知っていたという事実だ。ぼくがキスをして、彼女を抱きしめたあの瞬間に。

自分の勘を信じるべきだった。初めからなんとなく違和感はあった。でも彼女は五年前、ぼくは記事で読んだカナとは見た目は別人だ。スコッティのガールフレンドだったときのカナはブロンドのロングヘアだった。当時、ぼくは彼女の顔を知らなかったし、実際に会ったこともなかった。それでも自分の親友を殺した女の子のマグショットなら、もっと目に焼きついているかと思ったのに……。

バカだった。腹が立つし、傷ついた。利用された気分だ。今日、スーパーで会ったときにも、彼女はぼくが誰か知っていた。なのに、自分が何者か、おくびにも出さずに近づいてきた。

ぼくは少し窓を開け、新鮮な空気を入れた。気持ちを落ち着かせる必要がある。あまりに強くハンドルを握りすぎて、こぶしが真っ白だ。

彼女は窓の外を見つめて、無反応のままだ。泣いているのかもしれない。

でも、そんなことはどうでもいい。

知ったことか。

彼女は昨日の夜会った女性じゃない。あの彼女はもういない。ぼくはまんまと罠にはめられた。

パトリックは数か月前、彼女が出所したと聞いて、不安を口にした。こんなこと——彼女がディエムに会いにくること——があるかもしれないと。ぼくは自分の家に誰かがきたら音が鳴るカメラを庭に向かって取りつけた。だから縁石に座る人影に気づいた。

心配しすぎだ、ぼくはパトリックに言った。「まさか、あんなことをしでかした後で、来られるわけがない」

ハンドルを握る手にさらに力を込める。カナはディエムをこの世に生み出したかもしれないけれど、ディエムとの関わりはそこで終わりだ。

彼女のアパートメントが見えると、ぼくはそこでトラックを止めた。エンジンは切らなかった。だがカナはトラックから降りようとしない。昨日の夜のように、そそくさとトラックから降りるだろうと思っていたのに、まだ何か言いたいことがあるらしい。あるいは、このトラックにずっといるのを恐れているのと同じくらい、自分の部屋に戻るのを恐れているのかもしれない。

彼女は膝の上で握りしめた手をじっと見つめている。手を伸ばし、シートベルトをはずした。だがシートベルトがはずれても、そこに座っている。

ディエムは彼女にそっくりだ。ディエムはあまりスコッティに似ていない。だから母親に似たのだろうと思っていた。でも今夜までは、どれほど似ているのかわからなかった。ウェーブもカールもないまっすぐな赤みがかった茶色の髪、目もカナそっくりだ。
たぶん、それが昨日の夜の違和感の理由かもしれない。自分が気づく前に、潜在意識が気づいていた。

カナが横目にこちらを見たとき、ぼくは胸をつかれた。悲し気なときのディエムはとくにカナにそっくりだ。ディエムの将来を見ているような気分になる。

カナは手で涙を拭っている。でもぼくは身を乗り出して、ダッシュボードからティッシュを取り出すことさえしなかった。涙は、昨日も着ていた〈マウンテンデュウ〉のTシャツで拭えばいい。

「昨日、バーに行ったとき、わたしはあなたのことを知らなかった」カナの声は震えている。「本当よ」ヘッドレストに頭を預け、背中を伸ばして、前を向いた。深呼吸をする彼女の胸が膨らむ。息を吐いたその瞬間、ぼくはロックを解除した。ぼくなりの退場の合図だ。

「昨日のことはもう気にしていない。ぼくが気にしているのはディエムだ。それだけだ」

彼女のあごを涙が滑っていく。その涙の味がどんなのか知りたくはない。でも心のどこかで、手を伸ばして、その涙を拭い去りたいと思ってしまう自分が嫌だ。

あの夜、スコッティのもとから歩き去ったときも、彼女は泣いていたのだろうか？

彼女は静かに体を前に傾け、両手で顔を覆った。彼女が動くたびに、トラックにシャンプーの香りが広がる。リンゴの香りだ。ぼくはドアフレームに肘をついて、彼女から距離をとった。口と鼻を手で覆って、窓の外を見る。彼女について、これ以上何かほかのことに気づきたくない。彼女がどんな香りがするとか、どんな声だとか、彼女の涙がどう見えたとか、彼女の苦しみがぼくをどんな気持ちにさせるとか。

「パトリックとグレースはきみにディエムの人生に関わってほしくないと思っている」数年分の胸の痛みに満ちた悲しみが吐息に交じって、彼女の口から洩れた。「あの子はわたしの娘よ」強い思いが感じられる声、パニックと絶望に満ちている。

ぼくはハンドルを握って、親指で軽く叩きながら、彼女に理解してもらうには何をどう言えばいいのか考えた。

「ディエムは彼らの娘だ。きみには権利はない。トラックから降りて、頼むからデンバーに帰ってくれ」

彼女から漏れるすすり泣きが本物なのどうかも、ぼくにはわからない。彼女は頬の涙を拭い、ドアを開けてトラックから出た。ドアを閉める前にもう一度ぼくを見る。色が薄くなった瞳もまた、泣いているときのディエムにそっくりだ。

心を動かされているのは、彼女があまりにディエムに似ているから、ただそれだけだ。ぼくが傷ついているのはディエムのためだ。カナのためじゃない。

カナは歩き去ろうか、ぼくに答えようか、それとも叫ぼうか考えているようだ。自分を抱きしめるように腕を組んで、絶望に満ちた二つの大きな目をこちらに向ける。彼女は顔を上げて、一瞬、空を仰ぎ見たのち、震える息を吐いた。「くたばれ、レジャー」彼女の声に交じる苦悩に胸が痛む、でも見た目は平静を装った。

彼女は叫びさえせず、ただ静かにその言葉を放った。

トラックのドアを勢いよく閉め、両手で窓を叩いた。「くそったれ」

三度目の罵《のの》り言葉をぼくは待たなかった。ギアをバックに入れ、通りへと出る。まるで彼女のこぶしを受けたかのように、みぞおちが固くなっている。彼女から遠ざかるにつれ、その感触は薄れていった。

これからどうなるのかわからない。でもこの数年間ずっと、ぼくの頭のなかには彼女の姿があった。自分の過《あやま》ちをまったく後悔していない女性。自分が産んだ子どもに少しの愛情も感じない母親。

五年の間、頭にこびりついたそのイメージは簡単にはなくならない。カナに対して、たった一つの見方しかできない。後悔もせず、面倒なことには関わらず、優しさの欠片も持ち合わせない女性。

揺らぐ思いとどう折り合いをつけたらいいのかわからない。彼女はディエムの人生に関われないことで苦しんでいるように見える。でも彼女はスコッティの命を見捨てた。

ぼくは言うべきだったたくさんの言葉を考えながら、車を走らせた。まだ答えを聞いていない質問がたくさんある。

「なぜ助けを呼ばなかった？」

「なぜ彼を置き去りにした？」

「なぜ自分がすでにぶち壊した生活にもう一度騒動をもちこむ権利があると考えている？」

「なぜまだきみをハグしたいのか？」

13

カナ

最悪のシナリオだ。今日、ディエムに会うことができなかっただけじゃなく、自分を彼女のもとに連れていくことができた唯一の人物を敵に回した。

レジャーに腹が立つ。彼に昨日、体を触れさせてしまったことにも腹が立つ。昨日、あのわずかな時間、一緒に過ごしてたことで、彼がわたしに〈嘘つき〉〈あばずれ〉〈アルコール依存症〉といったレッテルを貼る根拠を与えてしまった。〈人殺し〉だけでは十分ではないかのように。

彼はきっとすぐにパトリックとグレースの家に行き、わたしに対する憎しみをさらに強固なものにするだろう。彼らと協力して、さらに高く、厚い壁をわたしと娘の間に築くはずだ。

わたしの側には誰もいない。誰も。

「ハーイ」

階段の途中で声をかけられ、わたしは立ち止まった。階段の上に十代の少女が座っている。ダウン症に特徴的な容貌《ようぼう》、人懐っこい笑顔をわたしに向けている。まるで今日がわたしの人生最悪の日ではないかのように。彼女が着ているのは、エミーが食料品店で着ていたのとよく似た作業着だ。あのスーパーで働いているに違いない。店には特別な配慮が必要な人のためのポジションがある、エミーがそう話していた。

わたしは頬の涙を拭って、小さな声で返事をした。「ハイ」それから体を斜めにして彼女をよけた。いつもなら立ち止まってちょっとした世間話をするところだ。とくにこの子とは同僚になる。でも今は話をすると、涙が出てきそうだ。

アパートメントのドアを開ける。なかに入ると、ばたんとドアを閉め、半分空気の抜けたマットレスに顔から倒れ込んだ。

言葉も出ない。出発点に戻った、というよりマイナスからのスタートだ。

ドアがさっと開く気配に、わたしはあわてて上半身を起こした。階段にいた少女が、のこのことなかに入ってきた。「なぜ泣いているの？」彼女は閉めたドアにもたれて、わたしの部屋を見回している。「なんで何も物がないの？」

許しも得ずに突然入ってきた彼女に、悲しみのあまり腹を立てる余裕もなかった。たぶん彼女には境界という概念がないのかもしれない。

「引っ越してきたばかりなの」わたしは物の少なさを説明した。

少女は冷蔵庫まで歩いてきて、扉を開けた。なかには今朝残した食べかけのランチャブル（クラッカー、ハム、チーズなどが一つのトレイに入った市販のお手軽ランチ）がある。彼女はそれを取り出した。「食べてもいい？」

少なくともだまって食べることはしない。「どうぞ」

彼女はクラッカーをかじった。でも次の瞬間、目を丸くして、カウンターにランチャブルを投げ出した。「猫を飼ってるのね！」彼女は子猫に近づき、抱き上げた。「ママが猫は飼えないって。ルースからもらったの？」

ほかのときなら彼女を歓迎したと思う。本当に。でも今、わたしの人生で最悪のひとときを過ごしている今は、とても新しい友だちを歓迎する気分にはなれなかった。ひと休みが必要だ。でもここに彼女がいれば、それもできない。「出て行ってもらえるかな？」わたしはできる限り感じよく言った。でも誰かに一人にしてくれと頼むのは、いつだって胸が痛む。

「わたしが五歳だったときに……今は十七歳なんだけど。五歳だったときに猫を飼ってたの。でも寄生虫で、死んじゃった」

「残念ね」冷蔵庫のドアはまだ開けっ放しだ。

「この子の名前はなんていうの？」

「まだ決めてない」**出て行ってといったのが聞こえなかったの？**

「なぜ、そんなに貧乏なの？」

「なぜ、わたしが貧乏だと思うの？」

「食べものがないし、ベッドや、そのほかの物も」

「ずっと刑務所にいたから」たぶんこれで彼女も怖がって帰るはずだ。

「うちのパパと同じね。パパに会った？」

「いいえ」

「まだパパの名前も言ってないのに？」

「わたしのいた刑務所には女の人しかいなかったから」

「エイブル・ダービーっていうの。それがパパの名前。知ってる？」

「いいえ」

「なぜ泣いているの？」

わたしはマットレスから降りて、冷蔵庫までいくと扉を閉めた。

「誰かにいじわるされたの？　なぜ泣いているの？」

彼女に話をしようとしている自分が信じられない。どうかしてる。許しもなく部屋に入ってきた、見ず知らずのティーンエイジャーにこんな告白をするなんて。でもそれを声に出して言うのはいい気分だった。「わたしには娘がいるの。でも誰もわたしを彼女に会わせてくれない」

「誘拐されたの？」

そうよ、そう言いたい。実際、そんな気分になるときもある。「ううん。娘はわたしが刑務所にいる間に一緒に住んでいた人といるの。でもわたしが出所した今も、彼女に会わせまいとしている」

「会いたいの？」

「会いたいわ」

彼女は子猫の頭にキスをした。「会えなくてラッキーかも。わたしは小さな子どもが嫌いなの。うちの弟はときどきわたしの靴にピーナッツバターを入れる。あなたはなんて名前？」

「カナよ」

「わたしはレディ・ダイアナよ」

「本当の名前？」

「いいえ、本当の名前はルーシーよ。でもレディ・ダイアナが気に入ってるの」

「あのスーパーで働いているの？」わたしは彼女のシャツを指さした。

彼女はうなずいた。

「わたしも月曜日から働くの」

「あのスーパーで働きはじめて二年よ。パソコンを買うお金を貯めたいの。でもまだ貯まらない。そろそろ夕食の時間ね」彼女はわたしに子猫を渡すと、ドアにむかって歩いていく。「花火を持ってるんだけど、暗くなったら、あとで一緒にやらない？」

わたしはカウンターにもたれて、ため息をついた。ノーとは言いたくない。でも朝までは、彼女の相手をする元気が出そうにない。「また今度ね」

レディ・ダイアナは部屋を出て行った。今度はちゃんとドアに鍵をかける。そしてすぐにノートを出し、スコッティへの手紙を書きはじめた。それが泣き出してしまわないためにできる、たった一つのことだからだ。

スコッティへ

わたしたちの娘がどんな子だったか、報告できたらいいのにね。でも、わたしはまだ彼女を見てもいない。

たぶん、昨日の夜、自分が何者か、正直に言わなかったのはわたしのミスよね。今日、レジャーはわたしが何者かを知って、それを裏切りと捉えた。彼はわたしがあなたの家のそばにいることにすごく腹を立てて、あなたの両親にも会うことはできなかった。ただディエムに会いたかっただけなの。彼女をひと目見たかった。二人から彼女を奪おうと思ってこの町に来たわけじゃない。でもレジャーもあなたの両親も、最後はその子と引き離されるのに、何か月も小さな命を体のなかに宿すことがどんなものかわかっていないと思う。知ってた？　服役中の女性が子どもを産むとき、もし刑期があと残りわずかなら、赤ちゃんを手もとに置くことができるって。でもほとんどが、刑期の短い拘置所でのケースよ。刑務所でもあるけれど、それはすごくまれなことなの。

わたしの場合は、ディエムを産んだとき、まだ刑期が始まったばかりだった。だから彼女と一緒にいることは許されなかった。ディエムは未熟児で、生まれてすぐに、呼吸に問題があることがわかった。だからすぐにＮＩＣＵ（新生児集中治療室）に連れていかれた。わたしはアスピリンと大きなクッションをもらって、空っぽの腕と空っぽの子宮を抱えて刑務所に戻った。

状況によっては、授乳を許される幸運な母親もいる。彼女たちの母乳は冷蔵されて、赤ん坊のもとに届けられる。でもわたしはその幸運な人たちのなかには入れなかった。搾乳も許されず、ただ母乳が出なくなるのを待つしかなかった。

ディエムが生まれて五日後、わたしは刑務所の図書館の片隅で、あふれ出る母乳で服を濡らしながら、泣いていた。気持ちが限界で、体も疲れ切っていた。

アイヴィに会ったのはそんなときだった。

彼女は長く服役していて、看守たちのことをよく知っていた。刑務所のルールや、誰が比較的柔軟で、頼みを聞いてくれるとか。彼女は産後うつについての本を持ったまま、わたしが泣いているのを見ていた。それからわたしのびしょぬれのシャツを見て、バスルームに連れていくと、体を拭くのを手伝ってくれた。ペーパータオルを幾重にも折って、ブラと胸の間に挟んでくれた。

「男？　女？」彼女はたずねた。

「女の子」

「どんな名前にしたの？」

「ディエム」

「いい名前ね。強い名前。健康に生まれたの？」

「未熟児だった。だから生まれてすぐに、別の病院へ移された。でもナースが彼女は元気だって」

アイヴィはそれを聞いて顔をしかめた。「会わせてもらえないの？」

「もらえない、と思う」

アイヴィは首を横に振った。そのとき、わたしはまだ知らなかったけれど、彼女は首を振ることでいろんなメッセージを伝えることができる。何年かの付き合いでようやくわかった。そのとき彼女が伝えていたのは「あのクズども」って意味だった。

シャツを乾かすのを手伝ってもらった後、わたしたちは二人で図書室に戻った。アイヴィはわたしを座らせて言った。「いいかい？　この図書室の本をすべて読むんだ。やがてあんたはこの刑務所のなかの薄暗い世界じゃなくて、本のなかにあるようなきらびやかな世界で生きていくことになる」

わたしは本をほとんど読まない。彼女が何を言ってるのかわからなかった。うなずいたけれど、まともに聞いていなかった。

アイヴィは棚から一冊の本を取り出して、わたしに渡した。「奴らはあんたから子どもを取り上げた。あんたはそのことを忘れない。だから、ここで、今すぐ決めるんだ。悲しみのなかで生きるのか、悲しみのなかで死ぬのか？」

その質問に、わたしはお腹――もう娘のいないお腹――にパンチを食らった気がした。アイヴィはわたしを励まそうとしたわけじゃない。むしろ逆だ。彼女は今、わたしが感じていることをやり過ごせとは言わなかった。つまりこういうことだ。わたしが感じている惨めさは、これからわたしの日常になる。わたしは惨めさとともに生きることもできるし、あるいは惨めさに飲み込まれてしまうこともできる。

わたしはごくりと唾を飲んだ。「生きるわ」

アイヴィはにっこり笑って、わたしの腕をつかんだ。「しっかりしなさい、ママ」

アイヴィは気づいていなかったと思う。彼女の残酷なまでの率直さが、その日、わたしを救ったことに。彼女の言うとおりだ。わたしの日常は元通りにはならない。あなたを失って以来、わたしの人生はまったく変わってしまった。娘をあなたの両親に奪われて、わたしは真ん中から端へ端へと追いやられた。

今、わたしが感じている惨めな敗北感は、あのとき、わたしが彼女を奪われて感じたのと同じだ。

レジャーは今夜、彼の行動が、わたしのなかに残っていたいくつかの欠片をどれほど無残に壊したか知らない。

アイヴィはあれから五年がたった今もなお、彼女の言葉がわたしの救いになっていることを知らない。

だから子猫をアイヴィと名付けたの。


愛してる。

カナ

レジャー

14

家にむかって車を走らせている途中、パトリックから三回電話があった。でもそのどれにも出なかった。カナに腹が立ちすぎて、彼女についての話をしたくなかったからだ。カナがドアをたたく音を二人が聞いていませんように……そう願っていたけれど、聞いてしまったようだ。

家に戻って車を私道に入れると、パトリックが庭で待ち構えていた。ぼくがトラックから降りるやいなや、話しかけてくる。

「彼女の要求は？　グレースは取り乱している。むこうは親権の停止を覆《くつがえ》そうと争うつもりか？　弁護士はそれは不可能だと言ってたが……」パトリックは矢継ぎ早に質問を繰り出しながら、ぼくの後をついてキッチンへやってきた。

ぼくはテーブルに鍵をぽんと投げ出した。「わからない」

「接近禁止命令を出してもらうべきかな？」

「そこまでする理由はないと思う。彼女は誰も脅かしてはいない」

パトリックはキッチンを歩き回っている。その姿は、どんどん弱々しくなっていくようだ。

ぼくがコップに水を注いで渡すと、彼はそれを一気に飲み干し、スツールの一つに座った。両手で頭を抱えている。「ディエムにとってもっとも必要でないのは、あの女が彼女の人生に関わることだ。スコッティにあんなひどい……許せるわけがない……」

「彼女は二度と現われないよ」ぼくは言った。「警察に通報されるのを恐れている」

そう言っても、パトリックの不安はつのるばかりだ。「なぜ？　新たな犯罪歴を作りたくないから？　親権を求めて裁判になったときに備えて？」

「彼女は最低の暮らしをしている。弁護士を雇う金もないはずだ」

彼は立ち上がった。「彼女はこの町に？」

ぼくはうなずいた。「パラダイスアパートメントだ。どのくらいいるつもりかはわからないけど」

「まいったな」パトリックは言った。「グレースはきっとショックを受ける。どうすれば……」

ぼくもなんとアドバイスすればいいのかわからない。ぼくはディエムの人生に関わっているけれど、彼女の父親じゃない。彼女を育てているわけでもない。行きがかり上、騒ぎに巻き込まれているけれど、これは本来、ぼくが口を出せる問題じゃない。

でも法的な発言権はなくても、自分なりの意見はある。ぼくの考えははっきりしている。すべての関係者が満足する答えにはならないけれど、ディエムの人生に何らかの形で関わるのは、パトリックとグレースが認めて初めてカナが手にできる特権だということだ。そしてカナはスコッティの命より自分の自由を優先すると決めた夜、その特権を失った。

グレースはカナと向き合うほど強くはない。パトリックもそこまで強くはないけれど、グレースのために強いふりをしている。

グレースの前では、パトリックはけっして取り乱すことはない。こらえきれなくなるまで我慢をしている。そして耐えきれなくなると、うちの裏庭にきて一人で泣く。

ときどき、二人の心が崩壊寸前になっているのを見ることがある。たいていは二月、スコッティの誕生日がある月だ。でもやがて五月にディエムの誕生日がやってくると、生気を取り戻す。

カナは理解する必要がある。グレースとパトリックが生きているのはディエムのためだ。ディエムは二人が崩れてしまわないようつなぎとめている糸だ。

この絵のなかにカナの入る余地はない。許される過ちもあるかもしれない。でも時に、たった一つの行為があまりに痛ましい思い出となって、誰かの五年、いや十年をめちゃくちゃにすることもある。ディエムとぼくが気を紛らわせ、スコッティに起こった悲劇を忘れさせようとしているから、二人は何とか一日一日をやりすごすことができている。でもカナがそばにいると、彼らは何度も繰り返し、スコッティが死んだという事実を突きつけられることになる。パトリックは目を閉じ、合わせた手の先にあごをつけている。まるで心のなかで祈りを唱えているかのように。

ぼくはカウンターに身を乗り出し、なんとかパトリックをなだめようとした。「今のところ、ディエムは安全だ。カナは警察を呼ばれるのを恐れているし、金がないから親権を取り戻す裁判も起こせない。こっちに有利な状況だ。今夜、彼女は自分の負けを認めて、デンバーに帰ると思う」

パトリックは床をじっと見つめた。今、自分にずっしりとのしかかるプレッシャーの重みを感じているに違いない。

「そう願うよ」パトリックは玄関ドアに向かった。彼が出ていったあと、ぼくは目を閉じ、ほっと息を吐いた。

話したのは、彼を安心させるための嘘だ。今、カナについて知っていることからすると――といっても、とても少ない情報だけれど――事態はもっと深刻かもしれない。


「心ここにあらずだな」ローマンはぼくからグラスを取り上げ、すでに客から三度も催促されているビールを注いだ。「少し休め。サービスのスピードが遅くなる」

「大丈夫だ」

大丈夫じゃないことはローマンもわかっている。ぼくが見るたびに、向こうもこっちを見ていた。何があったのかを探るように。

なんとかもう一時間は仕事をするつもりだ。だが今日は土曜日の夜で、店は陽気に騒ぐ客で一杯だ。ローマンの言うとおりかもしれない。土曜の夜にはもう一人、バーテンダーがいるけれど、ぼくが浮かない顔でいると、店の雰囲気が悪くなる。結局、ぼくは休憩を取ることにした。

路地の段に座って、空を見上げ、スコッティならこんなときどうするだろうと考える。彼はいつも冷静だった。その資質を両親から受け継いだのかは怪しい。でも、まあ、あんな悲劇を経験したら、パトリックとグレースが、以前より冷静に物事を考えられなくなるのも当然かもしれない。

後ろでドアが開いた。肩越しに振り返ると、ローマンが外に出てきた。何も言わず、ぼくの隣に座る。ぼくに話をさせるための彼なりの方法だ。

「カナが戻ってきた」

「ディエムの母親？」

ぼくはうなずいた。

「やばいな」

ぼくは目の上を押さえ、一日じゅう続いている頭痛を和らげようとした。「昨日の夜、彼女とやっちまうところだった。バーの閉店後、トラックのなかで」

ローマンからの反応がない。ちらりと見ると、唖然とした表情でぼくを見つめている。やがて片手を顔に当て、口もとをさすった。

「驚いたな」ローマンは立ち上がり、路地を大きな足取りで歩きだした。足もとを見つめ、今聞いたことを理解しようとしている。家の外で、ぼくがカナの正体に気づいたときと同じくらいショックを受けているらしい。「彼女のことを嫌っていると思っていたのに」

「昨夜は彼女がディエムの母親だと知らなかった」

「知らなかった？　彼女はおまえの親友のガールフレンドだろ？」

「会ったことはなかったんだ。一度だけ、写真を見たことがある。でもそれは逮捕されたときの写真だし、当時、彼女はブロンドのロングヘアで今とはまったく違う外見だった」

「びっくりだな」ローマンが言った。「向こうはおまえが誰だか知ってたのか？」

それはわからない。ぼくは首をすくめた。家の外でぼくを見たとき、彼女が驚いている様子はなかった。ただ動揺していた。

「今日、カナが現われて、ディエムに会おうとした。そして今……」ぼくは首を横に振った。「腹が立ってる。パトリックとグレースをこれ以上つらい目にあわせたくない」

「彼女に親としての権利はある？」

「刑期が長かったから、親権は消滅している。彼女が現われて、ふたたびディエムの人生の一部になりたいとは言わないことを願ってた。でも心配はしていた。ぼくもだ。だけど、何か警告があると思ってた」

ローマンは咳払いをした。「つまり、フェアに言えば、彼女はディエムを産んだ母親だ。予想できたことだよな」ローマンはいつも悪魔の代弁者の役回りを演じる。だから今、彼があえてぼくの神経を逆なでするようなことを言っても驚きはしない。「彼女の望みはなんだ？　二人はカナが望めば、ディエムを母親に会わせるつもりか？」

「カナがまた現われたら、パトリックとグレースは堪えられない」

ローマンは顔をしかめた。「カナはそれをどう思ってる？」

「カナがどう思うかは問題じゃない。誰も自分たちの息子を殺した殺人犯との面会を強いられるべきじゃない」

ローマンは片方の眉を上げた。「殺人犯？　そりゃちょっと言いすぎだな。彼女の行動がスコッティの死の一因になった。それはたしかだ。でも彼女は冷酷な殺人犯じゃない」ローマンは道の反対側にむかって小石を蹴った。「前から思ってたけど、パトリックとグレースの彼女に対する態度は少し厳しすぎないか？」

ローマンはスコッティが死んだ当時のぼくを知らない。ただ話を聞いているだけだ。でも、もし五年前、ごく身近にいて、スコッティの死に皆がどれほど打ちのめされたかを見ていたとしても、彼なら自分の言うべきことをいうはずだ。ぼくは彼に軽くパンチを入れた。

でもローマンはローマンだ。悪魔の代弁者で、詳しい事情は何も知らない。

「彼女が現われたとき、どうだった？　二人は彼女に何か言った？」

「結局、彼女の目的は達成されなかった。ぼくが通りで彼女を見つけて、アパートメントまで送っていったからだ。彼女にデンバーに帰れって言った」

ローマンは手をポケットに突っ込んだ。探るように、ぼくの顔を見る。「それっていつの話だ？」

「数時間前」

「彼女のことは心配じゃない？」

「誰？　ディエム？」

彼はかすかに笑って首を振った。わかってないなと言いたげだ。「おれが言ってるのはカナのことだ。彼女はこの町に家族がいる？　それとも友だちが？　まさか彼女に失せろって言ったあと、たった一人で車から降ろしたわけじゃないよな？」

ぼくは立ち上がって、ジーンズの後ろについた砂を払った。ローマンの言いたいことはわかる。でもそれはぼくの問題じゃない。少なくとも、自分に自分でそう言い聞かせている。

「彼女の様子を見に行ったほうがいい」ローマンが言った。

「誰が行くか」

ローマンはあきれた様子だ。「もっとましな奴かと思ってた」

喉のあたりで、どくどくと脈が打つのを感じる。今は、カナとローマン、どっちにより腹を立てているのかわからない。

ローマンは一歩、ぼくに近づいた。「彼女は愛する人の不慮の死に関わってしまった。それだけでもつらいのに、そのせいで刑務所にも行って、自分が産んだ子どもも奪われた。でも娘に会えることを願って、どうにか戻ってきた。おまえのトラックのなかで彼女がどんな気持ちだったかは誰にもわからない。そしておまえは彼女が娘に会うのを阻み、失せろと言った。一晩じゅう、おまえが冷静でいられないのも当然だ」ローマンは裏口に続く段を上がった。だがなかに入る前に振り向いて言った。「おれがどこかで野垂れ死にしなかったのはおまえのおかげだ、レジャー。みんなが見捨てたおれに、おまえだけがチャンスをくれた。そのことでおまえを尊敬している。でも今のおまえには感心しない。どうしようもないクズだ」ローマンはバーに戻った。

ローマンが消えた後も、ぼくはしばらくドアを見つめていた。そして力一杯ドアを殴りつけた「ちくしょう！」

路地を大きな足取りで歩きはじめる。歩くごとに、罪悪感がつのっていく。

スコッティに起こったことがわかった日から、ぼくはずっと当然のようにパトリックとグレースの側にいた。でも今は行くか行くべきか迷いはじめている。

二つの可能性が頭のなかを駆けめぐっている。一つはカナが、ぼくがいつも思っていたとおりの人物で、自分勝手に現われ、自分の存在がパトリックとグレース、そしてディエムにどんな影響を与えるかなんて、これっぽっちも考えていない可能性。

もう一つは、カナが娘を思い、傷つき、悲しんでいる母親だという可能性だ。そしてもしそうなら、今夜、このままでいいわけがない。

もしローマンの言うとおりだったら？　もし彼女に残っていた希望を、ぼくがすべて奪ってしまったとしたら？　だったら、彼女は今頃どこに？　たった一人、絶望したまま、アパートメントに？

心配すべき？

様子を見に行くべきだろうか？

バーの裏の路地を、さらに数分、うろうろと歩き回り、ぼくは自分に問いかけた。**こんなとき、スコッティならどうしただろう？**

スコッティはどんなときも人の一番いいところを見ていた。ぼくがいいところなんて見つけられない人々のなかにさえ。もし彼がここにいたら、彼はきっと理路整然と、こんなふうに言うにちがいない。

「おまえはあまりに厳しすぎる、レジャー。疑わしきは罰せずだよ。もし彼女が命を絶ったら、自分で自分が許せないだろう？」

「ちくしょう」ぼくはつぶやいた。「くそ、くそ」

カナがどんな人なのか、ぼくは何も知らない。知っているのは、さっきの彼女の反応があまりに感情的だったということだけだ。でも、彼女自身、ひどく暗い場所にいる可能性がある。

このままなら良心が咎めて眠れそうにない。

ぼくは不安な気持ちでトラックへ乗り込むと、彼女の家へ向かった。


たぶんローマンが間違っていたことにほっとするべきなのだ。でも無性に腹が立つ。カナはアパートメントに閉じこもってなんかいなかった。外にいた。この世界に心配事なんて何もないみたいに花火で遊んでいた。手持ちの花火だ。女の子が一人、一緒にいる。芝生の上でくるくる回っている彼女はまるで子どもみたいで、数時間前は世界の終わりって顔をしていた大人の女性には見えない。

駐車場に背を向けていたせいで、彼女はぼくが車を停めたのに気づいていない。数分たっても、ぼくがここに座っていることにも気づかなかった。

カナはさらに一本、少女のために花火に火をつけた。少女がその花火を手に勢いよく走り出すと、光が尾を引いて、彼女の姿が角の向こうに消えた。

一人になるとすぐに、カナは目を手で押さえ、空を仰いだ。その姿勢のまま、しばらく立ちつくす。それからTシャツで涙を拭った。

戻ってきた少女に微笑みかけ、少女がいなくなると、また顔をゆがめて空を見る。

何度か目の前で同じ光景が繰り返されるうちに、カナが、少女が走って戻ってくるたびに悲しくないふりをするのを見て、はっとした。ローマンの言うとおりかもしれない。

もう一度戻ってきた少女に、カナがさらにもう一本の花火を渡す。火をつけながら、顔をあげて、ぼくのトラックを見つけた。ぶるぶると震え出す。でも少女にむかっては無理に笑顔をつくって、建物のまわりを一周してごらんと手振りで示した。少女がふたたび姿を消すと、カナはつかつかとぼくのところへやってきた。

ぼくがここに座って、彼女を見ていたことは明らかだ。適当な嘘で取りつくろうつもりはなかった。ぼくがドアを開けると、カナがトラックに乗り込んだ。

彼女は勢いよくドアを閉めた。「何かいいニュースでもあるの?」

ぼくはもぞもぞと体を動かした。「いや」

ドアを開けて、外に出ようとする。

「待って、カナ」

彼女は一瞬動きを止め、ドアを閉めると、もう一度助手席に座り直した。あまりに静かだ。彼女から火薬とマッチの匂いが漂ってくる。トラックのなかに流れだした妙な電流で、このおんぼろトラックが爆発してしまうんじゃないかと心配になる。でも爆発はしなかった。何も起こらなかった。どちらもしゃべらなかった。

やがて、ぼくは軽く咳払いをした。「大丈夫?」心配でたまらないのに、冷ややかな声が出る。もしかしたら嫌々聞いていると思われたかもしれない。彼女がどう返事をしようと気にもしていないのに。

カナはもう一度トラックから出ようとした。だがぼくは彼女の手首をつかんで、引き戻した。彼女の目をのぞきこむ。

「大丈夫?」ぼくはもう一度聞いた。

彼女は泣きはらした赤い目でぼくをじっとにらんだ。「まさか……」彼女はあきれたように首を横に振った。「わたしが自殺するとでも思ったから来たの？」

人が心配しているのに、ばかにしたような言い方だ。「きみのメンタルを心配してるかってこと？」ぼくは彼女の質問を言い換えた。「ああ、そうだ。きみが大丈夫かどうかを知りたかった」

彼女はかすかに頭を右に倒し、ぼくと正面から向き合わないようにした。肩につくかつかないかのストレートヘアがさらりと揺れる。「うそ」彼女は言った。「わたしが自殺するんじゃないかと心配したんでしょ？　そうなったらあんなひどいことを言った罪悪感に悩まされることになる。それが戻ってきた理由よね。わたしが命を終わらせてもどうでもいいけれど、わたしの決断を後押ししたことにはなりたくなかった」彼女は無機質な笑い声とともに、首を左右に振った。「目的は達したわよね。あなたはわたしの様子を見に来た。罪悪感はなくなったでしょ、じゃあね」

カナがドアを開けようとした瞬間、例の少女が突然、助手席の窓の向こうに現われた。鼻をガラスに押しつけるようにして、なかをのぞき込んでいる。

「窓をおろして」カナは言った。

ぼくはエンジンをかけ、窓をおろした。少女は車のなかに身を乗り出すようにして、ぼくたちに笑いかけた。「カナのパパ？」

あまりに突飛な質問に、ぼくは思わず噴き出した。カナも笑った。

ディエムの笑った顔と声はスコッティにそっくりだ。カナの笑い声は独特だ。初めて聞いたけれど、もう一度聞きたくなる笑い声だ。

「まさか、彼はわたしのパパなんかじゃないわ」彼女がちらりとぼくの目を見る。「彼が今日、話した人よ。わたしをわたしの小さな娘から遠ざけようとしているの」カナはドアを開けて、ぴょんと外に出た。

カナが勢いよくドアを閉めると、少女が助手席の窓から身を乗り出して言った。「このクズ」

カナが少女の手をつかんで、トラックから引き離した。「いくわよ、レディ・ダイアナ。彼は敵なの」少女を連れて歩き出す。振り向くこともしない。彼女に振り向いてほしいけれど、振り向いてほしくない。ちくしょう、頭がこんがらがってる。

もし自分が望んでも、彼女の力になれるかどうかわからない。今の状況ではあまりに知らないことが多すぎて、どちらかの肩を持つのは、ぼくたち誰にとっても、破滅の始まりだという気がした。

15
カナ

つまりはこういうことだ。

母親が完璧じゃなくても、それは問題じゃない。母親が過去に大きな罪を犯したり、あるいは小さな失敗を重ねたとしても、もし彼女が娘に会いたいと思ったら、会うことを許されるべきだ。せめてたった一度でも。

問題の多い母親のもとで育つのがどんなものか、わたしは経験で知っている。母親が自分のことを気にかけていないと思って育つよりも、ダメな母親が自分のために戦ってくれていると知って育つほうがいい。

わたしは人生で二年間——途切れ途切れだけれど——養父母のもとで過ごした。実の母は麻薬中毒でも、アルコール依存症でもなかった。ただあまりいい母親とは言えなかった。

一度目に裁判所が育児放棄と認定したのは、わたしが七歳のときだ。母は勤務先のディーラーで男と出会って、ハワイに行こうと誘われ、わたしを一人残して家を留守にした。

隣人が、わたしが一人でいることに気づいた。誰かに聞かれたら、嘘をつけと母に言われていたけれど、いざソーシャルワーカーがやって来ると、怖くて嘘がつけなかった。

母が親権を取り戻すまで、わたしは九か月の間、養い親のもとで暮らすことになった。子どもがたくさんいて、ルールがたくさんあって、まるでスパルタ式のサマーキャンプに入ったみたいだった。だから母が親権を取り戻したとき、ほっとした。

二度目は十歳のときだった。その家庭には子どもがいなくて、家族は六十代のモナという名前の女性だけだ。彼女のもとでは一年近く暮らした。

モナはごく平凡な女性だった。でも、ときどき、わたしと一緒に映画を見て、毎晩、夕食を作ってくれて、洗濯もしてくれた、母がしてくれたよりはるかに多くのことをしてくれた。モナはとくに際立ったところもない、物静かな女性で、おもしろいことも言わない。一緒にいてもちっとも楽しくはなかった。でも彼女はいつもそこにいた。そして、わたしは彼女が自分のことを気にかけてくれているのを感じた。

モナと過ごした一年の間に気づいたのは、母親がすばらしい人間である必要はない、いい母親である必要もないってことだ。わたしが望むのは、ただ州が介入してこない程度に、母でいてくれること、それだけだ。命を与えてくれた親に子どもが求めることとしては大きな望みじゃない。ただ「人並でいて、わたしを生かしつづけて、一人にしないで」それだけだ。

母が二度目に親権を取り戻し、モナのもとを去ったときには、一度目に家に戻ったときとは違っていた。母に再会しても、はしゃぐことはなかった。モナの家にいる間に、わたしは十一歳になっていた。そして母のような母親を持った十一歳にふさわしい感情とともに家に戻った。

すべてを自分でやらなくてはならない環境に戻るのは、気が重かった。最低限のこともできない母のもとに戻るのだ。

その後、わたしと母の関係が修復されることはなかった。口を開けば口論になった。三年後、わたしが十四歳になると、母はついに親であることをやめて、わたしと張り合うようになった。

でも、そのときまでにたいがいのことは自分でできるようになっていた。週に二度、帰ってきて、わたしがどうしているか知りもしないのに、あれこれ口を出す母親なんか必要ないと思っていた。高校を卒業するまでは一緒に暮らしていたけれど、わたしたちは友だちでもなかったし、二人の間にどんな関係もなかった。母がわたしに話しかけるときは、きまって侮辱の言葉だ。だから、やがて母と話すこともしなくなった。言葉で虐待されるより、無視されるほうがましだ。

スコッティと会ったのは、わたしが最後に母の声を聞いてから二年がたった頃だった。もう二度と母と話をすることはないだろうと思っていた。何か大きな喧嘩をしたわけでもないけれど、母との関係が重荷で、お互いにそこから自由になるべきだと感じていた。

ある日、どれほど母が必要になるか、そのときには知らなかった。

話をしないまま三年が過ぎた頃、わたしは刑務所のなかから母に手紙を出した。必死だった。妊娠七か月で、グレースとパトリックはすでに養育権を求めて、裁判所に訴えを起こしていた。わたしの刑期が長いせいで、二人がわたしの親権を停止する嘆願もしていたことがわかった。

彼らがそういった行動に出た理由は理解できる。赤ん坊には居場所が必要だし、育てるのはわたしの知っている誰か、とくに母よりはランドリー夫妻のほうがいい。でも二人がわたしの親権の停止を求めたとわかったときにはショックを覚えた。つまりわたしは娘には会えないってことだ。彼女に関して何か意見をいう権利もない、たとえ刑務所を出た後でも。刑期の長さを考えると、誰か娘を託せそうな人もいない。わたしはなんとか助けてもらえそうな唯一の家族、母に連絡をとるしかなかった。

母が祖母として面会権を持ってくれれば、せめて将来、娘に何かがあったときには関わることができるかもしれないと思った。娘が生まれて、母が娘と面会するときには、彼女を刑務所に連れてきてくれるかもしれない。

その日、母はうす笑いを浮かべてやってきた。「会いたかったわ、カナ」の笑みじゃない。「こうなると思ってた」の笑みだ。

でも、母はきれいだった。ドレスを着ていて、会わない間に髪がずいぶん伸びていた。奇妙なことに、そのとき初めて、母をティーンエイジャーとしてではなく、一人の対等な女性として見た。

わたしたちはハグもしなかった。ひどく緊張して、どんな会話をしていいかわからない。椅子に座った母はわたしのお腹を手振りで示した。「初めて?」わたしはうなずいた。おばあちゃんになることを母が喜んでいるようには見えなかった。

「ネットで調べたわ」母が言った。

あんたが何をやらかしたか読んだよという母なりの言い方だ。わたしは手のひらにぐっと親指の爪をくいこませ、あとで後悔するようなことを言うまいとした。でも言いたい言葉のすべてが、後悔したくなるような言葉だ。だからずっと黙りこくったまま、じっと何をどう切り出せばいいのか考えていた。

無言のわたしにじれて、母が指でテーブルを軽く叩いた。「で、なぜわたしがここに呼ばれたわけ？」わたしのお腹を指さす。「子どもを育ててくれとでも？」

わたしは首を振った。母にわたしの子どもを育ててほしくない。スコッティのような人を育てた両親に、わたしの娘を育ててもらいたい。でも娘には会いたい。その瞬間、立ち上がって、母から歩き去りたかったけれど、なんとか自分を押しとどめた。

「違うの。この子は父親の両親が育てることになると思う。でも……」口が渇いて、上下の唇がくっつく。「ママにも祖母として、面会権を申請してほしくて……」

母は首を傾げた。「何のために？」

その瞬間、お腹のなかの子どもが動いた。まるで自分をこの女と関わらせないでくれと頼むかのように。この子には申し訳ない。でもほかに方法がない。わたしはごくりと唾を飲むと、お腹に手を置いた。「彼の両親はわたしの親権の停止を望んでいるの。そうなったら、二度とこの子に会えなくなる。でもママには祖母としての権利があるから、ときどき、子どもを連れて、わたしに面会に来てくれたらと思って」まるで六歳の頃に戻ったような声だ、わたしは思った。大嫌いだけれど、母が必要だ。

「ここまで車で五時間かかるの」母は言った。

いったい何が言いたいの？

「カナ、わたしにも生活があるの。あんたの子どもを五時間も車に乗せて、毎週、母親に面会させにくるほど暇じゃないわ」

「いや……毎週じゃなくてもいいの。できるときだけで」

母は椅子の上でもぞもぞと体を動かした。いら立っている、あるいはうんざりしているのかもしれない。母が車の運転を好きじゃないことは知っている。でもわたしを見たら、わざわざ車を運転してきてよかったと思うかもしれない、少なくともここまで来たのは、過去の埋め合わせをしたいからだ、そう思っていた。自分がおばあちゃんになることを知ったら、もう一度、一からやりなおそうと言ってくれるのではと。

「三年間、電話一つもよこさなかったくせに。今になって助けてくれって？」

むこうだって電話一つよこさなかった。けれど、そうは言わなかった。言っても怒らせるだけだ。かわりにわたしは言った。「お願い。赤ちゃんが取り上げられてしまう」

母の目にはどんな感情も浮かばなかった。同情も、思いやりも。その瞬間、母はわたしがいなくなってせいせいしていて、おばあちゃんになるつもりなんか少しもないことがわかった。勝手に期待をしていた。会わない数年の間に、彼女が良心に目覚めることを願っていた。

「今なら州政府があんたを連れ去るたびに、わたしがどれほどつらい思いをしたかがわかるでしょ？　二度とも、あんたを取り戻すためにどんなに苦労したか。でもあんたはそれを大したことだとも思わず、ありがとうの一言も言わなかった」

ありがとうって言ってほしかったの？　親として失格の生活をして、州政府が二度もわたしを保護したのに、わたしに感謝の言葉を言えと？

その瞬間、わたしは立ち上がって、部屋を出た。去りぎわ、何かを叫ぶ母の声が聞こえた。でも母に電話をするほど追いつめられた自分に腹を立てていたせいで、その言葉は耳に入らなかった。母は少しも変っていない。以前と同じ自己中のナルシスト女だ。

わたしは一人っきりだ。まったくの。
お腹のなかで赤ちゃんが育っているけれど、彼女さえ、わたしのものじゃない。

16

レジャー

今日、パトリックと一緒に、ジャングルジムを組み立てはじめた。ディエムの誕生日まではまだ二週間以上ある。でももしパーティーまでにできあがらなかったら困る。ディエムと友だちには何か遊具が必要だ。

最初、その計画はたやすく思えた。ジャングルジムの組み立てが、ちょっとした小さな家を作るくらい骨が折れるとは思わなかった。細かな部品がいくつもあって、しかも説明書はない。そのせいでパトリックは三度もくそっ！　とつぶやくはめになった。そんな言葉、めったに使わないのに。

これまで、ぼくたちはカナについての話を避けてきた。パトリックもその話をしようとしなかったし、ぼくもしようとはしなかった。でもカナが昨日、通りに現われて以来、パトリックとグレースがそのことで頭が一杯なのはわかっていた。

いよいよ話をしなくちゃならないようだ。なぜならパトリックが手を止めて、こう言ったからだ。「ええと」

それはパトリックが何か言いたくないこと、あるいは言わないほうがいいことを言おうとしているときの最初の第一声だ。ぼくがその癖に気づいたのは十代の頃だ。スコッティの部屋にやってきて、ぼくにもう家に帰れと促すときも、パトリックは絶対に「帰れ」とは言わない。ただドアを軽く叩いて、こう言う。「ええと、二人は明日、学校があるんだろう?」

パトリックはデッキチェアの一つに座り、テーブルに工具を置いた。「今日は平和な一日だったな」

彼の言外の意味を解読する方法をぼくは会得している。パトリックが言う「平和な」はカナが戻ってこなかったことを意味する。

「グレースの様子は?」

「気が立ってる」彼は言った。「昨日の夜、弁護士に電話した。彼が言うには、今の時点でできることは何もないらしい。だが、グレースはカナが常軌を逸した行動に出ることを心配している。たとえばわたしたちの目を盗んで、Tボールの球場でディエムをさらうとか」

「まさか、カナはそんなことはしない」

パトリックはどうかなと言いたげに笑った。「わたしたちの誰も彼女をよく知らない。彼女に何ができるのか」

彼が思うより、ぼくはカナのことをよく知っている。でもそのことを認めるつもりはない。だが、たしかにパトリックの言うとおりだ。彼女とのキスがどんな感触かわかっているけれど、彼女がどんな人間かは知らない。

誰かを傷つけるような人間には見えなかった。でもスコッティだって、きっとそう思っていたはずだ。もっとも彼女を必要としているときに、彼女が自分を置いて去ってしまうまでは。自分が誰の味方なのかがわからない。パトリックとグレースをひどいと思った次の瞬間には、ひどいのはカナだという気がする。ディエムを傷つけることなく、皆が折り合える方法が何かあるはずだ。

沈黙を埋めるため、水を一口飲んで咳ばらいをする。「カナの望みが何かを知りたいの？もしディエムを奪うつもりでなかったら？　もしカナがただディエムに会いたいだけなら？」

「どうでもいい」パトリックは突然言った。

「何が？」

「カナのことはどうでもいい。心配しているのはわたしたちのことだ。カナ・ローウェンがわたしたちの人生やディエムの毎日に関わることになれば、わたしもグレースも冷静ではいられない」パトリックはじっと地面に目を落としたまま、自分で自分に言い聞かせるように言った。「彼女が悪い母親かどうかは関係ない。まあいい母親なわけはないと思っているけれど。この騒ぎでグレースがどれほどショックを受けているか……。もしまだ幼いディエムを挟んで、彼女と関わることになったら？　毎週のように、彼女のことを目にしなくちゃならなくなったら？　あるいはさらに悪いことに……もし裁判官が彼女の状況を鑑みて、親権を復活させたら？　そしていつか、ディエムが奪われることになったら？　すでに我々はスコッティを失っている。そのうえ、スコッティの娘まで失うなんて考えられない。そんな危険を冒す価値はない」

パトリックの言うこともっともだ。けれど数日前にカナと知り合ってから、自分のなかの彼女に抱いていた憎しみが何か別の感情へと変わりはじめているのも感じている。同情、あるいは哀れみかもしれない。もしかしたらパトリックとグレースにも同じ変化が起こるかもしれない。

何をどう言おうか考える前に、パトリックがぼくの表情を読んだ。「カナはわたしたちの息子を殺したんだ、レジャー。彼女を許すことができないからといって、自分たちが悪いとは思っていない」

ぼくはパトリックの反応に顔をしかめた。何も言えない自分がもどかしい。でも、彼らの決断を責めるためにここにいるわけじゃない。「まさか、そんな」

「彼女には消えてほしい、わたしたちの人生からも、そしてこの町からも」パトリックは言った。「そうなるまでは安心して暮らせない」

パトリックの表情はさっきまでとはまったく違う。ぼくはカナの言い分を聞くべきだと言おうとしていたことに罪悪感を覚えた。こうなったのは彼女のせいだ。だからスコッティの人生に関わったすべての人々を、自分の状況に合わせることを期待するのではなく、自分の行動の帰結を受け入れ、スコッティの両親が下した決断を尊重する、それが彼女にとっても、より無理もダメージも少ない方法だ。

もしスコッティがこの状況を見たら、どう思うだろう？　事故の件は皆が知っている、避けられる可能性があったとはいえ、それは事故だ。自分を置き去りにしたことで、カナに腹を立てているだろうか？　カナを恨んで死んだだろうか？

あるいは自分の両親やぼくにもがっかりするだろうか？　ディエムから彼女を引き離したこ

とで。

答えは見つからない。ぼくにも、誰にも。だから、いつも自分が本当にスコッティの望んでいるのとは反対のほうへ向かおうとしているのではないかと思いはじめると、何かほかのことを考えてしまう。

ぼくはデッキチェアにもたれかかり、もうすぐ完成しそうなジャングルジムをじっと見つめた。見ればいつもスコッティのことを思い出す。それが、ぼくがジャングルジムを解体した理由だ。

「あのジャングルジムで、スコッティとぼくは初めてのタバコを吸った」ぼくはパトリックに言った。「十三のときだった」

パトリックは声をあげて笑うと、デッキチェアにもたれた。話題が変わったことにほっとした様子だ。「十三歳で、どこでタバコを手に入れたんだ?」

「うちの父さんのトラックからくすねた」

パトリックは呆れたように首を振った。

「初めてビールを飲んだのもそこだ。初めてで酔っぱらったのも。そしてぼくの記憶が確かなら、スコッティがファーストキスをしたのもジャングルジムだ」

「相手は誰だ?」パトリックがたずねた。

「ダナ・フリーマンだ。この通りの先に住んでいた。ぼくのファーストキスの相手もダナだ。それが原因で、スコッティと唯一の喧嘩になった」

「どっちが彼女と先にキスをした?」

「ぼくだ。でもスコッティがワシみたいに急降下してきて、彼女をかっさらっていった。めちゃくちゃ腹が立った。彼女を好きだったからじゃない。彼女がぼくよりスコッティを選んだからだ。その後、奴とは八時間も口をきかなかった」

「当然だな。あいつはきみよりはるかにいい男だ」

ぼくは声をあげて笑った。

パトリックはため息をついた。二人してスコッティのことを考えていると、気が滅入る。いつものことだ。いつかはそれもましになったりするのだろうか?

「スコッティはわたしがもっと違った人間だったらよかったと思っていたかな?」パトリックがたずねた。

「どういう意味? あなたはいい父親だ」

「わたしは人生でずっと、事務所で売り上げの数字と格闘してきた。ときどき思うんだ、スコッティはわたしが何かもっとすばらしい仕事をしていたらよかったのにと思っているんじゃないかって。たとえば消防士とか、アスリートとか。自慢できるような父親だったら……」

パトリックが気の毒になり、スコッティと互いの将来について交わした会話を思い返してみる。するとあるやりとりを思い出した。

「スコッティはずっとこの町で暮らしたいと思ってた」ぼくは言った。「いい相手を見つけて、子どもをつくって、毎週、家族を映画に連れてって、年に一回、夏にはディズニーワールドに連れていきたいって話してた。あいつがそう言うのを聞いて、ぼくはどうかしてるって思った。ぼくの夢はもっとデカかったから。フットボールの選手になって、世界じゅうを遠征して、起業して、金に困らない生活をしたい。平凡な生活なんかまっぴらごめんだと思っていた。でもスコッティはぼくに言った。成功者になんてなりたくない。自分はプレッシャーに弱いし、父さんみたいに堅実な暮らしがしたい。なぜなら父さんは毎日、夜にはちゃんと家に帰ってきて、いつも機嫌がいいんだ、って」

パトリックはしばらくの間押し黙り、それからおもむろに口を開いた。「嘘だね。スコッティがそんなことを言うはずがない」

「ほんとだよ」ぼくは笑った。「いつもそんなことを言ってた。あいつはそのまんまのあなたが大好きだった」

パトリックは体を起こし、両手を握りしめてじっと地面を見つめている。「そう言ってくれて嬉しいよ。たとえ嘘でも」

「嘘じゃない」ぼくはもう一度言った。だがパトリックはまだ悲しそうな顔だ。ぼくは何かもう一つ、スコッティに関してちょっとしたエピソードを思い出そうとした。「あるとき、ジャングルジムのなかに座っていて、どこからともなくハトが舞い降りてきたんだ。ぼくたちから一メートルほどのところに。スコッティはそれを見て、言った。『びっくり、ハトの豆鉄砲だ』って。二人とも酔っぱらっていたせいかもしれないけど、ぼくは奴のその言葉になぜだか大笑いした。笑って、笑って、最後には涙がこぼれた。そしてそれから数年がたっても、変なものを見るたびに、スコッティは言ってた。『びっくり、ハトの豆鉄砲だ』って」

パトリックは笑った。「だからいつもそう言ってたのか」

ぼくはうなずいた。

パトリックはさらに声をあげて笑った。笑って、笑って、ついには涙をこぼした。そして泣いた。

こんなふうに思い出があふれ出すと、ぼくはその場からいつもその場から歩き去り、彼を一人にしておく。パトリックは悲しいとき、なぐさめが必要なタイプじゃない。一人になりたいタイプだ。

ぼくは家のなかに入り、ドアを閉めた。パトリックとグレースにとって、この状況が少しでもよくなることがあるのだろうかと思いながら。まだ五年だ。けれど、十年後はどうだろう？十年後もまた、パトリックは一人で泣いているのだろうか？　そして二十年後は？

二人の悲しみが癒えてほしい。でも子どもを失うことは、癒えることのない傷を残す。カナもパトリックとグレースと同じように泣いているのだろうか……。

ディエムと引き離されたとき、ひどい喪失感を覚えたのだろうか？

だとしたら、パトリックとグレースが喜んで彼女に同じ悲しみを与えつづけるとは思えない。なぜなら二人はすでに、それがどれほどつらいことかを知っているのだから。

17

カナ

スコッティへ

今日、新しい仕事を始めたの。今、仕事場にいる。オリエンテーションってすごく退屈。二時間、どうやってショッピングバッグに食料品を詰めるか、ビデオを見て習うの。卵は重ねて、肉は別の袋にとか、すぐに目を閉じてしまいそうになる。昨日の夜はほとんど眠れなかったから。

さいわいビデオを流したまま、ウィンドウを最小にすることができたから、ワードであなたに手紙を書いてるってわけ。

店のプリンターを使って、今まで刑務所のなかで、グーグルドキュメントで書いた手紙も全部プリントアウトした。そしてそれをバッグに突っ込んで、従業員用のロッカーに隠した。個人的なものを印刷するのはだめかもしれないから。

あなたについて覚えていることはほとんど文章にしている。わたしたちが交わした思い出に残る会話。あなたが死んでから起こった、大きな出来事についてもすべて。

この五年間、ずっとあなたに手紙を書いていた。あなたと一緒に過ごした思い出を、ディエムがいつか知りたいと思ったときのためにね。あなたのママやパパのほうが、あなたについてずっとたくさんのことをディエムに伝えられるに決まっている。でもわたしが知っているあなたの一面も知る価値があると思うから。

この間、ダウンタウンを歩き回っていたとき、あのアンティークショップがもうなくて、今は金物屋になっていることに気づいたの。

初めてあの店にいって、あなたがゴムでできた小さな手を買ってくれたときのことを思い出したわ。付き合いはじめて半年の記念日まではまだ何日かあったけれど、わたしたちはその日を早めに祝おうとした。なぜなら週末は、わたしのバイトがあって、デートはできなかったから。

そのころにはもう、お互い愛してるって言いあって、初めてキスをして、初めてセックスして、初めて喧嘩もしていた。

ダウンタウンの寿司レストランでご飯を食べた後、わたしたちはアンティークショップ巡りをはじめた。といっても、ほとんどの店には入らず、ウィンドウショッピングだったけれど。まだ外は明るいなか、手をつないで、ときどき立ち止まって、キスをした。付き合いはじめのラブラブ（あなたと付き合うまで誰ともそんなふうになったことはなかった）の時期だった。愛し合っていて、ハッピーホルモン全開で、希望に満ちていた。

それは至福の時間で、わたしたちはその幸せが永遠に続くと思っていた。

ぶらぶら歩いていると、突然あなたがわたしの手をひっぱって、アンティークショップに入った。そして言ったの。「どれがいい？　買ってあげるよ」って。

「何もいらない」

「きみが欲しいかどうかじゃない。ぼくの気持ちだ。きみに何かを買ってあげたいんだ」

あなたが大してお金を持っていないことはわかってた。大学を卒業したばかりで、大学院にいく計画だったから。わたしはといえば、まだ一ドルショップで最低賃金で働いていた。だからずらりと並ぶジュエリーを見ながら、何か安いものを見つけようと思った。たとえばブレスレットとか、イヤリングとか。

でもわたしの目に留まったのは指輪だった。華奢なゴールドで、十九世紀に生きた誰かの指にはまっていたんじゃないかと思えるようなものだった。真ん中にピンク色のストーンがついている。わたしがそれを見つけた瞬間、息をのんだことにあなたはすぐに気づいた。

「あの指輪が気に入ったの？」あなたは言った。

それはほかの指輪と一緒にショウケースに入っていた。あなたはカウンターにいた店員に見せてほしいと頼んだ。その人は指輪を取り出して、あなたに渡した。あなたが指輪をわたしの右の薬指にはめると、驚くくらいぴったりだった。「すごくすてき」わたしは言った。本当に、今まで見たなかで一番すてきな指輪だと思った。

「これはいくら？」あなたはたずねた。

「四千ドルだ。二、三百ドルなら安くするよ。もう数か月、売れずにこのケースに入ったままだから」

その値段に、あなたは大きく目を見開いた。「四千ドル？」信じられないといった声だった。

「びっくり、ハトの豆鉄砲だ」

なぜあなたがいつもそのフレーズを口にするのか知らなかった。でも今までに少なくとも三回、あなたがそのフレーズを口にするのを聞いている。わたしは大声で笑った。指輪が四千ドルもするなんて！　四千ドルの指輪なんて、わたしの指にはもったいないと思ったから。

あなたはわたしの手をつかんで言った。「早く。壊す前にはずして」そして指輪を店主に返した。レジの隣に、小さなゴムの手が並んでいた。ちょっとしたジョークグッズだ。それを指先につけたら、指が十本どころか五十五本になる。「あれはいくら？」

店主は言った。「二ドルだ」

あなたはそれを十個買った。一本の指に一つずつ。これほどばかげたプレゼントをもらったのはあのときが初めてだった。でもすごく気に入った。

店から出ると、二人して笑い転げた。「四千ドルだって」首を振りながら、あなたはつぶやいた。「あの指輪には車がついてくるの？　指輪ってどれもあんなに高いの？　婚約するなら今から貯金をしなくちゃね」あなたは指輪の値段について不満を言いながら、わたしの指先にゴムの手をつけた。

でもわたしは思わずにっこりした。なぜならあなたが婚約について話したのはそのときが初めてだったから。あなたは自分が何を言ったのかに気づいていたと思う。その後、無口になっていた。

全部のゴムの手を指につけると、わたしはその手であなたの頬に触れた。それは奇妙な眺めだった。あなたは笑って、自分の手でわたしの手首を包み込んで、わたしの手のひらにキスをした。

それからあなたはわたしのゴムの手の十の手のひらにキスをした。

「ものすごくたくさん指があるわよ」わたしは言った。「どうやってわたしの五十五本の指すべてに指輪を買うお金を稼ぐ?」

あなたはおかしそうに笑って、わたしを自分から引き離した。「いいことを思いついた。銀行強盗をするんだ。あるいは一番の親友をゆする。今にきっと、あいつは金持ちになる。幸運な奴なんだ」

あなたはレジャーのことを言ったのよね。もっとも当時のわたしには知る由もなかったけれど。なぜなら彼に会ったことがなかったから。彼はブロンコスとの契約にサインをしたばかりだった。スポーツのことは少しは知っていたけれど、あなたの親友については何も知らなかった。

わたしたちはほかの誰よりといるよりも二人でいたかった。あなたはほとんどの日、大学に行くし、わたしはほとんどの日、働いていた。だから一緒に過ごすわずかな時間は、いつも一緒にいて、二人だけで過ごした。

いずれはこんな状況も変わるだろうとは思っていた。でもあのときには、人生において、お互いが最優先事項だった。どちらもそれがあまりに心地よくて、悪いことだとは思わなかった。

あなたは通りの向こうにある店のウィンドウのなかの何かを指さして、それからわたしの小さなゴムの手の一つをつかむと、それを進行方向に高々と掲げた。

わたしには夢があったの。あなたがいつかわたしにプロポーズして、わたしたちは結婚する。そして子どもができて、この町で二人で子育てをする。なぜならあなたはこの町が大好きだし、わたしもあなたがいたいところにいてほしかった。でもあなたが死んで、その夢はかなわなくなった。

これから先も、けっしてかなわない。人生って残酷よね。誰を苦しめるかを選ぶ。わたしたちにはこのひどい状況が与えられた。世間では、わたしたちは皆、アメリカンドリームに生きることができると言われる。でも、実際にその夢がかなう可能性がほとんどないとは誰も教えてくれない。

だからアメリカンリアリティではなく、アメリカンドリームって言うのよね。

わたしたちの現実《リアリティ》は、あなたは死んで、わたしは最低賃金を稼ぐために退屈なジョブオリエンテーションのビデオをみている。そしてわたしたちの娘はわたしたち以外の人に育てられている。

現実は気が滅入る。

この仕事も。

もう仕事に戻らなきゃ。

愛してる

カナ

三時間、オリエンテーションのビデオをみおわると、わたしはエミーに店内に行くように言われた。最初は緊張していた。一日目だから、誰かの後にくっついていればいいのだろうと思ったのに、エミーは言った。「重いものを先にね。パンと卵は赤ちゃんを扱うみたいに慎重に。そうすれば大丈夫、うまくできるわ」

たしかに彼女の言うとおりだった。今、もう二時間、食料品を詰め、それを客のために運んでいる。そして今のところ、それは最低賃金の仕事としては可もなく、不可もない。

でも誰もわたしに第一日目に、その仕事には危険があると警告はしてくれなかった。危険の名前は〈レジャー〉だ。たとえ気をつけていなくても、駐車場に彼の派手なオレンジ色のトラックが停まればすぐにわかった。

わたしの脈は一気に跳ね上がった。彼と悶着を起こしたくない。土曜日の夜、彼が様子を見に来て以来、彼には会っていない。

うまく切り抜けられたと思う。彼はこの間のことを後悔しているように見えた。でもわたしは淡々と平気なふりを演じた。全然、平気じゃなかったけれど。

彼が現われたことで、かすかな希望が持てた。もし彼がわたしにひどいことを言ったと後悔しているなら、わたしの状況に同情してくれる可能性があるかもしれない。

小さなチャンスだけれど、チャンスはチャンスだ。

たぶん彼を避けないほうがいい。彼の目の前にいることで、わたしが、彼が思っているようなモンスターじゃないってことをわかってもらおう。

わたしは店内に戻って、カートを置き場に戻した。エミーはサービスカウンターの後ろにいる。

「トイレに行っても？」

「おしっこするのに許可をとる必要はないわ」エミーは言った。「わたしたちが会ったときのことを覚えてる？　わたしは一時間に一回、トイレに行くって嘘をついていた。それがこの店で頭がおかしくならずにいる唯一の方法よ」

エミーはいい人だ。

本当にトイレに行きたいわけじゃない。ただ少し歩けば、レジャーを見つけられるかもしれない。心の片隅で彼がディエムと一緒にいることを願ったけれど、その可能性はない。彼はわたしがここで仕事を始めることを知っている。二度とここにディエムを連れてくることはないだろう。

ようやくシリアルが並ぶ通路に彼を見つけた。彼が買いものしている間、注意深く観察する計画だ。でもわたしが彼を見つけると同時に、むこうもわたしを見つけた。互いの距離は一メートルちょっとだ。彼はフルーティーペブルズの箱を抱えている。

ディエムのため？

「仕事、はじめたんだね」レジャーは言った。その口調からは、わたしがここで働くことをどう思っているか推し量れない。でも嫌だと思っていれば、今日はどこかほかの店で買いものしただろう。わたしがここで働くことは知っている。

わたしに会うのが嫌なら、彼が別の店を見つけるしかない。わたしにはこの店以外行くところがない。どこにも。なぜなら誰もわたしを雇ってくれない。

彼が持つシリアルの箱から目を上げて、すぐに上げなきゃよかったと後悔した。彼は昨日とは違って見える。たぶん蛍光灯の照明のせい、あるいはすぐ近くにいるせいかもしれない。あまりじっと見つめないようにした。でも、このシリアルの通路で、彼はスポットライトを浴びたように輝いている。

蛍光灯の光の下で、すてきに見えるってありえない。どうやったらそんなことになるの？ 彼の目がいつもより親しみ深く、口もとはさらに魅力的に見える。わたしを娘が住む家から力ずくで引き離した男について、いいことを考えたくないのに。

胸にこみ上げる思いをこらえ、シリアルの通路を離れた。

レジャーがいい人だとは思いたくない。彼はもう五年間も、わたしのことを悪い女だと決めつけている。スーパーの通路でわたしに対する彼の見方を変えるつもりはない。そもそも彼の前では動揺して、いい印象を与えることができない。

彼が会計をするときに、自分の手があかないよう、うまくタイミングを調整しようとした。でもカルマは容赦なかった。ほかの袋詰め係は皆、忙しい。わたしは彼のレーンに呼ばれ、食料品を詰めるように言われた。つまり彼が買ったものを彼のトラックまで運んで、彼と会話をして、親切にしなくちゃならないってことだ。

わたしはできるだけ彼と目を合わさないようにした。でも袋に食料品をわけている最中に、彼の視線を感じた。

人が何を買うのか知るのは、どこか親密な行為だ。買ったものを見れば、その人がどんな人かがわかる。独身女性は健康食品をたくさん買う。独身男性はステーキと冷凍ディナー、大家族が買うのは、すさまじい量の肉と乳製品だ。

レジャーは冷凍ディナーを買った。ウスターソース、プリングルズ、動物クッキー、フルーティペブルズ、牛乳、チョコレートミルク、それからたくさんのゲータレードも。選んだものからすると、彼は娘と多くの時間を過ごす独身男性というところだ。

最後に袋に入れたのは、スパゲッティーOの缶が三つだ。彼がディエムの好物を知っていると思うと、ジェラシーを感じる。その気持ちが缶をバッグに投げ入れて、どさっとカートに置く動作に現われていたらしい。

レジャーが支払いを済ませているときに、レジ係が横目でわたしをにらんだ。彼はレシートを受け取ると、それを二つに折って札入れにしまい、カートへ歩いていく。「自分でやるよ」

「わたしの仕事よ」わたしはきっぱりと言った。「店の決まりだから」

彼はうなずき、トラックへ向かっていった。

今もまだ彼を魅力的だと思ってしまう自分がつくづく嫌になる。駐車場へ向かっていく間も、どこかほかのところを見ようとしているのに、つい彼を見てしまう。

数日前、彼のバーで、まだ彼がオーナーだと知る前、従業員の属性が実に多様なことに気づかないわけにいかなかった。そしてオーナーの人選に感心した。彼以外の二人のバーテンダーはラジとローマンで、どちらも肌が黒い。ウエイトレスの一人はヒスパニック系だ。

わたしの娘の生活に、彼のような人がいてくれるのは嬉しい。娘はいい人に育ててもらいたい。レジャーのことはほとんど知らないけれど、今のところまともな人のようだ。

トラックまでやってくると、レジャーはゲータレードを取り、後部座席に積んだ。わたしは残りの食料品を後部座席の反対側のシート、ディエムのチャイルドシートが取り付けられているところに置いた。フロアボードにピンクと白の髪ゴムが落ちている。袋を乗せ終わると、わたしはその髪ゴムを見つめ、手を伸ばした。

ゴムには茶色の髪の毛が一筋絡んでいた。ひっぱると髪がはずれた。十センチばかりのその髪の毛は、まさしくわたしの髪と同じ色だ。

同じ髪の色。

後ろからレジャーが近づいてくるのを感じる、でもどうでもよかった。後部座席に乗り込み、彼女のチャイルドシートと髪ゴムと一緒にここにいて、ほかに彼女がどんな見た目で、どんな生活を送っているのかヒントになるものを見つけたい。

髪ゴムを見つめながら、わたしは振り返った。「ディエムはわたしに似ているの?」彼をちらりと見上げる。わたしを見て、彼の顔がゆがんだ。左腕をトラックのルーフに置いている。彼とドアとカートに挟まれて、身動きができない。

「ああ、似てる」

どこが……とは言わない。目? 口? 髪の毛? それとも全部? 聞いてみたい。わたしたちの性格は似ている? でも、彼はわたしがどんな性格かを知らない。

「いつから彼女を知ってるの?」

彼は腕組みをし、ためらっているように足もとを見つめた。「二人が彼女を家に連れてきてからずっとだ」

自分の体のなかで渦を巻くジェラシーの音が聞こえるかと思ったほどだ。わたしは震える息を吸って、涙をこらえると次の質問を繰り出した。「彼女はどんな子？」

その質問にレジャーは深いため息をついた。「カナ」彼が言ったのはそれだけだ。でもそれだけで彼の言いたいことは伝わった。彼はわたしから目を背けると、駐車場を見渡した。「ここまで歩いてきてるの？」

話題を変えるにちょうどいい。「そうよ」

彼は空を見上げた。「今日の午後はきっと嵐だ」

「すてき」

「ウーバーを使うといい」彼の目線がわたしに戻った。「ウーバーはあった？　きみが……」

彼の声が消え入るように小さくなった。

「刑務所に入る前？」わたしはくるりと目を回した。「ええ、当時もウーバーはあった。でもわたしはスマホを持ってないから、アプリも使えないわ」

「スマホを持ってないの？」

「持っていたけど、先月落としたの。給料をもらうまで新しいのを買えなくて」

わたしたちから少し離れたところで、誰かがリモコンで車のロックを解除した。ちらりと見ると、レディ・ダイアナが食料品で一杯のカートを押し、老夫婦の先に立って車に歩いていく。

わたしたちは邪魔にならない。でもわたしはそれを言い訳に彼の車のドアを閉めた。

レディ・ダイアナがトランクを開けるときにレジャーを見る。ショッピングバッグをつかんで、つぶやいた。「くそ野郎」

思わずわたしは笑った。レジャーを見ると、彼も笑っているようだ。とんでもない嫌な奴ではなさそうなのが気に入らない。もしそうだったら、彼を憎むのがずっと簡単なのに。

「髪ゴムはもらっとくわ」わたしはカートの向きを変えた。

もしまたここで買いものをするなら、今度はディエムを連れてきて、彼にそう言いたい。でもいざ彼を目の前にすると、どう接していいのかわからない。なぜなら彼はわたしと娘を隔てるものの一つだ。

すべてを言いたくても何も言わないのが、今のところ一番の安全策だ。わたしは彼をちらりと振り返ってから、店のほうに向かった。彼はまだトラックの屋根に寄りかかって、わたしを見ている。

店内に戻ると、カートをラックに戻し、ディエムの髪ゴムで自分の髪をくくる。そして仕事が終わるまでずっとそれをつけていた。

18

レジャー

店に入ると、ずらりと並んだチョコカップケーキがこっちを見ていた。

「ったく、ローマンときたら」

毎週、ローマンは通りの先のベーカリーでカップケーキを買う。ケーキを買うのはベーカリーのオーナーの女性に会うための口実で、本人は甘いものは食べない。結局、それを食べるのはぼくの役目になる。残ったものは夜にディエムのところへ持っていくのがいつものことだ。

ぼくがカップケーキを一つ、手にした瞬間、ローマンがバックヤードから店へ続く両開きのドアを開けて入ってきた。「とっととデートに誘えよ。おまえが彼女に会ってから、五キロも体重が増えちまった」

「彼女の旦那が怒るかも」ローマンは言った。

やっぱり、彼女は既婚者らしい。「なるほど」

「彼女とはろくに話したこともないんだ。ただセクシーだなと感心しながら、カップケーキを買うだけだ。自分をいじめて楽しんでる」

「たしかに、おまえは自虐を楽しんでる。このバーで働いている理由もそれだ」

「だよな」ローマンはさらりと言ってのけた。カウンターにもたれている。「で、カナとはその後、進展が？」

ぼくは肩越しにローマンを振り返った。「まだ誰も来てないよな？」誰かがそばにいるときにカナの話をしたくない。パトリックとグレースの知らないところでカナとやりとりをしているなんて、そんな話が二人の耳に入ったら事だ。

「まだ誰もいない。メアリー・アンは七時に出勤だし、ラジは今夜は休みだ」

ぼくはカップケーキを一口食べ、話しはじめた。「カナはカントレル通りにあるスーパーで働いている。車は持っていない。携帯も。家族も誰もいないんじゃないかと思う。歩いて仕事に行ってるんだ。このカップケーキ、まじでうまいな」

「おまえも作った本人に会いに行ってみろよ」ローマンは言った。「ディエムのおじいちゃんたちはどうするのか決めたのか？」

ぼくはカップケーキの半分を箱に戻して、ナプキンで口もとを拭った。「昨日、そのことについてパトリックと話をしようとした。でも話したくないって。カナに町と自分たちの人生から消えてほしいって言ってた」

「おまえはどうだ？」

「ディエムにとって一番いい状態を望むだけだ」ぼくは即座に答えた。いつもその気持ちは変わらない。でも今は自分がディエムにとってベストだと思っていたことが、本当にベストなのかわからない。

ローマンは何も言わなかった。ただカップケーキを見つめて言った。「ま、おれにはどうでもいいけど」

「彼女はお菓子作りと同じくらい料理もうまいのかな？」

「いつか、それを自分で確かめられたらと思ってる。今はほぼ二組に一組が離婚する時代だ」

ローマンは希望に満ちた声を出した。

「ホイットニーはきっとがっかりするぞ。おまえがどんなかわいいシングルの女の子とデートするのかと思ってる」

「知るかよ」彼はつぶやいた。「それより、おれはカップケーキガールの結婚が壊れるのを待つ」

「カップケーキガールに名前はある？」

「そりゃあるだろ」


その日は開店からしばらくたっても暇だった。月曜日だったたし、雨が降っていたせいかもしれない。いつもならドアが開くたびに気になるようなことはない。でも今、客はたった三人だ。だから雨のなか、彼女が静かに店内に入ってきたときには、皆の視線が彼女に集まった。

ローマンもすぐに彼女に気づいた。二人して彼女のほうを見つめる。「人生、びっくりするほどややこしいことになってるみたいだな、レジャー」

カナはずぶぬれのまま、ぼくのほうへ歩いてくると、初めて来たときと同じ席に座った。つけていたディエムの髪ゴムをはずすと、バーにもたれかかり、ナプキンを数枚、つかみとる。

「あなたの言ったとおり雨になったわね」顔と腕をナプキンで拭く。「家まで送ってほしいの」

ぼくはあっけにとられた。昼間、トラックから降りたとき、彼女はぼくにひどく腹を立てていたはずだ。だからもう二度とぼくの車には乗りたくないだろうと思っていた。

「ぼくが？」

彼女は肩をすくめた。「あなたでも、ウーバーでも、タクシーでも何でも。でもまず、コーヒーを一杯飲ませて。キャラメルもあるんでしょ」

けんか腰だ。ぼくは洗い立てのクロスを彼女に渡すと、彼女が体を拭いている間にコーヒーを淹れはじめた。「さっき、仕事が終わったの？」

「そう。人手が足りなくて、ダブルのシフトで働いたから」

スーパーの閉店は九時だ。家までは歩けば一時間はかかるだろう。「こんな遅い時間に歩いて帰るのは危険だ」

「じゃ、車を買ってよ」彼女が言った。

ちらりと見ると、彼女はからかうように片方の眉をひょいと上げている。ぼくはコーヒーの上にチェリーを乗せ、カウンターの上を彼女のところまで滑らせた。

「このバー、どのくらいやってるの？」彼女がたずねる。

「二、三年かな」

「昔はプロのアスリートだったんだっけ？」

彼女の質問に、ぼくは思わず噴き出した。ぼくがＮＦＬでプレイしていた短い二年は、この界隈の客がぼくと話したがる唯一の話題だ。でもカナは何かのついでに思いついたような言い方だ。

「ああ、ブロンコスでフットボールをやってた」

「うまかったの？」

ぼくは肩をすくめた。「もちろん、ＮＦＬに入れるんだから、それなりにね。でも再契約してもらえるほどじゃなかった」

「スコッティはあなたのことを自慢してた」彼女はコーヒーに視線を落とし、カップを両手で包み込んだ。

最初の晩、ここに入って来たとき、彼女はひどく頑《かたく》なな様子だった。でも今日は仕草や言葉に、彼女の人柄が垣間見える。チェリーを食べると、コーヒーを一口飲んだ。

上に行って、ローマンが寝泊まりしている部屋で服を乾かしてきなよと言いたい。でも彼女に親切にするのは間違っている気がする。この数日間、ぼくは頭のなかで自問自答を続けていた。長い間、憎しみを感じてきた相手に、なぜこれほどまでに惹きつけられるのだろう？たぶん先週の金曜日に起こった出来事のせいだ。あのとき、ぼくはまだ彼女が何者かを知らなかった。

あるいは、長い間彼女を憎んできた、その理由を疑いはじめたせいかもしれない。

「誰か職場から家まで車で送ってくれる知り合いはいないの？　家族とか？」

彼女はコーヒーを置いた。「この町で知っている人はたった二人よ。一人は自分の娘、でも彼女は四歳で車の運転はできない。そしてもう一人はあなたなの」

そんな皮肉な物言いさえ、魅力的だと思ってしまうのが悔しい。もう彼女とのやりとりはやめるべきだ。彼女はここに、このバーにくる理由もない。彼女と話しているところを誰かに見られたら、きっとグレースとパトリックに伝わってしまう。「コーヒーを飲んだら送っていくよ」

ぼくはカウンターの端へと移動し、彼女から離れた。

それから三十分後、カナとぼくは外に出て、トラックへ向かった。閉店までまだ一時間はあるけれど、ローマンが後を引き受けてくれた。とにかく彼女をバーから連れ出したい。ぼくたちが一緒にいるところを誰にも見られたくない。

まだ雨が降っている。ぼくは彼女に傘をさしかけた。でも大した違いはなさそうだ。彼女は歩いてバーにやってきたせいで、もとからずぶぬれだ。

助手席のドアを開けると、彼女がなかに乗り込む。目を合わすのが気まずい。きっと彼女も、ぼくたちが最後にこの助手席にいたときのことを考えているに違いない。

ドアを閉め、なんとかあの夜以外のことを考えようとする。彼女や、彼女のキス以外のことを。

ぼくが運転席に乗り込んだとき、彼女は片足をダッシュボードに乗せていた。車が走り出すと、ディエムの髪ゴムをいじっている。

彼女が言ったことを考えずにはいられない――ぼくのほかに、ディエムがこの町でのただ一人の知り合いだ、と。でもディエムは彼女が知り合いのうちにカウントできない。ディエムがこの町にいることを知っているだけで、知り合いと言えるのはぼく一人だということになる。

それは悲しすぎる。

人には人が必要だ。

彼女の家族はどこに？　彼女の母親は？　なぜ彼女の家族は誰も彼女に手を差し伸べて、ディエムのことを探そうとしないのだろう？　いつも不思議だった。なぜカナの側の両親や叔父や叔母も誰も、ディエムに会いたいとパトリックとグレースに連絡をとってこないのだろう？

それにスマホを持っていないなら、彼女は誰と話をするのだろう？

「後悔してる？　キスしたこと」カナはたずねた。

その質問に、ぼくははっとして道路から彼女に目を移した。彼女がじっと見つめている。ぼくはハンドルを握りなおし、道路に視線を戻した。

ぼくはうなずいた。なぜなら本当に後悔しているからだ。たぶん理由は、彼女が思っているのとは違う。でも後悔はしている。

その後、彼女のアパートメントまでの道中はずっと、二人とも無言だった。車を駐車場に停め、ちらりと彼女を見る。彼女はじっと手のなかの髪ゴムを見つめている。やがてそのゴムをさっと手首にはめると、ぼくの目を見ることもなくつぶやいた。「送ってくれてありがと」ドアを開けて、トラックから降りる。ぼくはあわてて、彼女におやすみと言った。

19

カナ

ディエムを誘拐することも考えた。なぜ実行しないのかわからない。それでこれ以上状況が悪くなるわけでもない。少なくとも刑務所にいたときには、娘に会えない理由があった。

でも今、わたしが彼女に会うのを阻むのは、彼女を育てている人たちだ。彼らを恨むのはつらい。誰かを恨みたくない。服役中は、彼らを恨みたくなる気持ちを抑えることができた。娘の世話をしてくれることにとても感謝していたからだ。

でも、このアパートメントに一人でいると、もしディエムを奪って、逃げることができたらどんなにいいだろうと考えてしまう。たとえそれが警察に捕まるまでのほんの数日だとしても。一緒にいる間は彼女にすべてを与えたい。アイスクリーム、プレゼント、ディズニーワールド、自首する前に二人で気前よく週末を祝って、ディエムはそれを一生の思い出にする。

彼女はわたしのことを覚えていてくれるはずだ。

やがて罪を償《つぐな》って出所する頃には、彼女は大人になっていて、たぶんわたしのことを許してくれる。刑務所に逆戻りするリスクを冒しても、自分と一緒に、たった一度の楽しい週末を過ごそうとした母親に感謝しない娘がいるだろうか？

唯一、誘拐を思いとどまらせているのは、パトリックとグレースがいつかは気持ちを変えてくれるのではという希望だ。もし二人の気持ちが変わって、法を犯すことなくディエムに会えるようになったら……？

それにディエムがわたしの存在を知らないことも考えられる。わたしを愛してさえいない。もし自分が知る唯一の〈保護者〉から、引き離されたら？　わたしには魅力的なアイデアに思えても、ディエムには恐怖でしかないだろう。

自己中な決断はしたくない。ディエムにとっていいお手本でいたい。いつか彼女はわたしが誰なのかを知るだろうし、彼女の人生に関わっていきたい。今から十三年すれば、彼女はわたしと会いたいか、会いたくないかを自分で決められるようになる。そのためだけにでも、これからの十三年、彼女が誇れるような人生を送りたいと思う。

アイヴィを抱きしめて、眠ろうとする。でも眠れない。いろいろな思いが頭のなかを行きかっている。ひとときも心は安まらず、スコッティが死んだあの日から、ぐっすり眠れたことがない。

ディエムとスコッティのことを考えて、何度も眠れないまま夜を過ごした。

今はレジャーもそのなかに加わっている。

先週、ランドリー夫妻の家に行こうとして阻まれたことで、彼にまだひどく腹を立てている。でもその一方で、彼のそばにいるときには、なぜか希望も感じる。彼はわたしを嫌ってはいないように見える。わたしにキスしたことを後悔はしているけれど、それは問題じゃない。なぜさっきその質問をしたのかわからない。ただちょっと不思議に思っただけだ。彼が後悔しているのは、自分がスコッティの親友だったせいなのか、それともわたしがスコッティにしたことのせいなのか？　たぶんその両方だ。

レジャーにスコッティが知っていたわたしの一面を見てほしい。一人でも味方ができるように。

唯一の友だちがティーンエイジャーと子猫だけだなんて、さびしすぎる。

スコッティが生きていたとき、彼のママと仲良くしておくべきだった。そうしていたら、今が違っていただろうか？

スコッティの両親に初めて会った夜は、人生のなかでももっとも奇妙な夜だった。

彼らのような家族を、テレビでは見たことがあるけれど、直接は知らなかった。正直に言えば、そんな人たちが本当にいるとも思っていなかった。仲が良くて、お互いに愛し合っている両親なんて。

二人がわたしに会ったのは、彼らの家の前の私道だった。スコッティが家に戻るのは三週間ぶりだったけれど、二人はまるで数年も会っていなかったような歓迎ぶりで、スコッティをハグした。軽いハグじゃない。〈会いたくてたまらなかった。あなたは世界一の息子よ〉のハグだ。

二人はわたしのこともハグした。でもスコッティへのハグとはまったく違う。軽いハグ、〈こんにちは〉のハグだ。

家に入ると、グレースは夕食の支度をすると言った。「お手伝いします」そう言うべきなのはわかっていた。でもキッチンで何をどうすればいいのかわからない。お手伝いなんかしたことがないのを気づかれなくなかった。だからずっとスコッティにくっついていた。緊張して、場違いな気がして、頼れるのは彼だけだった。

彼の家族はお祈りもした。スコッティが食前の祈りを唱えた。わたしにとってはそれも大きな驚きだった。夕食のテーブルに座って、食べものとか家族とか自分のことについて、神様に感謝する言葉に耳を傾けるなんて。とても現実のこととは思えなくて、思わず目を開けてしまった。全部を見ておきたい、祈りを捧げるとき、ほかの人がどうしているのかを見ておきたいと思った。もしスコッティと結婚したら、これがわたしの日常になるのがまだ想像できない。結婚したら、こんな両親ができて、こんなごちそうを作るのを手伝える。どうやって食べものやスコッティを与えてくださった神様に感謝するのかも教えてもらえる。そうなってほしかった。本当に。

普通の暮らし。

それはわたしが経験したことのないものだ。

祈りの最後に、グレースが目を上げ、きょろきょろしているわたしに気づいた。すぐに目を閉じたけれど、次の瞬間スコッティが言った。「アーメン」そしてみんながフォークを取り上げた。グレースのわたしに対する印象は最悪だった。でもわたしは若くて、怯えていて、どうしたらそれを挽回できるのかわからなかった。

夕食の間、わたしは二人を見ることもできなかった。こんなシャツ、着てくるんじゃなかった、心のなかで後悔した。胸もとが大きく開いたシャツ、スコッティお気に入りの一枚だ。食事の間じゅう、わたしはお皿の上に覆いかぶさるようにしていた。自分自身と、そして自分以外のすべてにとまどって。

夕食が終わると、スコッティとわたしは裏庭のポーチに座った。彼の両親はもう寝室に行ってしまった。寝室の明かりが消えたとたん、わたしはほっとして大きくため息をついた。テストか何かを受けていた気分だ。

「これ、持ってて」スコッティは吸っていたタバコをわたしに渡した。「ちょっとトイレに行ってくる」彼はときどきタバコを吸う。それは気にならないけれど、わたし自身はタバコを吸わない。あたりは暗くて、彼は庭の脇を回って表に行った。手すりにもたれてポーチに立っていると、裏口からグレースが現われた。

わたしはさっと姿勢を正して、タバコを隠そうとした。でも時すでに遅しだ。彼のママは家のなかに入ると、すぐに赤いカップを持って戻ってきた。

「灰はここに入れてね」カップをわたしに渡す。「うちに灰皿はないの。誰もタバコを吸わないから」

まずいと思った。でもお礼を言うのが精一杯で、カップを受け取った。彼女が裏口のドアを閉めたとき、ちょうどスコッティが戻って来た。

「きっとあなたのママはわたしを嫌いよね」わたしは彼にタバコとカップを渡した。

「まさか、嫌うもんか」彼はわたしのおでこにキスをした。「きっといつか仲良くなれる」彼は最後に深々と煙を吸うと、わたしを連れて家のなかに戻った。

彼はわたしをおぶって階段を上がった。階段の壁には、彼の写真がずらりと並んでいる。

「止まって」わたしは写真を一枚一枚見た。幸せそうな写真ばかりだ。写真のなかで彼を見つめるママのまなざしは、大人になった彼を見つめる今も少しも変っていない。

「誰？　このかわいい子」わたしは彼をからかった。「あなたみたいな子ができるなら、もう三人くらいつくっておくべきだったわよね」

「両親はそのつもりだったんだ」スコッティは言った。「ぼくはやっとできた子だった。でなけりゃ、たぶん、七人、いや八人でもつくったはずだ」

グレースのことを思って、わたしは悲しくなった。

彼の部屋に入ると、スコッティはわたしをベッドに降ろした。「まだ、きみの家族のことを聞いてない」

「家族はいないの」

「両親は？」

「父は……わからない。養育費を払うのに疲れて、どこかに行った。母とわたしはうまくいってなくて、この数年はほとんど話したこともない」

「どうして」

「うまが合わないの」

「どういうこと？」スコッティはベッドでわたしの隣に寝そべった。彼は純粋な興味からわたしの人生について知りたがっている。わたしも彼に本当のことを話したい。でも話して、ひかれてしまうのも怖い。彼はこのごく普通の家庭で育った。わたしがまったく違った環境で育ったことを知って、どう思うかわからない。

「子ども時代は一人ぼっちで過ごすことが多かった」わたしは言った。「食べるものはあったけれど、ほかは育児放棄の状態で、わたしは二度、フォスターケアにお世話になった。二度とも、結局は母のもとに戻されたけどね。母はひどい母親だったけど、親権を取り上げられるほどじゃなかった。大きくなってほかの家族を見るようになると、彼女がいい母親じゃないと気づいた。母はわたしとチームになるんじゃなくて、いつも張り合おうとした。それって疲れるよね。家を出て、しばらくは連絡を取り合っていたけれど、いつしか連絡が途絶えて、わたしも連絡するのをやめた。話さなくなってもう二年よ」スコッティを見ると、今まで見たことのない悲しそうな顔をしていた。しばらく黙ったままで、ただそっとわたしの背中に手を置いた。

「いい家族を持つってどんな感じ？」わたしはたずねた。

「わからないな。今まで自分の家族がいいか悪いかなんて考えたことがなかった」スコッティが答えた。

「いい家族よ。あなたはパパとママを愛している。それにこの家。間違いない」

彼はにっこりした。「うまく説明できるかどうかわからない。でもここにいるときには……なんというか、本当の自分、ありのままの自分でいられる。泣くこともできる。ムカついたり、悲しんだり、喜んだりも。どんな感情も受け入れてもらえるんだ。そんな場所はほかにはない」

彼の説明にわたしは悲しくなった。わたしには経験したことのない気持ちだ。「それがどんな感じか、わたしには想像もつかない」

スコッティは体をかがめて、わたしの手にキスをした。「ぼくが教えてあげるよ。いつか二人で家を買おう。そうしたら全部きみに選ばせてあげる。好きな色のペンキを塗って、いつもドアに鍵をかけて、きみが招きたい人だけを招く。きみが今まで暮したこともない心地のいい空間にする」

わたしは微笑んだ。「夢のような場所ね」

彼はキスをして、わたしたちは愛を交わした。できるだけ静かにしたけれど、この家はそれよりもっと静かだった。


次の朝、家を出るとき、スコッティのママはわたしと目を合わせようとしなかった。彼女のとまどいがひしひしと感じられる。嫌われた、そのときはっきりわかった。

車が私道を出ると、わたしは助手席の窓に額をくっつけた。「やっちゃった。昨日の夜、あなたのママはきっとわたしたちの声を聞いたよね。今朝、なんだか様子がおかしかった。気づいたでしょ?」

「ちょっとびっくりはしたかもね」スコッティは言った。「だってぼくの母親だから。どんな女の子とでも、ぼくがセックスしてるところは想像できないはずだ。相手がきみだからってわけじゃない」

わたしはシートにもたれてため息をついた。「あなたのパパは好きよ」

スコッティは声をあげて笑った。「きっと母さんのことも大好きになるよ。次にうちに行くときには、その前にやって、そんなことしませんってふりができるようにする」

「それからタバコもやめてね」

スコッティはわたしの手をつかんだ。「約束する。次はきっと母さんもきみを大好きになるはずだ。早く結婚して、孫を作れって言いだすよ」

「そうね」そうなってほしい。「たぶんね」でも自信はない。

わたしみたいな女の子を受け入れてくれる家族はどこにもいない気がする。

20

レジャー

彼女がバーに来た日から三日がたった。ぼくが最後にスーパーに行ってからも三日だ。もうあのスーパーには行かないほうがいい、ぼくは自分に言い聞かせた。これからはウォルマートで買いものをすることにしよう。でも昨日、ディエムと一緒に夕食を食べたら、その夜は一晩じゅうカナのことを考えるはめになった。

カナがここの町に戻ってきて以来、ディエムといればいるほど、カナについてもっと知りたいと思ってしまう。

比べてみると、ディエムの奔放さはたしかにカナに似ている。カナを知った今、ディエムの性格にもなるほどと思う。スコッティはまっすぐで、あいまいなところがない。想像力はないけれど、それがいいところだと思っていた。理屈で物事を理解するタイプで、科学的でないものにむだな時間は費やさない。

ディエムは正反対だ。これまでその特質を母から受け継いだのではと考えたことはなかった。カナはスコッティと同じように現実派なのか、それとも想像力が豊かなのだろうか？　もしかして芸術家肌？　娘との再会以外に何か夢はあるのだろうか？

そしてさらに重要なのは、彼女が善人かどうかってことだ。

スコッティはいい奴だった。あの一夜の出来事のせいで、ぼくはカナをひどい奴だと決めつけていた。あの夜の彼女の選択は最悪だ。

でも、もしぼくたちが悲しみのあまり、あの事故について咎を負わせることのできる誰かを探していたとしたら？

これまで、カナもまたぼくたちと同じように傷ついているかもしれないと思ったことはなかった。

聞かなきゃならない質問がたくさんある。知りたくなくても、知る必要がある。あの夜について、そして彼女がどういうつもりであんなことをしたのかについて。彼女がこのままおとなしく町を去るとは思えない。パトリックとグレースがどれだけラグの下に押し込めて、なかったことにしてしまおうとしても、問題はけっしてなくならない。

それがぼくがここに、トラックのなかにいて、彼女が客の買ったものを車に積み込むのを見ている理由だ。ぼくがかれこれ一時間半ばかり、この駐車場に潜んでいることを彼女が気づいているのかどうかはわからない。たぶん気づいているはずだ。ぼくのトラックは絶対にまわりの風景には溶け込めない色だ。

トラックの窓にノックの音が聞こえて、ぼくは飛び上がった。外を見るとグレースと目が合った。ディエムを腰骨の上で抱いている。ぼくはドアを開けた。

「こんなところで何をしているの？」

グレースはとまどったようにぼくを見た。ぼくがこんなおどおどした表情ではなく、喜ぶはずと思ったに違いない。「食料品を買いにきたんだけど、あなたのトラックがあったから」

「一緒に行こ」ディエムがぼくにむかって手を伸ばす。トラックを降り、グレースの腕からディエムを抱きとると、ぼくは駐車場を見渡した。カナは外にいない。

「ここを出なきゃ」ぼくは向かいのスペースに停まっているグレースの車に向かった。

「どうしたの？」グレースがたずねる。

ぼくは慎重に言葉を選んで答えた。「彼女がこの店で働いてる」

一瞬のとまどいの後、グレースはその意味を理解した。〈彼女〉が誰かを理解して、頬から血の気が引いた。「何ですって？」

「今、仕事中だ。ディエムを連れて、ここを出てくれ」

「一緒にお買いものに行く」ディエムが言った。

「あとで迎えに行くよ」ぼくはグレースの車のドアを開けようとした。でもロックがかかっている。ドアの取っ手を握ったまま待ったけれど、彼女はまるで催眠術にでもかかったかのようにその場でフリーズしている。「グレース！」

グレースはすばやく気を取り直し、バッグのなかの鍵を探した。

そのときだ、ぼくの目がカナを捉えた。

そのときだ、カナの目もぼくを捉えた。

「急いで」ぼくは低い声で言った。

リモコンを操るグレースの手が震えている。

カナは足を止めた。駐車場の真ん中で呆然と立ち尽くし、ぼくたちを見つめている。やがて彼女は自分が何を見ているのか――娘が数メートル先にいること――に気づき、客のカートを放りだし、ぼくたちのほうへ走りだした。

グレースがロックを解除すると、ぼくは急いで後部座席のドアを開け、ディエムをチャイルドシートに乗せた。なぜ一刻を争う気分になるのかわからない。ぼくたち二人がここにいるのに、カナがディエムをさらえるわけもない。だが、ディエムの前で、グレースと彼女を対峙させたくない。

カナにとっても、これが初めて娘に会うのに適切な時と場所だとは言えない。皆、あまりに混乱していて、ディエムを怖がらせてしまう。

「待って」カナが叫ぶ声がした。

ディエムのシートベルトは、まだすべて締まっていない。でもぼくはドアを閉めて叫んだ。

「行って！」

カナが車にたどり着くのとほぼ同時に、グレースがギアをリバースに入れ、車が走り出した。カナはぼくの脇をすり抜けて、車の後を追っていく。彼女の腕をつかみ、引き戻したい。でもそうしなかった。カナを引き戻すことに良心の呵責を感じたからだ。

カナは車に追いつき、トランクを叩いて懇願した。「待って！　グレース、待って！　お願い！」

グレースは待たなかった。走り去った。車の後を追うかどうか考えているカナを見るのは胸が痛む。ようやく二人を止めることはできないと知ると、カナは振り向いて、ぼくを見た。涙が頬を伝っている。

カナは手で口もとを覆い、すすり泣きはじめた。

ぼくの心は葛藤していた。彼女が間に合わなかったことにほっとしている。でも、同時に、そのことをかわいそうに思う自分もいる。矛盾しているとわかっているけれど、カナを娘に会わせてやりたい。でもディエムを母親に会わせたくない。

ぼくはカナにとってはモンスターで、ディエムにとっては守護者だ。

カナは悲しみのあまり、くずおれんばかりだ。シフトを最後まで勤められそうにない。ぼくはトラックを指さした。「送っていくよ。きみの上司の名前はなんていうの？　気分が悪いから早退すると伝えてくる」

彼女は涙を拭って答えた。「エミー」打ちひしがれ、とぼとぼとトラックへ歩いていく。

エミーならぼくも知っている。以前にも、店で会ったことがある。

カナが放り出したカートがまだそこにある。彼女が食料品を運び込む手伝いをするはずだった年配の女性が車の脇に立つくし、ぼくのトラックに乗り込むカナを見ている。いったい何の騒ぎだと思っているだろう。

カートまで走り、それを女性のところまで押していく。「すみません」

女性はうなずき、トランクを開けた。「彼女、大丈夫？」

「大丈夫です」食料品を女性の車に積み込み、カートを店に戻す。それからカスタマーサービスのカウンターに行くと、エミーがいた。

笑おうとしたけれど、あまりに動揺しすぎて作り笑いさえ出てこない。「カナの具合が悪いみたいで」ぼくは言った。「家に送っていこうと思うんです。一言、知らせようと思って」

「あら、まあ。大丈夫？」

「ええ。彼女のかわりに何か取ってくるものがありますか？　バッグとか何か？」

エミーはうなずいた。「ええ、休憩室の十二番が彼女のロッカーよ」エミーはデスクの後ろのドアを指さした。

ぼくはデスクを回り、ドアを開けて休憩室に入った。カナのアパートメントで見た女の子がテーブルに座っている。ぼくを見上げ、じろりとにらみつけた。「休憩室になんの用なの、クズ野郎？」

何を言ってもむだだ。彼女のぼくに対する印象はもう決まっているらしい。今はぼくも彼女と同じ意見だ。ぼくは十二番のロッカーを開け、カナのバッグを取り出した。トートバッグの広く開いた口から、なかに入っている紙の束が見えた。

原稿か何かだろうか。

見るな。自分に言い聞かせる。だがぼくの目は一枚目の最初の一行にくぎ付けになった。

大好きなスコッティへ
続きが読みたい。でもぼくはバッグの口を閉じ、彼女のプライバシーを尊重した。休憩室から出るときに、例の少女に告げた。「カナは具合が悪いんだ。彼女を家に送っていく。でも今夜、きみも彼女の様子を見にいってくれるかな？」

少女はじっとぼくを見つめ、最後にうなずいた。「わかったよ、クズ」

声をあげて笑いたい。でも今は気にかかることがありすぎて、笑っている場合じゃない。

エミーのところへ戻ると、彼女が言った。「タイムカードは押しとくからって、それから何かあればいつでも電話してって伝えて」

カナはスマホを持っていない。でもぼくはうなずいた。「ありがとう、伝えます」

トラックに戻ると、カナは助手席で体を丸め、窓をじっと見つめていた。ドアを開ける音にびくりとする。ぼくが運転席と助手席の間に置いたトートバッグを引き寄せる。まだ泣いている、でもぼくには何も言わなかった。ぼくも何も言わなかった。なんと言えばいいのかわからない。ごめんね？　大丈夫？　ぼくって嫌な奴だよね？

駐車場から車を出して、一キロほど走ったところで、カナが何かをつぶやいた。「停めて」そう聞こえる。

ぼくは彼女を見た。でも彼女は窓を見つめたままだ。ぼくがウインカーを出さないのを見て、もう一度言った。「停めろって言ってるの」今度は命令口調だ。

「二分で家に着く」

彼女はダッシュボードを蹴った。「停めて」

ぼくは無言で言われたとおりにした。ウインカーを出して、路肩に車を停める。

カナはトートバッグを乱暴につかみ、トラックから降りると、叩きつけるようにドアを閉めた。アパートメントのほうへ向かっていく。トラックの二、三メートル前を歩き出した彼女の後を、ぼくは路肩にそってゆっくりと車を走らせながら、運転席の窓を開け、車を指さした。

「カナ、乗って」

カナは歩きつづけている。「行けってグレースに言ったよね！　わたしが近づいてくるのを見て、彼女に行けって！　なのに、どうしてわたしのことをかまうの？」しばらく彼女の歩くスピードに合わせて車を転がしていると、彼女が振り向き、窓からなかをのぞいて強い口調で言った。「どうして？」

ブレーキを踏むと、ちょうど彼女と目線の高さがあった。手が震える。アドレナリンのせい？　いや罪悪感のせいかもしれない。

あるいは怒りのせいかも。

彼女が少し落ち着いたのを見計らって、ぼくはトラックを停めた。「スーパーの駐車場でグレースと鉢合わせするのはまずいと思わない？」

「そうよね、わたしは彼らの家で会おうとした。でもそれがどうなったか、知ってるでしょ」

ぼくは首を横に振った。問題は場所じゃない。

でも、何が問題なのかわからない。ぼくは考えをまとめようとした。彼女の言うとおりかもしれないと考えて、ぼく自身混乱している。最初、彼女は穏やかに二人に話をしようとした。でもそのときもぼくが彼女を止めた。

「きみの目的がなんであろうと、彼らはそれほど強くない。きみがディエムを連れ去るためにここに来たのではなくてもね。彼らにとっては、ディエムを通してきみと関わりを持つこと自体が耐えがたい。二人は彼女を大切に育てている。ディエムは幸せで安全だ。それで十分だろ？」

カナが息をのんだのがわかった。胸が大きくふくらんでいる。一瞬、ぼくを見つめて、それからトラックの後ろ、ぼくから顔が見えない位置へ歩いていった。しばらくの間そこに立ち尽くし、路肩の草むらに腰をおろす。膝を抱え、何もない野原をじっと見つめている。

何をしているのかわからない。もしかして考える時間が必要なら、しばらくそっとしておくべきかもしれない。でも彼女はいつまでたってもうずくまったまま、立ち上がる気配がない。ぼくはしびれを切らして、トラックから降りた。

彼女のそばへ行き、黙って隣に座った。

ぼくたちの背後で、車も世界も動きつづけている。でもぼくたちの前に広がるだだっ広い野原では何も動かない。ぼくたちは目を合わせることもなく、ただ目の前に広がる野原を眺めた。

ようやく彼女が目を落とし、雑草のなかに生えていた小さな黄色い花を引き抜いた。その花を親指と人差し指でくるくると回す。気づくと、ぼくはじっと彼女を見つめていた。彼女は大きく息を吸って吐くと、前を向いたまま話しはじめた。

「ほかの母親たちが言ってた」カナは言った。「出産のときは、刑務所が病院に連れて行ってくれて、子どもが生まれたら、二日間だけ一緒に過ごせるって。たった二日だけど、わたしと子どもだけで」頬を涙が滑り落ちる。「どれほどその二日を楽しみにしていたか……言葉では言い表わせない。でも彼女が予定より早く生まれて……知ってるかどうかわからないけれど、ディエムは未熟児だった。六週間も、だから肺がまだ……」大きく息を吸う。「生まれてすぐに、彼女はほかの病院のＮＩＣＵに移されてしまった。わたしは回復室で過ごした。拳銃を持った警官に見張られながら。そして二日が過ぎると、刑務所に返された。スコッティが残してくれた彼女を抱きしめることも、彼女の目を見ることもなかった」

「カナ……」

「言わないで。何を言うのかわからないけれど、聞きたくない。信じて。ここにくるとき、ディエムの人生に喜んで迎えられるとか、何かしらの役目を与えられるとか、そんな希望を持っていなかったと言ったら嘘になる。でも、ここが彼女にとっての居場所だということは理解している。そしてそれをよかったと思っているの。だからどんなことでも感謝するつもりだった。たとえ許されるのが、ようやく彼女をひと目見るだけだったとしても。あなたや、あるいはスコッティの両親が、わたしにその資格があるかどうか、どう思うとしても」

ぼくは目を閉じた。あまりに痛々しい話だ。目の前で彼女の顔に浮かぶ表情を見ながらその言葉を聞くのはつらすぎる。

「パトリックとグレースには感謝してる」彼女は言った。「あなたには想像がつかないわよね。でも妊娠中、わたしはどんな人がディエムを育てることになるのか心配する必要がなかった。あの完璧なスコッティを育てた二人だもの」しばし沈黙が続き、ぼくは目を開けた。彼女はじっとぼくを見つめている。そして首を横に振った。「わたしは悪人じゃない」その声は後悔に満ちている。「ここにいるのは、自分が彼女に会う権利があるとか、そんなことを思っているからじゃない。ただ彼女に会いたい、それだけよ。それだけなの」シャツで涙を拭って、ぼくを見る。「ときどきスコッティが今のわたしたちを見たらどう思うだろうって考える。そうしたら死後の世界なんて存在しないほうがいい気がしてくる。もし存在したら、スコッティはたぶん天国でたった一人の、悲しみに暮れる人になるだろうから」

カナの言葉はぼくのみぞおちにぐさりと来た。彼女の言うとおりかもしれないと思ったからだ。ぼくは彼女を、スコッティを置き去りにして死なせた相手というより、スコッティと愛しあった相手として見はじめている。それは彼女が戻ってきて以来、ぼくがもっとも恐れていたことだ。

ぼくはカナを残して草地から立ち上がった。トラックまで行き、コンソールからスマホを取り出して、カナが座る場所に戻った。

彼女の隣に座ると、アプリを立ち上げ、ぼくが撮ったディエムの動画が保存されているフォルダーを開ける。昨日の夜、夕食のときに撮った動画をタップして、カナにスマホを渡した。

想像もしたことがなかった。はじめて自分の子どもを見たときの母親がどんな反応をするのか。スクリーンに映るディエムの姿にカナは息をのんだ。口を手に当て、声をあげて泣きはじめる。次から次へと涙があふれ、途中でスマホを脚の上に置いて、シャツで拭わなければならないほどだ。

目の前で、カナはまったく別人になった。ぼくが目撃しているのは、まさに彼女が母になっていく瞬間、今までに見たなかで、もっとも美しい光景だった。

彼女にもっと早くその瞬間を与えられなかった自分が、まるでモンスターのように感じた。

許してくれ、スコッティ。

彼女は草地に座って、四本の動画を見た。その間も涙は止まらない。でも同時に、何度も微笑んで、ディエムがしゃべるたびに声をあげて笑った。

車に乗って、彼女のアパートメントに戻る間も、ぼくは彼女にスマホを渡したまま動画をみせつづけた。

アパートメントに着くと、ぼくは二階まで一緒に階段を上がって彼女を送っていった。彼女の様子を見ていたら、とてもスマホを返してくれとは言えなかったからだ。彼女はかれこれ一時間ばかり、動画を見ている。笑って、泣いて、喜んで、悲しんで、感情をあらわにして。どうやってスマホを返してもらったらいいのかわからない。返してほしいのかもわからない。

結局、とうとうカナの子猫が膝の上で眠ってしまうまで、ぼくはアパートメントにいた。ソファの端に座り、その反対側にカナが座っている。カナがディエムの動画をみる姿を眺めて、ぼくはまるで父親になったような誇らしい気分になった。なぜならぼくは、ディエムが健康で、おしゃべりで、ユーモアがあって、幸せだと知っている。そしてカナがそのことを知るのを見ているのは嬉しかった。

でも同時に、ぼくは人生でもっとも大切な二人を裏切っている気分にもなった。もしパトリックとグレースが今、ここにぼくがいて、二人が育てた娘の動画をカナに見せていることを知ったら、二度と口もきいてくれなくなるだろう。それも当然だ。

誰かを裏切っているという後ろめたさを覚えずに、この状況を乗り切る方法はない。ぼくは彼女をディエムに会わせないことで、カナを裏切っている。そしてカナにディエムの姿を見せることで、パトリックとグレースを裏切っている。おまけにどういう形でかはまだわからないけれど、スコッティも裏切ろうとしている。今はただ、この罪悪感がどこから来ているのか、見定めようとしている。

「ディエム、幸せそう」カナは言った。

ぼくはうなずいた。「そうだよ。毎日、幸せに過ごしている」

ぼくがトラックのなかで渡した、丸めたティッシュで涙を拭いながら、カナはぼくを見上げた。「彼女がわたしについて何か聞いたことはある？」

「いや、とくには。でも、最近は自分がどこから来たのか考えはじめてる。先週、自分は木のなかで生まれたのか、卵のなかで大きくなったのかって聞いてきた」

カナはにっこり笑った。

「彼女は幼くて、まだ家族の関係について十分には理解していない。ぼくもいるし、パトリックとグレースもいる。誰かが欠けているとは思っていない。きみの聞きたいことかどうかわからないけど、それは事実だ」

カナは首を横に振った。「それでいいの。安心した。彼女が、自分の人生にわたしが欠けていると気づいていないと知って」彼女はもう一本動画を見て、それから名残惜しそうにスマホをぼくに返した。ソファから立ち上がり、バスルームへ歩いていく。「まだ帰らないで」うなずき、どこにも行かないと約束する。彼女がバスルームのドアを閉めると、ぼくはカナの子猫を膝から降ろし、立ち上がった。何か飲みたい。泣いていたのはカナだけれど、この数時間でぼくまで体じゅうの水分がすべて失われた気がする。

冷蔵庫のなかは空っぽだ。何も入っていない。フリーザーを開けても、空っぽだった。

彼女がバスルームから出てきたとき、ぼくはすっからかんのキャビネットをのぞき込んでいた。彼女のアパートメントと同じく殺風景だ。

「ごめん。まだ何もなくて」彼女は決まり悪そうに言った。「だって……お金は引っ越しに全部使っちゃったから。もうすぐ給料が出るから、そうしたらいずれはもっとましなところに引っ越して、スマホも買って、そして――」

ぼくは片手を上げ、カナを制した。おそらく彼女は、ぼくに経済力、つまりディエムを養っていく能力を測られているように感じたのだろう。「カナ、いいんだ。ここに来ただけですごいことだ。でもちゃんと食べなきゃ」ぼくはスマホをポケットに入れ、ドアへ向かった。「行こう、夕食をおごるよ」

21

カナ

ディエムはわたしにそっくりだ。髪の毛も同じ、目も同じだ。きゃしゃな体型も似ている。でも嬉しいことに、笑ったときの声や表情はスコッティに似ている。彼女の動画を見ていると、スコッティとの思い出がよみがえる。刑務所にいた間、彼の写真を持っていなかった。だからスコッティがどんな顔だったか忘れかけていた。でもディエムには彼の面影がある、そのことが嬉しい。

パトリックとグレースがディエムを見るときも、きっと自分たちの息子を思い浮かべるに違いない。もし彼女がわたしに似すぎていたら、二人が彼の面影を感じられないではと心配していた。

ようやくディエムを見たときの感情は、思っていたのとは違っていた。ディエムの姿を見たら、自分のなかでけりがついた気になるのを願っていた。けれど、また古傷がぱっくりと広がった気分だ。幸せそうな彼女を見れば、わたしも幸せな気分になれると思っていた。でも身勝手だとわかっていても、それはわたしをさらに悲しくさせた。

たとえ会ったことがなくても、自分が産んだ子どもを愛するのは簡単だ。でもようやく、自分の子どもがどんな子か、どんな顔で、どんな声なのかを知って、そこから歩き去るのはとてもむずかしい。

だけど、それが今、スコッティの両親がわたしに望んでいること、わたしがこの町から姿を消すことだ。

そう考えると、みぞおちが結んだロープのように固くなって、プツンと切れてしまいそうになる。

レジャーの言うとおり、わたしに必要なのは食べることだ。なのに、いざ食べものを前に座っていると、あらためてこの数時間の出来事を考えずにはいられない。何も喉を通りそうにない。体じゅうを駆けめぐるアドレナリンに気持ちが高ぶって、くたくたで気分が悪い。

レジャーはドライブスルーで、ハンバーガーを注文した。今、わたしたちは駐車場に停めたトラックのなかでそれを食べている。

彼が町の人がいる場所にわたしを連れていきたくない理由はわかる。彼がわたしと会うのは、パトリックとグレースにとって許せないことだろう。この町の全員と知り合いってわけじゃないけれど、当時のことを知る人がわたしに気づく可能性はある。

もうすでに気づかれているかも。事故当時、わたしにも同僚が何人かいた。レジャーには会ったことはなかったけれど、スコッティの友だちにも、ほんの数人だけれど会った。小さな町だから、わたしのマグショットをたまたま見たゴシップ好きの誰かに気づかれる可能性もある。

人はゴシップが好きだ。もしわたしに得意な何かがあるとすれば、それはゴシップのネタになることだ。

自分以外の誰も責める気はない。もしあの夜、パニックにならなかったら、すべてが違っていたはずだ。でもわたしはパニックになって、それによって生じた結果を受け入れた。刑務所での一年目は、自分がくだした決断を何度も何度も考えて過ごした。あの頃に戻って、もう一度すべてをやり直せたらと願った。

アイヴィはかつてわたしに言った。「あんたを立ち止まらせてるのは後悔だよ。だから刑期を務めあげるんだ。そしてここから出たら、もう一度人生を始める。前にむかって進むのを忘れるんじゃないよ」

でも、今、わたしは前に進むのを怖がっている。もし進むことを許された唯一の道にディエムがいなかったら？

「聞いてもいい？」レジャーが言った。わたしはちらりと彼を見た。彼はもうハンバーガーを食べ終えている。わたしはまだ一口、二口かじっただけだ。

レジャーもハンサムだ。でもスコッティとはタイプが違う。スコッティは隣の家の男の子って感じだけれど、レジャーは隣の家の男の子じゃない。隣の家の男の子に絡む不良だ。ワイルドで、バーを経営しているのもぴったりだ。

でも話すと、見た目のイメージは一変する。そこがまたたまらなく魅力的だ。

「二人がきみをディエムに会わせないと言ったら、どうする？」レジャーが聞いた。

もう食欲はまったくない。考えるだけで気分が悪くなる。わたしは肩をすくめた。「この町を出る。わたしがいることで、彼らの生活を脅かしたくない」それ以上、何と言えばいいのかわからなくて、無理にポテトを口に押し込んだ。

レジャーはお茶を一口飲んだ。トラックのなかは静かだ。わたしたちの間に謝罪の言葉がぶら下がっているのを感じる。でもそれがどちらのものなのかわからない。

先に口を開いたのはレジャーだった。「きみに謝らなきゃね。きみを止めて――」

「もういいの」わたしは彼の言葉をさえぎった。「あなたはそうすればディエムを守れると思ったことをやった。腹は立ったけど……感謝してる。何としても彼女を守ろうとしてくれる人がそばにいてくれて」

彼はほんの少し頭を傾けてわたしを見つめた。わたしの反応に対して、自分がどう思ったかを知られまいと、どこかに押し込めようとしている。あごで手つかずのままのわたしのハンバーガーを示した。「お腹がすいてないの？」

「いろいろ考えすぎて、何も喉を通らない。家に持って帰るわ」わたしはバックパックにバーガーと残りのポテトを入れ、運転席と助手席の間に置いた。「聞いてもいい？」

「もちろん」

わたしはシートに頭を預け、彼の顔をじっと見た。「わたしが嫌い？」そんな質問が自分の口から出たことに自分でも驚く。でも、彼の気持ちを知っておく必要がある。ときどき、たとえば彼の家にいたときには、彼がスコッティの両親と同じくらいわたしのことを憎んでいる気がした。でも、たとえば今のような瞬間には、彼はわたしの置かれた状況を理解してくれていると思うこともある。誰が敵で、誰が味方なのかを知る必要がある。もし敵しかいないなら、ここで何を言ってもむだだ。

　レジャーは運転席のドアにもたれ、窓枠に肘をついた。あごをさすり、わたしをまっすぐに見つめる。「スコッティが死んだ後、ぼくのなかできみに対するイメージが作られていった。そしてこの数年間は、ぼくにとって、きみはネット上の誰かと同じような存在だった。実際にはその人について何も知らずに、一方的に決めつけて非難できる相手だ。でも、今、こうしてきみと向かい合ってみると……なんというか、ずっときみに会ったら言ってやろうと思っていたことを言いたいかどうかわからなくなった」

「でも、すっかりなくなったわけじゃないんでしょ？」

　レジャーは首を振った。「わからないんだ、カナ」彼は体を横に向け、わたしをまっすぐに見つめた。「バーに入ってきたきみを見たとき、今まで会ったなかで、もっとも魅力的な女性だと思った。でも次にパトリックとグレースの家の前で見たときには、今まで会ったなかで最悪の人間だと思った」

　彼の率直な物言いに、胸に困惑が広がる。「で、今夜は？」静かにたずねる。

　彼はわたしの目を見た。「今夜は……今まで会ったなかで、もっとも大きな悲しみを抱えた女性なんじゃないかと思いはじめている」

　わたしは笑った。その笑顔はきっと痛々しく見えたに違いない。でも泣きたくはない。「全部当たってる」

　彼はつらそうに笑った。「みたいだね」彼の瞳にクエスチョンマークが浮かんでいる。あまりに多い、無数の問いだ。その問いから逃れようと、わたしは彼の顔から目をそらした。

レジャーはゴミを集めると、トラックから出て、ゴミ箱に捨てにいった。しばらくの間、そのままトラックの外でたたずんでいる。やがてなかには乗らず、運転席の窓から顔をのぞかせた。トラックの屋根をつかんで、わたしを見つめている。「ここを出ていったらどうするつもり？　どこか行くあては？　次は何を？」

「わからない」わたしはため息をついた。「これから先のことなんて考えたこともない。パトリックとグレースの気持ちが変わるという希望を捨ててしまうのが恐ろしすぎて」でも結局、そうなりかけている気がする。それはレジャーもよくわかっているはずだ。「チャンスをもらえると思う？」

レジャーは答えなかった。首を振ることも、うなずくこともしなかった。ただ質問が聞こえなかったふりをして、トラックに乗り込み、駐車場を出た。

答えがないのが答えだ。

家へ戻る道すがら、わたしはずっと考えていた。いつになったら、この喪失感を断ち切れるのだろう？　いつになったら、ディエムと自分の人生は交わらないことを受け入れられるだろう？

車がアパートメントの駐車場に入ったときには、喉が渇き、心は空っぽになっていた。レジャーが車を降り、助手席側に回って、ドアを開けてくれた。そのままそこで立ち尽くし、何か言いたげに足をもぞもぞさせながら、腕を組んで、じっと地面を見つめている。

「状況は不利だ。スコッティの両親も、判事も、法廷にいる誰もが……きみには……」彼はそこで言いよどんだ。

「きみには、何？」

彼はわたしの目をじっと見た。「後悔の念がないと思っている」

その言葉にわたしは息をのんだ。**わたしには後悔の念がない？　いったいどうしたらそんなふうに考えられるの？**　わけがわからない。

また涙があふれそうになる。今日、すでにたっぷり涙を流しているのに。早くトラックから出たい。わたしはバッグをつかんだ。レジャーが脇によけると同時に、地面に足をおろして歩き出す。どうにか息をしようとしてもできない。彼の言葉にどう反応したらいいのかわからない。

それが、彼らがわたしを娘に会わせたくない理由？　わたしが何も後悔していないと思っているの？

背後に彼の足音が聞こえる。わたしはさらに足を速めて階段を上がり、アパートメントの部屋に入った。カウンターに荷物を置いたとき、入り口に立っているレジャーに気づいた。

シンクの隣にあるカウンターのふちをつかみ、彼が言ったことを考えてみる。それから部屋の向こうにいる彼を見た。「スコッティはわたしに起こったもっともすばらしいことだった。後悔しないわけがない。でも当時はあまりのショックで話もできなかった。弁護士に言われた。陳述書を書く必要があるって。でももう何週間もろくに眠れない状態で、紙を前にしても一言も出てこなかった。頭が、動かなくて……」わたしは胸に片手をあてた。「悲しみに打ちひしがれていたの、レジャー。本当よ。あまりにも打ちのめされて、自分のために申し開きをすることさえできなかった。自分の人生なんかどうなってもいいと思った。なんの感情も湧《わ》いてこなかった。壊れていたの」

再び涙があふれた。涙にはもううんざりだ。わたしは彼に背を向けた。きっと彼もうんざりしているに違いないと思ったからだ。

ドアが閉まる音が聞こえた。帰ったの？　わたしはあわてて振り向いた。でもレジャーは部屋のなかに立っていた。ゆっくりと歩いてくると、わたしの隣でカウンターにもたれかかった。腕組みをして、足首を交差させている。しばらくの間、黙ったまま床を見つめていた。わたしはさっき使ったナプキンをカウンターからさっと取った。

レジャーはわたしの目を見た。「これは誰のためになる？」

彼の質問の意味がわからなくて、わたしは彼の次の言葉を待った。

「パトリックとグレースにとって、ディエムに関してきみと共同で親権を持つことはためにならない。二人の人生に耐えられないストレスをもたらす。それからディエムにとって……これは彼女のためになる？　今、彼女は自分の人生に誰かが欠けているとは思っていない。両親同然に思っている二人がいて、二人も彼女を愛している。彼女にはぼくもいる。もしきみがディエムに会うことを許されたら……たしかに、彼女がもう少し大きくなったらそれもいいだろう。でも今は……きみが憎くて言ってるんじゃない……でもきみがいることで、スコッティが死んで以来、パトリックとグレースが一生懸命に作り上げてきた心穏やかな暮らしがかき乱される。二人が感じたストレスはディエムにも伝わるはずだ。たとえどれほど隠そうとしても。つまり……ディエムの人生にきみがいることが誰のためになる？　きみ以外に？」

彼の言葉にわたしの胸は締めつけられた。腹が立ったからじゃない、彼の言うとおりだと認めるのが怖かったからだ。

もしわたしがいないほうが、ディエムがもっと幸せに暮らせるとしたら？　わたしの存在が彼らの生活を脅かしているだけだとしたら？

レジャーは誰よりもパトリックとグレースを知っている。その彼に、わたしの存在が、彼らが築きあげたいいバランスを変えてしまうと言われて、何が言えるだろう？

彼が言ったのはすべて、わたしが恐れていたことだ。でも改めて彼の口から聞くと、つらくてどうしたらいいかわからなくなる。でも、彼の言うとおりだ。ここにわたしがいるのは単なる自己満足に過ぎない。彼はそれをわかっている。そしてあの二人も。

わたしがここにいるのは、自分の娘の心の穴を埋めるためじゃない。自分の心の穴を埋めるためだ。

まばたきで涙を押し戻し、ゆっくりと息を吸う。「わたしはここにくるべきじゃなかった。あなたの言うとおりよね。でもすぐに出ていくのは無理なの。引っ越しで手持ちのお金はすべて使い果たしてしまった。行く当てもないし、次に引っ越すお金もない。スーパーの仕事はパートだし」

彼の表情に思いやりが戻った。でも無言のままだ。

「パトリックとグレースがわたしにこの町から出ていってほしいなら、そうするわ。でも少しだけ時間をちょうだい。今はお金がないの。前科があることを話したら、スーパー以外、どこも雇ってくれなかった」

レジャーはカウンターから離れ、まっすぐに立った。頭の後ろで両手を組んで、数歩歩く。

彼にお金を無心していると思われたくない。そんなふうに思われるのは最悪だ。

　でももし、彼にお金をあげるといわれたら、拒むかどうかわからない。もし本当に二人がわたしに一刻も早く出ていってほしいと思うなら、そのためにお金を出すかもしれない。そしたら今までの出費をちゃらにして、この町を出ていける。

「金曜日と土曜日の夜、八時間ならきみを雇える」そう言ったとたん、彼は早くも後悔した表情を見せた。「厨房の仕事だけどね。ほとんどは皿洗いだ。店の奥にいれば、誰にもそこで働いていると知られない。もしパトリックとグレースにぼくがきみを助けていることがわかったら……」

　そこでようやく、彼が、わたしがこの町をより早く出ていける方法を提案しているのだと気づいた。わたしの願いではなく、パトリックとグレースの願いをかなえようとしている。なぜ？　でもその理由は考えないようにした。「誰にも言わないわ」すばやく答える。「絶対に」レジャーの顔に浮かんだためらいから後悔が伝わってくる。今にも「忘れて」そう言いそうだ。彼がその言葉を取り消す前に、わたしはあわててありがとうとお礼を言った。「金曜と土曜の四時間ね。四時半には店に行けるわ」

　彼はうなずいた。「裏口から入って来て。そして誰かに聞かれたら、名前はニコールって言うんだ。ほかの従業員にもそう話しておく」

「わかった」

　レジャーは人生最大の間違いを犯してしまったとでもいうように、首を横に振ると、玄関へ向かった。「お休み」その声も弱々しい。やがて彼の後ろでドアが閉まった。

アイヴィはわたしの足首に体をこすりつけている。わたしはかがんで、彼女を胸に抱きしめた。

レジャーはこの町からわたしを追い出すために仕事をくれたかもしれない。でもソファに座るわたしは笑顔だった。なぜなら今日、娘の顔を見ることができた。それ以外の時間がどれほど気の滅入るものだったとしても、ようやく五年間願いつづけていたものの欠片を手に入れた。

わたしはノートを取り出し、とびきり重要な手紙を書いた。

大好きなスコッティへ

あの子、わたしたち二人のどちらにも似てるの。でも笑顔はあなた似よ。

どこをとっても完璧よ。

ごめんね。あなたが彼女に会えなくて。

愛してる
カナ

22

レジャー

もうすぐカナがやってくるはずだ。ぼくが彼女を雇った夜、ローマンは休みだったから、まだ彼に話ができていない。でもカナをこの町から出ていかせると決めた直後に、彼女を雇おうと気持ちを変えたことについて、自問自答を続けている。

ローマンが店に入ってくる気配がした。カナは四時半に来ると言った。不意打ちにならないよう、今、ローマンにカナについて話しておくべきだ。

今夜、飾りに使うのに十分な量を確認しながら、ライムとオレンジを薄切りにする。ローマンは厨房には入ってこない。ぼくは店内にいる彼にむかって言った。「やっちまった」言おうとしていたのは「カナを雇った」だ。でも、どっちにしてもぼくにとっては同じ意味だ。

ローマンは怪訝《けげん》そうにぼくを見た。

果物をスライスしながら話はしたくない。指を切る前に、ぼくはナイフを置いた。「カナを雇った。パートタイムで、客の目に触れないところで働いてもらう。ほかの従業員の前では、彼女をニコールと呼んでくれ」再びナイフを取り上げる。ローマンは見ず、視線はじっとライムに落としたままだ。

「ああ、わお、何がどうなった？」

「話せば長くなる」

ローマンが鍵とスマホをカウンターに置き、スツールを引き寄せる音が聞こえた。「ちょうどいい。今日のシフトは真夜中までだ。聞くよ」

バーカウンターの端までいき、ちらりと厨房を見て、店のなかに二人だけなのを確かめる。ほかのスタッフは誰もまだ出勤してきていない。ぼくはスーパーの駐車場での経緯を、ざっとローマンに話して聞かせた。それからカナにディエムの動画を見せて、ハンバーガーをおごって、彼女がかわいそうになって、この町を出ていく資金を稼ぐためにここで働かないかと提案したことも。

すべてを話してしまうまで、ずっとローマンは無言だった。

「カナには店の奥にいて、客の前には出ないよう話している」ぼくは言った。「パトリックとグレースに、彼女がここで働いているのを知られたら厄介なことになる。二人はここに一度も来たことはないし、今後も来ないとは思うけれど、彼女には店の奥にいてほしい。皿洗いとかアーロンの手伝いをしてもらう」

ローマンは声をあげて笑った。「つまりバーバックだけど、バーではなくバックヤードだけで働く条件で雇ったんだな？」

「バックヤードだけでも仕事は山ほどある」

ローマンがスマホをスワイプし、鍵をカウンターから取り上げる音が聞こえる。厨房へと続く両開きのドアを開けて、ローマンが言った。「二度と、あのカップケーキのことでおれをからかうなよ」

おまえが通り向こうの既婚者のベーカーに夢中になっているのと、ぼくが町を早く出るためにカナに仕事を与えるのとはちょっと違う、ぼくが言い返す前にローマンは外へ出ていった。

数分後、裏口のドアが開き、ローマンが言った。「新入りがきたぞ」

厨房へ行くと、カナが片手でトートバッグを持ち、もう反対の手で手首を握って、裏口のドアのそばに立っていた。おどおどした様子だけれど、ちょっと違って見える。リップグロスか何かを塗っている。メイクのことはよくわからないけれど、唇ばかりに目がいってしまう。ぼくは軽く咳ばらいをして、彼女から目をそらし、平静を装った。「来たね」

「来たわ」彼女が言った。

ぼくは仕事中、従業員が私物を入れておくためのクローゼットを指さした。「そこにバッグを入れて」

それからエプロンを渡し、できるだけ事務的に振舞う。「ざっと店内を案内するよ」厨房を手振りで示すと、彼女は無言のままついてきた。洗った皿の重ね方を説明し、ストックルームへも案内する。ぼくのオフィス、それからダンプスターのある路地も。

店に戻ろうと路地を歩いていると、ちょうどアーロンが出勤してきた。彼は立ち止まって、カナと一緒に路地にいるぼくを見た。

「アーロン、ニコールだ。厨房を手伝ってくれる」

アーロンは目を細めて、カナをじろりと見た。「厨房の手伝いが必要？」困惑している。

ぼくはカナを見た。「週末はフードメニューがあって、アーロンはそれをすべて引き受けている。必要なときには助けてやってくれ」

カナはうなずき、アーロンにむかって手を差し出した。「初めまして」アーロンは握手を返した。でもその目はいぶかしげにぼくを見たままだ。

ぼくはカナを見て、それからドアを見ると、アーロンと話があるから先に店に戻るようカナを促した。カナはうなずき、裏口へ入っていく。ぼくはアーロンに言った。「彼女がここにいるのは長くて数週間だ。ちょっと事情があってね、困ってるらしいから」

アーロンはさっと片手を上げた。「わかったよ、ボス」アーロンはぼくの肩をぎゅっと握ると、ぼくの脇を通って店に戻った。

バックヤードを通って、もう一度彼女と顔を合わせたくない。ぼくは正面のドアから店に戻った。今夜は用事があるから、店はラジとローマンに任せるつもりだ。カナが出勤したときに、彼女にも今夜はシフトの間、ほとんど店にいられないことは伝えている。

「九時頃、また戻ってくる」ぼくはローマンに言った。「発表会の後、皆で夕食を食べてから」

ローマンはうなずいた。「メアリー・アンはいろいろ聞くだろうな。ずっとバーバックで甥っ子を雇ってもらいたがってるから」いい気はしないはずだ」

「聞かれたら彼女に言ってくれ。だって。詳しいことは言わなくていい」

ローマンは首を振った。「本当にうまくいくと思ってるのか?」

「いろいろ考えた結果だ」

「だろうね。けど、なにしろその出来の悪い頭でだからな」

ぼくはローマンの意見は無視して、店を出た。


数か月前、ディエムはバレエを習うことにした。グレースの話では、一番の仲良しがバレエを習っているからで、本人は別にバレエが好きでもなんでもないらしい。

今夜、発表会を見ると、それがよくわかった。ディエムはやりたい放題で、振り付けなんかそっちのけだ。ほかの子どもは皆、少なくとも教えられたようにやろうとしているなか、ディエムだけはステージを走り回って、お気に入りのミュージカル映画『グレイテスト・ショーマン』の動きを再現してみせている。

会場は大笑いだ。グレースとパトリックは必死に笑いをこらえている。グレースはぼくに体を寄せて、ささやいた。「二度とあの子にあの映画をみせないで」

もちろん、ぼくはディエムの様子を動画に撮った。

その間もずっと、カナにそれを見せるときのことを考えてわくわくしていた。でもディエムの大活躍をシェアする権利はぼくにはない。路肩でカナがディエムの動画を喜んでみているのを見て、どれほど嬉しくなったとしても。それは覚えておく必要がある。

パトリックとグレースは、法的にディエムに関するすべてを決定する権利があるし、実際にそうしている。ぼくだって、もし誰かがぼくの意に反していると知りながら、第三者とディエムに関する情報をシェアしているとわかったら、腹を立てるどころじゃすまない。すぐさまその人物とは関係を断つだろう。

そんなリスクは冒せない。パトリックとグレースの知らないところで、カナに仕事を与えているだけでもすでにリスクだ。

「もうバレエはやりたくない」ディエムは言った。まだ着替えていない紫色のレオタードの胸のあたりにチーズソースがついている。彼女を隣に座らせ、ぼくはソースを拭った。

「まだやめられないわよ」グレースが言った。「月謝を三か月分払っているから」

ディエムは新しいことに挑戦するのが好きだ。ぼく自身は、やりはじめた習いごとをすぐにやめたがる性格を悪いとは思っていない。どんなスポーツでも、なんでもやってみたがるのは長所だ。

「剣を使うやつがいいの」ディエムは握ったフォークを振り回した。

「フェンシング？」パトリックがたずねる。「この町にはフェンシングの教室はないよ」

「レジャーが教えてくれるもん」ディエムは言った。

「ぼくは剣を持ってないし、そんな時間もない。Tボールのコーチで手一杯だ」

「Tボールってクソだから」ディエムは言った。

ぼくは思わずむせた。

「だめよ、そんな言い方」グレースがささやく。

「ローマンがそう言ってた」ディエムは言い返した。「トイレに行きたい」

バスルームはぼくたちが座る場所から見えるところにある。ディエムはテーブルの下をくぐって、ブースから出て行った。グレースがじっと見つめるなか、ディエムがバスルームのドアへ歩いていく。そこは個室が一つしかなくて、入ってすぐに鍵をかけられる。それが、グレースが彼女についていかない唯一の理由だ。

いつもならディエムがトイレに行くとき、グレースは必ずついていく。でも最近になって、ディエムはグレースを外で待たせ、一人で行くと言うようになった。だからこのレストランに来たときは、バスルームのある通路に近い席をリクエストしている。見守りつつ、ディエムに一人で何かをするのを許すためだ。

パトリックが話していても、グレースの目はじっとトイレのドアを見つめたままだ。「ディエムの母親に接近禁止令を出してくれるよう要請した」

ぼくは驚きを押し隠そうとした、でもうまくできない。料理と一緒にその言葉を飲み込むと、一口水を飲んだ。「どうして?」

「念のためにね。彼女が何をするかわからないから」パトリックが言った。

「彼女が何かしようとした?」ぼくの言葉に首を傾げるグレースを見て、余計なことを言ってしまったと思った。だけど、訴えたからといって、それだけで判事が接近禁止令を出すだろうか? カナがこの町にいるというだけでは、接近禁止令が認められる十分な理由になるとは思えない。

グレースが言った。「彼女はスーパーの駐車場でわたしたちを追い回した。身の危険を感じたわ」

ああ、それは忘れていた。でも彼女が追いつめられてあんな行動に出たのは、ぼくの責任でもあるかもしれない。ぼくは彼女を擁護する必要を感じた。

「グレイディに相談した」パトリックは言った。「彼が言うには、早急に受理してもらえるらしい。たぶん今週にも、彼女のもとに通告が届けられるはずだ」

言いたいことがたくさんある。でも今は言うべきじゃない。かといって、いつがそのタイミングなのかわからない。あるいは言う必要があるのかどうかもわからない。

ぼくはもう一杯、飲みものを頼み、二人の話には反応しなかった。ただ無言でそこに座って、これからもう一波乱あるという気配は漂わせないようにした。なぜなら今のぼくこそが、その波乱の根源だからだ。

「話題を変えましょ」ディエムが戻ってくるのを見て、グレースが言った。「レジャー、お母さんは元気？　町にいらっしゃる間に話すチャンスがなくて」

「元気です。今はイエローストーンに向かってる。また帰り道できっとここに寄るはずだ」

「ぜひ会いたいわ。そのときには夕食を一緒にどう？」話の途中、ディエムがグレースの膝によじのぼる。

「伝えておくよ」

グレースはディエムにフライドポテトを渡して言った。「もうすぐ例の日ね。どんな気持ち？」

ぼくは目をぱちくりさせた。スコッティに関する話じゃない、でも何を言っているのかわからない。

「リアは？」グレースが言った。「キャンセルした結婚式の日」

「ああ、その話……」ぼくは肩をすくめた。「大丈夫。彼女も。あれでよかった」

グレースはかすかに顔をしかめた。リアを気に入っていたからだ。でも、本当のリアをグレースが知っているとは思えない。もちろん、リアは悪い人間じゃない。そう思っていたら、プロポーズなんかしなかった。

でもリアがディエムを温かく受け入れてくれるとは思えなかった。もしグレースがそれを知っていたら、ぼくが思い直すことに希望を持つより、婚約を破棄したことに感謝するはずだ。

「新居の建築はどんな感じだ?」パトリックが言った。

「順調だよ。あと二、三か月で引っ越せるはずだ」

「今の家はいつ売りに出す予定?」

そのことを考えると、シートに数センチ体が沈み込んだ気がした。実家を売りに出すのは自分の体の一部を売りに出すような気がする。「まだ決めてない」

「引っ越さないで」ディエムが言った。

その一言にぼくの心は射抜かれた。

「でも新しい家に遊びに行けるのよ」グレースがディエムをなだめる。「そんなに遠くないもの」

「今の家がいいの」ディエムは口を尖らせた。「一人で歩いていけるもん」

ディエムは自分の手をじっと見つめている。ぼくは手を伸ばし、グレースの膝から彼女を抱きとって、どこにも行かないと言いたくなった。でもそれは嘘になる。

あの家を建てると決めたのは、ディエムが生まれたばかりの頃だ。もう半年待っていればよかった。六か月あれば、グレースとパトリックが育てている小さな女の子が、まるでわが子のように、ぼくの人生と魂にとって欠かせないものになるとわかったはずだ。

「大丈夫」グレースが請け合った。表情からぼくの気持ちを察したに違いない。「二十分よ。何も変わらないわ」

ぼくはディエムを見つめ、彼女もぼくを見上げる。その目に涙が見えた気がした。でもそれを確かめる前に、彼女は目を閉じ、グレースの膝の上で丸くなった。

23

カナ

レジャーがサインをしてくれと言って置いていった契約書で、スーパーの時給よりもはるかに多くのバイト料を払ってもらえることがわかった。

期待以上のバイト料をもらえる嬉しさに、本来、几帳面な性格も手伝って、わたしはその夜、懸命に働いた。使い勝手がいいようにすべての物を並べ替える。手早く皿洗いを済ませてできた時間で、誰に言われたわけでもなく、棚やストックルームを整理し、キャビネットの皿もすべてきれいに並べ直した。

レジャーには言わなかったけれど、わたしには五年間の厨房での経験がある。決まりが悪くてめったに言わないけれど、刑務所にいる間、厨房の仕事を担当していた。数百人の女性たちのまかないに比べれば、お客が数十人のバーの洗い物など楽勝だ。

最初、アーロンとずっと厨房にいるのは居心地が悪いのではと思っていた。なぜなら太くて黒い眉、肩幅の広いアーロンがひどくいかめしく見えたからだ。でも実際の彼はテディベアだった。

彼によると、数年前、レジャーが店をオープンした当時からここで働いているらしい。アーロンは結婚していて、四人の子どもがいて、二つの仕事を掛け持ちしている。昼間は高校で用務員をして、金曜日と土曜日はここの厨房で働いている。子どもはもう大人で、自立している。今、この仕事を続けているのは、お金を貯めて、年に一回、妻と一緒に、妻の実家があるエクアドルに帰省するためた。

仕事中、彼はダンスをするのが好きで、大音量で音楽を流して、大きな声でよくしゃべる。彼が話す、ほかのスタッフに関するゴシップはおもしろい。メアリー・アンには七年付き合っている彼氏がいて、もうすぐ二人目の子どもが生まれる。でも彼の苗字が嫌いだから結婚はしない。ローマンは同じ通りのベーカリーを経営する人妻に夢中になっていて、いつも彼女の店でカップケーキを買って、仕事場に持ってくる。

彼がもう一人のバーテンダー、ラジについて話をしようとしたとき、誰かが厨房の入り口に現われた。「びっくり」振り向くとウエイトレスのメアリー・アンがキッチンを見回している。

「あなたが全部やったの？」

わたしはうなずいた。

「今までだって、結構片付いていると思ってたのに。驚いたわ。戻ってきたら、レジャーはきっと自分の気まぐれに感動するわね」

彼が出かけたことさえわたしは気づかなかった。店の様子は見られないし、バーテンダーも誰もキッチンには戻ってこなかった。

メアリー・アンはお腹に手を置き、冷蔵庫まで歩いて行った。おそらく妊娠五か月くらいだ。

保存容器のふたをとると、ミニトマトをひとつかみ取り出し、ぽんと一つ、口に放り込む。

「トマトが無性に食べたくなるの。マリナラソースとか、ピザ、ケチャップもね」トマトを勧められたけれど、わたしは首を振った。「トマトを食べると胸やけがするの。でもやめられない」メアリー・アンは言った。

「初めての子ども？」わたしはたずねた。

「ううん。上に二歳の息子がいるの。この子も男の子よ。あなた、子どもは？」

この質問にどう答えればいいのかわからない。出所してから、何回か聞かれたことはある。いつもならいると答えて、すぐに話題を変える。でもここの誰にもいろいろ聞かれたくない。だからわたしは首を横に振って、彼女のことに話題を戻した。「もう名前は考えてるの？」

「まだよ」メアリー・アンはもう一つトマトを食べて、容器を冷蔵庫に戻した。「あなたのことを聞かせて」彼女は言った。「この町へは最近？　結婚してるの？　付き合ってる人は？　いくつ？」

イエス、ノー、イエス、それぞれの質問にそれぞれの答えがある。うなずいたり、首を振ったり、ようやく矢継ぎ早の質問が終わったときには首振り人形状態になっていた。

「この町には来たばかりよ。二十六歳で、独身なの」

彼女は片眉を上げた。「レジャーも独身だって知ってた？」

「みたいね」

「なるほど」彼女は言った。「それでわかった」

「何が？」

「なぜレジャーがあなたを雇ったのか、みんな不思議に思っていたから」

「なぜ彼がわたしを雇ったのか？」彼女がその理由をなんだと思ったのか知りたい。

「気を悪くしないでね」メアリー・アンは言った。「でもこの二年以上、わたしたちは同じメンバーで店をやってきた。新しい従業員を雇う必要があるなんて話は聞いたこともなかった。だからわたしに言わせれば、彼はリアにやきもちを妬かせるためにあなたを雇ったんだと思うの」

「メアリー・アン」アーロンが警告の意味を込めて彼女の名前を呼んだ。

アーロンの警告を彼女は軽く振り払った。「今月、レジャーは結婚する予定だったの。結婚がダメになっても、なんでもないように振舞ってる。でも最近はなんだか悩んでいる様子だった。行動がおかしかったの。そこへあなたが仕事を求めてやってきて、とくに必要はなかったけど、あなたを雇った」メアリー・アンは肩をすくめた。「それでわかったわ。あなたはゴージャスだし、彼は失恋したばかり。心にぽっかり開いた穴を埋めようとしたのね」

まったく意味がわからない。でもメアリー・アンがお節介な性格なのはわかった。だからこれ以上、わたしがここにいる理由について彼女の好奇心を刺激するようなことは何も言いたくない。

「気にしなくていい」アーロンは言った。「トマトと同じくらい、ゴシップが好物なんだ」

彼女は朗《ほが》らかに笑った。「そうよ。どうでもいいことを話すのが好きなの。それで何がどうってわけでもないんだけど。暇なのよね」

「どうして結婚がキャンセルになったの？」わたしは聞いた。この厨房でゴシップに飢えているのはメアリー・アンだけじゃない。

彼女は肩をすくめた。「さあね。リアが、元カノなんだけど、彼女が皆に話してるのは、性格が合わないって。レジャーは何も言わない。口が堅いの」

ローマンが厨房のドアからちらりと顔をのぞかせ、彼女の注意がそれた。「学生さんたちがご指名だ、メアリー・アン」

彼女はあきれたように天井を見た。「やだやだ、大学生は最悪よ。チップがしょぼいから」


アーロンから三時間に一度は休憩するように言われ、わたしは路地の段に座って、休憩することにした。休憩をとれるどうかも、今夜、何時間働くのかもわからなかったから、スーパーで買った水とポテトチップスを一袋だけ持ってきている。

路地は店内より静かだ。でもまだ、ベースの音が聞こえる。仕事中、おしゃべりに戻ってきたメアリー・アンに耳に丸めたペーパータオルを詰めているのを見つかって、片頭痛の持病があるからと説明する。でも本当は音楽をききたくないからだ。

どんな曲をきいても、人生の嫌なことを思い出す。だから音楽なんてないほうがいい。メアリー・アンは明日、ヘッドホンを持ってきてあげると言ってくれた。今のところ、この仕事で嫌なのは音楽だけだ。そこだけは刑務所のほうがいい。音楽をきくことはほとんどなかった。

ローマンが裏口のドアを開けた。そこにわたしがいるのを見て、驚いた様子だ。でも路地を横切って歩いていくと、バケツをひっくり返し、その上に腰をおろした。片脚を投げ出し、膝をさする。「初日の感想は?」彼はたずねた。

「上々よ」ローマンが歩くときに、片脚を引きずっていることには気づいていた。今は、痛みを感じているのか、脚を伸ばしている。そのけがが最近のものかどうかはわからない。でも最近のものなら、今夜より明日はましになるはずだ。彼はバーテンダーで、座って仕事はできない。「脚が痛むの？」

「古傷だ。天気が悪いと痛む」彼は片脚のズボンをまくり、膝にある長い傷を見せた。

「痛そう。何があったの？」

ローマンはレンガの壁に背中を預けた。「フットボールの試合でね」

「ローマンもプロの選手だったの？」

「レジャーとは違うチームだ。ブロンコスでプレイするなんて、死んでもごめんだ」膝を手振りで示す。「一年半前にこのけがをして、選手生命が終わった」

「まぁ、残念ね」

「あの仕事に危険はつきものだ」

「で、どういうわけでレジャーのバーで働くことになったの？」

彼が探るようにわたしを見た。「ぼくも同じことを聞きたいね」

当然の質問だ。ローマンがわたしについてどの程度知っているのかわからない。でもレジャーは、ローマンはわたしが何者かを知っている唯一のスタッフだと言ってた。

自分について話したくない。

幸いにも、路地がヘッドライトで照らされた。レジャーのトラックが入ってきて、いつもの場所に停まる。それを見てローマンは店に戻り、わたしは一人取り残された。

ローマンがいなくなり、レジャーが戻ってくると緊張が高まった。外で段に座っていることが急に気まずくなる。レジャーがドアを開けてトラックから降りてくるなり、わたしは言った。

「さっきまで仕事をしてたのよ。ちょうど休憩中で……」

レジャーはにっこり笑った。わかってる、そう言いたげだ。なぜだかわからないけれど、その笑顔にみぞおちがむずむずする。彼のそばにいるといつも、肌の下にこのむずむずする感覚がある。まるで体のなかでエネルギーがぶんぶんと音を立てているみたいに。たぶん彼がわたしと娘の唯一のつながりだからかもしれない。たぶん目を閉じるたびに、路地での出来事を考えてしまうからかもしれない。

たぶん彼がわたしのボスで、絶対にこの仕事を失いたくないと思っているからかもしれない。

彼がいないときのほうがずっといい。リラックスできた。

今、わたしはここにいて、何もしていない、突然、自分が役立たずになった気がした。

「今夜はどうだった？」彼はすぐには店に入らず、トラックに背中を預けてもたれた。

「いい感じよ。みんな親切だし」

彼は信じられないと言いたげに、片眉を上げた。「メアリー・アンも？」

「ええ、いい人ね。あなたについてちょっとばかし噂話をしてたけど」からかっていることがわかるよう、笑顔で答える。でも彼女は本当に、レジャーがわたしを雇ったのは、わたしがキレイで、元カノを嫉妬させたかったからだとほのめかした。「リアって誰？」

レジャーはのけぞって、うめいた。「誰がリアのことを話した？　メアリー・アン？」

わたしはうなずいた。「あなたが今月、結婚するはずだったって言ってた」

レジャーは決まりが悪そうだ。でもだからといって、この会話を終わらせるつもりはない。もし彼が話したくないなら、話す必要はない。でも知りたい。だから彼が答えてくれるのを待った。

「今考えると、本当にばかばかしいことなんだ」彼は言った。「別れた理由は、まだできてもいない子どものことでけんかをしたからだ」

「で、婚約を解消したの？」

彼はうなずいた。「ああ」

「リアが言ったんだ。ディエムよりも、ぼくたちの未来の子どもを愛せるかって。だからぼくは答えた。できない、ディエムも自分の子どもも愛するって」

「それで彼女が怒ったの？」

「彼女はぼくがディエムのために多くの時間を割くのが気に入らなかった。ぼくたち自身の家族を始めたら、ディエムとの時間を減らして、家族のために時間を使ってほしい、そう言った。それで未来が見えたような気がした。彼女はぼくのように、将来の家族とディエムが一緒にいる光景を想像できないって。で、気持ちが……冷めた」

二人が別れた理由を、なぜもっと深刻なことだと思っていたのかわからない。普通、人はそんな仮定の話で別れたりはしない。でも、そのエピソードは彼について多くを物語っている。つまり彼はディエムの幸せが彼の幸せだと理解して、それを尊重してくれない相手とは結婚はしないってことだ。

「リアがめちゃ嫌な女に聞こえるけど」そう言ったのは半分冗談だ。その証拠にレジャーも笑った。でも考えれば考えるほど、わたしも腹が立ってきた。「まじめな話、ディエムが、まだ生まれてもいない子どもたちと同じ愛情を注ぐに値しないと考えるなんて、最悪よね」

「そのとおり。皆、彼女と別れるなんて、どうかしてると思っている。でもぼくにとっては、それが今後起こりうる問題の前兆に思えた」彼はにっこり笑った。「ほらね、きみも過保護な母親だ。気持ちが楽になった」

彼の言葉――わたしをディエムの母親だと認めた――を聞いたとたん、わたしの気持ちは沈んだ。それは何気ない言葉だ、でも彼の口から出るといろんな意味に聞こえる。たとえそれがつい口が滑っただけだとしても。

レジャーは背筋を伸ばして、トラックに鍵をかけた。「店に入ろう。駐車場が満車だ」

今夜の数時間、彼がなぜ店を留守にしたのかはわからない。何かディエムに関係することじゃないかと思う。でもデートかもしれない。そう思うと落ち着かなくなった。

わたしは自分の娘の人生に関わることを許されていない。でも誰であれ、レジャーがデートをする相手は、ディエムの人生に関わる。それがどんな女性であっても、嫉妬を覚えずにはいられない。

少なくともそれはリアじゃない。

リアなんかくそくらえだ。

ローマンはグラスが入った木箱を店の奥に運び込み、シンクのそばに置いた。「おれはもう帰る」彼は言った。「待ってるなら、レジャーがきみを家に送るってさ」

「ありがとう」わたしは言った。ローマンははずしたエプロンを、今日、仕事を終えたほかのスタッフのエプロンが入っているバスケットに投げ入れた。「あれは誰が洗濯を？」それがわたしの仕事かどうかわからない。どこまでが自分の仕事かも指示されていない。ボスのレジャーはほとんど店にいなかったし、ほかのスタッフも何をすればいいか指示はしなかった。だからわたしは手当たり次第にできることはなんでもやった。

「上に洗濯機と乾燥機がある」ローマンが言った。

「二階があるの？」階段は見ていない。

ローマンは路地に続くドアを指さした。「外に階段がある。スペースの半分は倉庫で、あとの半分はスタジオタイプのアパートメントだ」

「これを持っていって、洗うのはわたし？」

ローマンは首を横に振った。「いつも朝、おれがやってる。ここに住んでるからね」シャツも脱ぎ、ぽいっとバスケットに投げ込む。ちょうどその瞬間、レジャーが厨房に入ってきた。

ローマンは今、上半身裸で、私服に着替えようとしている。レジャーはまじまじとわたしを見た。わかってる。今、着替え中のローマンをじっと見つめているように見えたはずだ。でもわたしたちは会話をしていた。彼は着替えでシャツを脱いだだけで、わたしは彼を見つめてもいない。まあ、どう思われてもいいけど。でも気まずくて、わたしはくるりと背を向けると、残っている皿を洗うことに集中した。

ローマンとレジャーは何やら話をしているけれど聞こえない。でもローマンがレジャーにお休みと言って出ていくのは聞こえた。レジャーはバーに戻っていった。

今は一人っきりだ。でもそのほうがいい。レジャーがそばにいると、安心するどころか落ち着かない。

仕事を終え、すべてをきれいに拭く。零時半だ。レジャーの仕事を終わるまで、あとどのくらいかかるかわからない。手間はかけさせたくないけれど、歩いて家に帰るには疲れすぎている。わたしは彼を待つことにした。

私物をクローゼットから取り出して、カウンターに寄りかかる。それからノートとペンと取り出した。スコッティへの手紙をどうするつもりもない。でも、書くと心が落ちつく。

大好きなスコッティ

レジャーってサイアクよね。それははっきりしてる。だって、本屋をバーに変えたのよ。どのモンスターがそんなことする？

でも……ちょっと優しいところもあると思いはじめてる。たぶん、だからあなたたち二人は親友だったのよね。

「何を書いてるの？」

レジャーの声に、わたしはあわててノートを閉じた。彼がエプロンをはずしながら、わたしを見ている。わたしはノートをバッグに押し込んで、低い声でつぶやいた。「別に」

首を傾げた彼の目は好奇心で一杯だ。「書くのが好きなの？」

こくりとうなずく。

「芸術家肌？　それとも科学者？」

妙な質問だ。わたしは肩をすくめた。「さあ……芸術家かな。たぶん。なぜそんなことを聞くの？」

レジャーは洗ったばかりのグラスを手に、シンクへ歩いていった。グラスに水を入れ、一口飲む。「ディエムは想像力が豊かなんだ。きみに似ているのかと思って」

わたしの心は誇らしさで一杯になった。レジャーがディエムのちょっとした情報を教えてくれるのが嬉しい。彼女の人生に関わっている誰かが、彼女の想像力を認めてくれているのも嬉しい。わたしも幼い頃は想像力が豊かだったけれど、母が封印させた。でもアイヴィがその部分を解放するよう、わたしを励ましてくれた。

スコッティもきっと応援してくれたと思う。でも彼はわたしに芸術的なセンスがあるのを知らなかった可能性がある。スコッティに会ったときには、わたしの想像力はまだ深い眠りのなかだった。

アイヴィのおかげで、今、それは覚醒している。しょっちゅう何かを書いている。詩も書くし、スコッティへの手紙も書く。本の構想も書いている。もっとも構想をうまく具体化して、作品にできるかどうかはまた別の問題だけれど。書くことで、道を踏みはずさずに済んでいるのかもしれない。

「たいていは手紙を書くの」そう言った先から後悔したけれど、レジャーは少しも驚いた様子は見せない。

「知ってる。スコッティへの手紙だよね」彼は水の入ったグラスをすぐそばのテーブルに置いて、腕を組んだ。

「なぜ、わたしが彼に手紙を書いていることを知ってるの？」

「見たんだ」彼は言った。「心配しないで、内容は読んでない。ただきみのロッカーからバッグを取り出すときに、たまたま一枚目だけを見た」

彼はあの紙の束を見たのだろうか？　バッグのなかをのぞいて……でも読まなかったって言うなら、それは本当だという気がする。

「スコッティに何通手紙を書いたの？」

「三百通以上」

彼は信じられないとばかりに首を振って、次の瞬間、なぜか微笑んだ。「スコッティは文章を書くのが大嫌いだった。ぼくに金を払って、レポートを書かせてた」

それを聞いてわたしは笑った。なぜなら付き合っていたとき、わたしも二つ、彼のレポートを書いたことがあるからだ。

わたしが知っているスコッティについて、同じことを知っている誰かと話すのは変な気分だ。正直言って予想外だった。ほっとする。彼のことを考えて、泣くのではなく、笑いたくなるなんて。

わたしと一緒にいるとき以外のスコッティについて、もっと知っていたらよかった。

「大きくなったら、ディエムは作家になるかもね。言葉を作るのが好きなんだ」レジャーは言った。「知らないものを見たら、いつも自分なりにそれを表現する言葉を見つける」

「たとえば？」

「たとえばソーラーライト」彼は言った。「歩道の脇についてるあれだ。なぜだかわからないけど、ディエムはそれをパッチェルって呼んでる」

わたしは思わず微笑んだ。でも嫉妬に胸が痛んだ。レジャーのように、わたしも彼女について知りたい。「ほかには？」声が震えているのを気づかれまいとして、わたしは思わず小声になった。

「いつだったかディエムは自転車に乗っていて、ペダルを踏みはずした。そのとき言ったんだ。『足が〈ひらりら〉する』って。ぼくが〈ひらりら〉の意味を聞いたら、ビーチサンダルをはいているときに、すべって脱げちゃうことだって言ってた。それから〈ずぶぬれ〉は〈すごく〉っていう意味だと思っている。こんなふうに言うんだ。『ずぶぬれ疲れた』とか、『ずぶぬれ腹ぺこ』とか」

胸が痛んで、笑うことができない。ディエムについて知るのを許されないという事実が、わたしの心を真っ二つに引き裂いていることに、レジャーは気づいたのだろう。真顔に戻り、シンクまで歩いていくとグラスを洗った。「もう帰れる？」

わたしはうなずき、ひょいとテーブルから降りた。

家に戻る車のなかで、彼は言った。「手紙をどうするつもり？」

「別に、どうもしない」わたしはすぐに答えた。「ただ書いているだけ」

「何を書いているの？」

「いろんなこと。時には何も書かないこともある」本当の気持ちを悟られないよう、窓の外を見つめつづける。でもわたしのなかの何かが、彼には正直でいたいと思わせた。レジャーにわたしを信じてほしい。わたしには証明しなくちゃならないことがたくさんある。

「手紙をまとめて、いつか本にしたいと思ってるの」

その言葉にレジャーはふと動きを止めた。「その物語はハッピーエンドになる?」

窓の外を見つめたまま、わたしは言った。「わたしの人生についての物語よ。だからどんな結末になるかは、まだわからない」

レジャーは道路を見つめたままだ。「スコッティが亡くなった夜、何がどうなったのかについて書いた手紙もある?」

やや間を置いて、わたしは答えた。「ええ、そのことについても書いてる」

「ぼくが読んでも?」

「だめ」

レジャーは一瞬、わたしの目を見つめた。それから正面に向き直り、ウインカーを出して、わたしのアパートメントがある通りへ曲がった。車を駐車場に停める。トラックはエンジンを切らないままだ。早く外へ出たほうがいいのか、それともまだ話があるのかわからない。わたしはドアハンドルに手を置いた。

「ありがとう、仕事のこと」

レジャーはハンドルを親指で軽く叩いて、うなずいた。「こっちこそ大助かりだ。うちの厨房があんなに片付いているのは店をオープンして以来、初めてだ。きみが一度シフトに入っただけなのに」

彼の言葉に胸が熱くなる。わたしは嬉しさを飲みこんで、おやすみなさいと言った。トラックを降りるとき、振り返って彼を見たい衝動に駆られたけれど、ぐっとこらえる。後ろで彼が車を降りる気配に耳を澄ます。けれど彼は車から降りなかった。背中に彼の視線を感じながら、わたしはアパートメントへむかって歩いた。

部屋のなかに入ると、アイヴィが走って来た。彼女を抱き上げ、明かりを消したままで、窓のそばに行って外をのぞく。

レジャーはトラックのなかに座ったまま、アパートメントを見上げている。わたしはあわてて、窓のそばの壁に背中を押しつけた。しばらくすると車のエンジン音が聞こえて、駐車場から車が出ていった。

「アイヴィ」彼女の頭をなでながら、つぶやく。「わたしたち、どうすればいいのかな」

24

レジャー

「レジャー！」

ぼくは車に積み込んでいる道具から目を上げ、さらに作業の手を早めた。ママ軍団がぼくにむかって歩いてくる。彼女たちがフォーメーションを組んでやって来るときにいい話だった試しはない。相手は四人、それぞれ背もたれに子どもの名前を書いたお揃いの椅子を持っている。もっと子どもたちと遊べと言われるのだろうか、あるいは独身の友だちとぼくのマッチングを目論んでいるのかもしれない。

ぼくはちらりとフィールドを見た。ディエムはまだ、二人の友だちと追いかけっこをしている。グレースがディエムを見守っている。ぼくは最後のヘルメットをバッグにしまった。だがママ軍団の話す気満々の雰囲気に気づかないふりをするには遅すぎた。

まず口を開いたのはホイットニーだ。「聞いたわよ。ディエムの母親が戻ってきたって」

ぼくはちらりと彼女と視線を合わせた。カナが町にいるのを彼女たちが知っていることに驚いた様子を見せまいとする。ママ軍団の誰も、カナがスコッティと付き合っていた短い期間、彼女のことを知らない。というより、スコッティのことも直接知らないはずだ。

でもディエムのことは知っている。ぼくのことも知っている。そしてスコッティの話も。だから自分たちには真実を知る権利があると思っている。「その話をどこで聞いたの？」

「グレースの同僚がうちの叔母に話したの」ママの一人が言った。

「図々しいにもほどがあるわ。この町に戻ってくるなんて」ホイットニーが言った。「グレイティが言うには、グレースとパトリックは接近禁止命令を要請したって」

「そうなの？」ぼくは何も知らないふりをした。彼女たちにはぼくがどこまで知っているのか知らせないほうがいい。そうすれば向こうからいろいろ質問をしてくるはずだ。

「聞いてないの？」ホイットニーが言った。

「話は聞いた。でもそこまでするかどうかは知らなかった」

「当然するわよ」彼女は言った。「もし彼女がディエムを連れ去ろうとしたら大変だもの」

「それはないと思うよ」ぼくは言った。トラックにバッグを放り込み、荷台のテイルゲートを閉める。

「グレイディによろしく」ぼくは彼女たちを残して、グレースとディエムのほうへ歩き出した。

こんな状況のなかで、どうしたらカナを守れるのかわからない。守るべきなのかもわからない。でも誰もが彼女の最悪の部分だけを考えつづけているのは間違っている気がする。

今日、カナに迎えに行くとは言ってない。でもバーへ向かう道中で、そろそろ彼女のスーパーでのシフトが終わる頃だと気づいた。

駐車場に車を停めると、二分もたたないうちに彼女が外に出てきた。まだぼくのトラックに気づいていない。歩き出した彼女の行く手を、ぼくは車でふさいだ。

彼女はトラックを見て、助手席のドアを指さすぼくに顔をしかめた。でも「ありがと」とつぶやきながら、ドアを開け、なかに乗り込んできた。「迎えにきてくれなくてもいいのよ。歩いて行けるから」

「ちょうど球場を出て、通りかかったから」

カナはぼくとの間にバッグを置くと、シートベルトを締めた。「ディエムはTボールが上手なの？」

「ああ。まあTボールが好きというより、友だちと一緒にいるのが好きみたいだけど。やめたいとは言わない。かなりうまいほうだと思うよ」

「Tボールのほかに、何かやってることはある？」

カナがいろいろ質問するのも当然だ。ぼくはすでに多くの情報を彼女とシェアしすぎている。でも今はママ軍団がぼくの頭のなかに疑惑の種を植えていった。

もし彼女が、ディエムのスケジュールを把握するためにぼくに質問をしているとしたらどうだろう？　ディエムの行動について知れば知るほど、カナはディエムを連れ去るのが容易になる。そんなことを考えるだけで申し訳ない気分になるけれど、ディエムはぼくの人生における最優先事項だ。だからちょっとばかり過保護になるのはしょうがない。

「ごめんなさい」カナは言った。「あれこれ聞きすぎよね。あなたが答えに困るもの。わたしには知る権利もないし」

ぼくが通りに車を停めたとき、彼女は窓の外を見ていた。いつもの仕草、指を曲げて、自分の太ももをぎゅっとつかんでいる。ディエムもまったく同じ仕草をする。会ったこともない二人の人間の仕草にいくつも似た点があるのは驚きだ。

トラックのなかは外の雑音でうるさすぎる。彼女に警告をする必要があると感じて、ぼくは窓を上げ、アクセルを踏み込んだ。「二人はきみに対して、接近禁止命令の申請をした」

目の端で、カナの表情を伺う。「嘘でしょ？」カナは言った。

「本当だ。きみが命令を受け取る前に知らせておこうと思って」

「なぜそんなことを？」

「スーパーの駐車場での一件がグレースを不安にさせたんだと思う」

カナは首を振って、窓の外に視線を戻した。そしてバーの裏の路地に車を停めるまで、一言も何も言わなかった。

彼女がトラックに乗り込んですぐにこの話を持ち出してしまったせいで、今夜が台なしになってしまった気がする。仕事の前に接近禁止令の話なんかするべきじゃなかった。でも彼女には知る権利がある。正直、彼女は接近禁止令に値するようなことはしていない。だが、彼女がディエムと同じ町にいるというその事実だけで、パトリックとグレースにとっては彼女を訴える十分な理由になる。

「ディエムはダンスも習ってるんだ」ぼくは思い出したようにさっきの質問に答えた。駐車場に車を停め、発表会の動画を探す。「昨日の夜、ぼくが行った場所だ。ディエムの発表会があった」カナにスマホを渡した。

カナはしばらくの間、真顔で動画を見ていたけれど、次の瞬間、声をあげて笑いだした。困った。ディエムの動画をみているときのカナの顔が好きだ。こっちまで嬉しくなってしまう。たぶんそんなふうに感じるべきじゃない。でも悪くない。カナとディエムが実際に会うところを見たら、いったいどんな気分になるだろう？

カナは思いっきりの笑顔で、三回動画を見た。「ひどい出来ね！」

その言葉にぼくも笑った。楽し気な声、普段より快活だ。もしディエムと会えるようになったら、この快活さがいつものことになるのだろうか？

「ディエムはダンスが好きなの？」カナがたずねた。

ぼくは首を振った。「いや。発表会が終わったらやめたい、そして剣を使うやつをやりたいっていってる」

「フェンシング？」

「なんでもやりたがる。いつものパターンだ。でも長く続いたためしがない。すぐに退屈して、別のことがおもしろくなるから」

「誰かが言ってた。退屈するのは知性の証だって」カナが言った。

「たしかにね。ディエムは利口だ」

カナはにっこり笑った。でもスマホを返す瞬間、その笑みがかすかにゆがんだ。車のドアを開けて、裏口へ向かっていく。ぼくも後に続いた。

彼女のために裏口のドアを開けた瞬間、そこにアーロンがいた。「やあ、ボス」アーロンは言った。「ニコールも」

カナとすれ違いざま、アーロンが片手を上げる。たった一度、シフトで一緒になっただけなのに、二人はまるで旧知の仲のようにハイタッチを交わした。

ローマンが空のボトルを乗せたトレイを持って、厨房に入って来た。ぼくを見て、軽くうなずく。「試合はどうだった？」

「誰も泣かなかったし、吐かなかった」ぼくは答えた。それがぼくたちの考えるTボールのうまくいった日だ。

ローマンはカナに言った。「グルテンフリーもあるんだ。きみのために三つばかり冷蔵庫に入れといた」

「ありがと」カナは言った。ディエムと関係のないことで、彼女がはしゃいでいるのを見るのは初めてだ。二人がなんの話をしているのかさっぱりわからない。昨日の夜、ぼくは数時間、店を留守にした。その間に、彼女はこの店のスタッフのそれぞれとごく個人的な話もする仲になったらしい。

何か知らないけど、それがローマンが何かを三つ買った理由なのだろうか？

彼とローマンの親しげな様子に、少しばかり嫉妬を感じる。ローマンはカナを口説くつもりだろうか？　だとしても、ぼくに嫉妬をする権利はない。昨夜、バーに戻ったとき、二人は同時に休憩していた。ローマンがわざと時間を合わせたのかもしれない。

そんなことを考えていると、メアリー・アンが出勤してきた。カナにノイズキャンセリングのヘッドホンらしきものを手渡す。「あなたの命綱よ」

「家に一つ、使ってないのがあったから」とメアリー・アン。そしてぼくのそばを通り過ぎざまに言った。「あら、ボス」

カナはもらったヘッドホンを首にかけ、エプロンのひもを結んだ。でも、ヘッドホンは何の機器にも接続されていない。おまけに彼女はスマホを持っていない。いったいどうやって音楽をきくつもりだろう？

「それって何のため？」ぼくは彼女にたずねた。

「音楽を追い出すためよ」

「音楽をききたくないの？」

カナはシンクに向き直った。一瞬、彼女の表情がゆがむ。「音楽が嫌いだから」

音楽が嫌い？　何か特別の理由が？「なぜ音楽が嫌いなの？」

彼女は肩越しにぼくを見た。「悲しくなるからよ」そう言うと、ヘッドホンを耳にかぶせ、シンクの水を出した。

音楽はぼくの心のよりどころだ。音楽のない生活なんて想像できない。でもカナの言うこともわかる。ほとんどの音楽は愛と喪失について歌っている。その二つはどんな形であれ、彼女には受け入れがたいに違いない。

ぼくは彼女を残し、店内で自分の仕事にとりかかった。まだ開店前で、バーには客はいない。メアリー・アンが正面のドアの鍵を開けた。ぼくはローマンのそばで立ち止まった。「三つのなんだって？」

ローマンはちらりとぼくを見た。「は？」

「さっき言っただろ、三つ、カナのために冷蔵庫に入れといたって」

「ニコールだ」ローマンが訂正して、フロアの向こうにいるメアリー・アンを見た。「カップケーキの話だ。彼女の大家がグルテンアレルギーで、彼女は大家に気に入られようとしてる」

「なぜ?」

「さあね、電気料金が何とかかって言ってた」ローマンは横目でぼくを見ると、歩き去った。

カナがスタッフ全員とうまくやっているのは嬉しい。でも心のどこかで、昨日の夜、しばらく店を離れたことを後悔する気持ちもある。皆がぼくの知らないカナを知っているような気がする。でもなぜそれで釈然としない気分になるのかはわからない。

客が増えるまで、ジュークボックスに何曲か曲を入れようと、選曲を考える。デジタルのジュークボックスには何千という曲が入っている。でも、カナにスコッティやディエムのことを思い出させない曲を探すのは一晩かかりそうだ。

彼女の言うとおりだ。結局、人生にいいことが何もなかったら、ほとんどすべての曲が憂鬱になる。それが何について歌っているとしても。

ぼくは今の気分にあった曲をシャッフルにした。

25

カナ

給料が入った。ごくわずかで、一週間ほどの生活費になるかならないかの額だけれど、ようやくスマホを買うことができた。

わたしはアパートメントの外にあるピクニックテーブルに座り、アプリを物色していた。スーパーでの今日のシフトは終わりで、バーの仕事まで数時間は自由な時間がある。だから外で過ごすことにした。この五年間、戸外で過ごせる時間は管理されていて、ごくわずかしかなかったから、今はできるかぎりビタミンDを増やす努力をしている。体が追いつくまではサプリも買ったほうがいいかもしれない。

駐車場に一台の車が入ってきた。目を上げるとレディ・ダイアナが車のなかから大きく手を振っている。残念ながら、ほとんどの日、わたしたちがシフトで一緒になることはない。もしシフトが同じだったら、彼女のママに職場への送り迎えを頼むこともできたのに。わたしのシフトはレディ・ダイアナのより長い。レジャーは何度か送ってくれた。でも先週の土曜の夜、バーからアパートメントまで送ってくれて以来、彼を見かけていない。

レディ・ダイアナの母親と話をしたことはない。わたしより少しばかり年上に見える、三十代半ばというところだろうか。彼女は笑顔で娘の後を追い、芝生を横切ってわたしのところまでやって来た。レディ・ダイアナがわたしの手のなかのスマホを指さす。「ほら、カナもスマホを手に入れたよ。どうしてわたしはダメなの?」

母親はわたしの隣に座った。「カナは大人だもの」ちらりとわたしを見る。「こんにちは、アデラインよ」

どう自己紹介すれば……わたしは迷った。仕事場ではどちらも、わたしの名前はニコールということになってる。でも初めて会った日、わたしはレディ・ダイアナにカナと名乗ったし、大家のルースにも本名を明かしている。結局、嘘が現実に追いついてきた。どうつじつまをあわせるか、その方法を見つける必要がある。

「カナよ」わたしは言った。「でも通称はニコールなの」それなら大丈夫だ。まったくの嘘じゃない。ある意味、真実だ。

「今日、スーパーで新しいボーイフレンドができたよ」レディ・ダイアナが言った。爪先立ちでぴょんぴょんはねている。エネルギーの塊だ。アデラインは軽くうめいた。

「へぇ、そうなの?」

レディ・ダイアナはうなずいた。「ジルって言うの。一緒に働いてる。赤毛の男の子で、ガールフレンドになってって言ったの。わたしと同じダウン症で、ビデオゲームが好きだって。彼と結婚すると思う」

「ゆっくり、ゆっくりね」一気に早口でまくし立てるレディ・ダイアナにアデラインが言った。

ゆっくりしゃべれという意味なのか、結婚を急ぐなと言ったのか、どっちかがわからない。

「優しい人？」

「プレイステーションを持ってるの」

「優しい人なんでしょ？」

「ポケモンカードもたくさん持ってる」

「でも優しいのよね？」わたしはもう一度言った。

レディ・ダイアナは肩をすくめた。「わかんない。今度、聞いてみる」

わたしはにっこり笑った。「そうね、そうして。結婚はあなたに優しくしてくれる人としなくちゃ」

アデラインはわたしを見た。「知ってる？　ジルって子？」あきれたような彼女の口調に、わたしは噴き出した。

「知らない。でもどんな子か気をつけておくわ」首を振って、レディ・ダイアナを見る。「彼が優しい人かどうかも」

アデラインは安心した表情になった。「ありがとう」そう言って立ち上がる。「日曜日、ランチに来ない？」

「何のランチ？」

「母の日にちょっとしたランチパーティーを開くことになってるの。レディ・ダイアナにあなたを招待してって言ったんだけど」

胸がずきんと痛む。その日のことは考えないようにしていたのに……。刑務所の外、しかもディエムと同じ町で、その日を過ごすのは初めてだ。

レディ・ダイアナは言った。「カナの娘は誘拐されたんだよ。だから招待できなかったの」

わたしはすぐに首を振った。「誘拐なんてされてない。ただ……ちょっとした事情があるの。今、彼女の親権がなくて」声に悔しさが滲《にじ》む。アデラインは事情を察した。

「心配しないで。ランチはここの住人なら誰でも歓迎よ。まあ、パーティーは子どもが遠くに住んでいるルースのためなんだけどね」

わたしはうなずいた。もし行っても、これ以上何も聞かれることはないと感じたからだ。たぶん、レディ・ダイアナがわたしの娘が誘拐されたと言った理由を説明する必要もないだろう。

「何か持っていくものがある？」

「こっちですべて用意するわ」彼女は言った。「会えてよかった」歩き去ろうとして、くるりと振り向く。「そうだ、ならテーブルと椅子を数脚貸してくれる人を知らない？　もういくつか席を用意する必要がありそうだから」

知らない、そう言いたかった。レジャーのほかに知り合いはいないからだ。でも自分が本当に一人ぼっちだと思われたくない。だからうなずいた。「誰かに聞いてみる」

会えてよかった、アデラインはもう一度そう言って、アパートメントのほうへ歩いていく。だがレディ・ダイアナはまだぐずぐずとその場に残っていた。母親が行ってしまうと、彼女はわたしのスマホに手を伸ばした。「ゲームをしてもいい？」

スマホを渡すと、彼女はピクニックテーブルのそばの芝生に腰をおろした。わたしはバーの仕事にいく準備をする必要がある。「着替えてくるわ。戻ってくるまで、それで遊んででもいいわよ」彼女はわたしには目もくれず、うなずいた。

歩いて仕事に行かなくても済むよう、車を買うお金を貯められたらいいのに。でも今はランドリー夫妻を安心させるために、この町から出ていくお金を貯めるのが先だ。

早めにバーに着いたのに、もう裏口のドアは開いていた。

先週、働いたから、しなくちゃならないことはわかっているつもりだ。エプロンをつけ、シンクの水を出そうとしたとき、ローマンが裏口から入ってきた。

「早いね」彼が言った。

「ええ。渋滞してるかもしれないと思って」

ローマンは笑った。彼はわたしが車を持っていないことを知らない。

「レジャーがわたしを雇う前には、誰がお皿を洗ってたの？」わたしはたずねた。

「全員だ。少しでも手が空いたら、誰かがやる。あるいは営業時間が終わってから、交代で残業をして片づけてた」ローマンはエプロンを手にした。「この後、ワンオペに戻れるかどうかわからないな。実際、閉店と同時にここを出られるのはありがたい」

ローマンはわたしの仕事が一時的なものだと知っているのだろうか？　たぶんそうだ。

「今夜は忙しくなるぞ」ローマンは言った。「優勝決定戦の最後の日だからね。たぶん、学生が大挙して押し寄せてくる」

「メアリー・アンが喜ぶわ」洗剤を小分けのボトルに移す。「ねえ、聞いていい？」わたしは彼に向き直った。「日曜日にわたしのアパートメントでランチパーティーがあるの。そこでもう一つテーブルが必要なんだけど、店のを借りたりできない？」

ローマンは天井にむかってあごをしゃくってみせた。「上の倉庫に使ってないのがある」スマホで時間をチェックする。「まだ開店まで少しある。見にいってみよう」

わたしは水を止め、彼について路地に出た。ローマンはポケットからキーリングを取り出した。いくつも鍵がついている。「散らかってるよ」そう言いながら、鍵の一つを鍵穴に差し込む。「いつもならハグレのために、もう少し片付けておくんだ。でもここしばらく必要がなかったから」彼がドアを開けると、明るく照らされた階段が現われた。

「〝ハグレ〟って？」彼についてアパートメントの階段を上がりながら、わたしはたずねた。

数段上がり、開けっ放しのドアからなかに入る。部屋のサイズはバーの厨房と同じだ。間取りもほぼ同じだけれど、内装はリビングだ。

「ハグレっていうのは、酔いつぶれて、誰にも家に連れて帰ってもらえなかった奴のことだ。ときどきそういうのがいたら、このソファで寝かせておく。酔いが覚めたら、奴らは自分の家の場所を思い出すってわけだ」彼が電気をつけると、最初に目に入ったのはソファだ。古くてくたびれている。でも見るからに座り心地がよさそうだ。キングサイズのベッドの数メートル先には薄型テレビもある。

ワンルームのアパートメント、キッチンとダイニングスペースには窓があり、そこからバーの前の通りを見下ろすことができる。広さはわたしの部屋の二倍ほどで、趣のある空間だ。

「かわいい」ずらりと三十個のコーヒーマグが並べられたキッチンカウンターを見て、わたしは言った。「コーヒーだけじゃなく、マグも好きなのね？」

「話せば長い話だ」ローマンはキーリングから一本の鍵をつかんだ。「このドアの向こうが倉庫だ。最後に見たとき、たしかテーブルがあったと思う。まあ確約はできないけど」彼がドアを開けると、二メートル弱四方の折り畳み式のテーブルが二つ、壁に立てかけられている。彼はわたしに手伝ってくれと言って、その一つを引っ張りだした。「二つとも必要？」

「一つで十分よ」二人でテーブルをソファに立てかけると、彼はドアを閉めて鍵をかけた。

力を合わせ、テーブルを持ち上げて、階下に運ぶ。「今は階段の下に置いて、後でレジャーのトラックの荷台に運び込もう」彼は言った。

「よかった。ありがとう」

「パーティーはどんな集まり？」

「料理を持ち寄って食べるだけよ」それが母の日のお祝いだということは認めたくない。その休日を祝っていると思われたくないし、母なのかと聞かれても困る。

もっともローマンは人をそんなことで判断するタイプに見えない。実際、すごくいい人に見える。おまけに、もしレジャーとのキスがどんなだか知っていなかったら、彼をもっと違う目で見ていたかもしれないと思うほどハンサムだ。

誰の唇を見ても、レジャーの唇について考えずにはいられない。あの夜、バーを初めて訪れたときに、彼を魅力的だと思ってしまった自分が嫌だ。誰かほかの人に惹かれるほうがずっと楽だった。ほかの誰でも。

ローマンは階段の下にテーブルを立てかけた。「椅子もいる？」

「椅子……たしかに、それもいるわね」椅子のことまで考えていなかった。彼はもう一度二階へむかっていく。わたしも彼の後を追った。「ところで、レジャーとはどんなふうに知り合ったの？」

「レジャーはフットボールの試合中におれにけがをさせた」

わたしは階段の踊り場で立ち止まった。「彼のせいで選手生命が終わったの？　で、今、二人は……友だち？　何がどうなったらそうなるわけ？」

ローマンの目が探るようにわたしを見て、物置のドアの鍵を再び開ける。「この話、本当に知らない？」

わたしは首を振った。「この数年は、いろいろあって世間のニュースには疎《うと》かったの」

ローマンは静かに笑った。「ああ、だろうね。手短に話すよ」彼はドアを開けて、椅子をつかんだ。「けがの後、おれは膝の手術を受けなくちゃならなかった。ひどい痛みで、痛み止めの依存症になって、NFLで稼いだ金はすべて薬を買うために使った」ローマンは椅子を二脚、外に出すと、さらに二脚をつかんだ。「当時のおれは、まあ最悪だったね。で、話をレジャーに戻すと、奴はおれを探し出した。たぶん責任を感じていたんだと思う。ひざのけがは単なるアクシデントだった。でもレジャーはおれに会いに来た。誰もが見放したおれのもとに現われて、必要な助けを得られるようにしてくれた」

ローマンの話に、どう反応すればいいかわからない。「そんな……大変……」

ローマンは全部で六脚の椅子を壁際に重ねると、ドアを閉めた。彼が四脚、わたしが二脚を持って、下に向かう。「レジャーは仕事をくれて、二年前、おれがリハビリ施設から出たときにこの部屋を貸してくれた」わたしたちはドアのそばに椅子を重ねて積み上げ、外に出た。

「正直、どんなふうにそれが始まったのかは覚えていないけど、おれが一週間、しらふで過ごすごとに奴はマグカップを一つプレゼントしてくれるようになった。今も毎週金曜日に持ってくる。でも今もそれを続けてるのはどうかと思う。もうスペースがないのを知ってるのに」

なんだか子どもみたいでかわいい。「あなたがコーヒー好きだといいけど」

「コーヒーで生きてる。たぶん、コーヒーを切らしたおれのそばには近づきたくないと思うよ」ローマンの目がわたしの背後に向けられた。振り向くと、レジャーがトラックと裏口のドアの間に立ち、わたしたちを見つめていた。

ローマンは立ち止まることもなく、裏口にむかって歩いていく。「カナがテーブルと椅子をいくつか借りたいんだってさ。日曜日にイベントがあるらしい。階段の下に置いてあるから、帰るときに一緒に運んでやってくれ」

「ニコールだ」レジャーが訂正した。

「ニコール、まあ、どっちでもいいけど。忘れるなよ。テーブル、椅子、家へ送る」ローマンはそう言って、バーに消えていった。

レジャーはしばらくの間、地面を見て、それからわたしを見つめた。「なぜテーブルが必要なんだ?」

わたしはパンツの後ろポケットに手を突っ込んだ。「日曜日のランチパーティーのためよ。うちのアパートメントで」彼はじっとわたしを見ている。まだ納得できないらしい。

「日曜日は母の日だ」

わたしはドアにむかって歩きながらうなずいた。「そうよ。自分の娘とその日を祝えないから、アパートメントにいるママたちと一緒に祝おうと思って」厨房に入りながら、ちょっとした皮肉も込めて早口で言う。後ろでドアが大きな音を立てて閉まると、わたしはまっすぐにシンクまで歩いて、蛇口から水を出した。メアリー・アンが貸してくれたヘッドホンをつかむ。今回はようやく手に入れたスマホにプラグを差し込んだ。シフトの間きくために、オーディオブックをアップロードしてある。

次の瞬間、うなじにかすかな風を感じたかと思うと、レジャーがなかに入って来た。数秒待って、彼がどこで何をしているのかを肩越しに見る。

彼はまっすぐに前を見つめて、バーにむかって歩いていく。ストイックな表情からは、何を考えているのか読みとれない。初めて会った夜、彼が仕事をしていたとき以来、レジャーの顔からはあまり多くの感情は読み取れない。あの夜、彼はカウンターの後ろで、くつろいだ表情だった。でもわたしが何者かがわかってからは、わたしの前ではつねに固い表情をしている。自分が何を考えているのか、けっして知られまいとするかのように。

26

レジャー

体じゅうの関節が固まってしまったみたいだ。昨日の夜の二日酔いのせい？　いや、二日酔いじゃない……ただ、いらついているだけ？　それがこの感覚だろうか？

ぼくの態度はひどい。自分でもわかってるし、ローマンもわかってる。でもどうしてもガキっぽい反応しか出てこない。

カナはどのくらいローマンの部屋にいたんだろう？　ぼくといると、なぜ彼女はひどく小さく見えるんだろう？　なぜぼくはこんなにもくよくよしているんだろう？

この気持ちをどうすればいいのかわからない。だからそれをすべてまとめて、喉の奥に押し込もうとした、あるいは腹のなか、あるいはどこか人がこの手の感情をしまいこむ場所に。不機嫌なまま、今日のシフトを始める必要はない。おまけに今日はファイナルの最終日だ。きっと目が回るほど忙しくなるはずだ。

ジュークボックスのスイッチを入れる。流れてきた最初の曲は、昨日の夜、インプットされていた最後の曲、ジェイソン・イズベルの「もしぼくらがヴァンパイアだったら《If We Were Vampires》」だ。

厨房に戻ると、ヘッドホンをしているカナがいた。ぼくはフルーツをとって、バーへ戻った。いつも開店前にすべてカットしておくことにしている。

ライムをちょっとばかり乱暴にスライスしていると、ローマンが声をかけてきた。「大丈夫？」

「大丈夫だ」いつもの調子で返そうとする。でもローマンに大丈夫かなんて聞かれたことがないから、どんなふうに答えればいいかわからない。いつだってぼくは大丈夫だ。

「何かあったのか？」ローマンがたたみかける。

「別に」

彼はため息をついて、手を伸ばすと、ぼくの手からナイフを取り上げた。ぼくはカウンターに手をつき、ローマンを見た。彼は肘をつき、ぼくを見つめながら指先でナイフを回している。

「何でもないよ」ローマンは言った。「カナにテーブルと椅子を貸しただけだ。部屋には三分も一緒にいなかった」

「何も言ってない」

「言わなくてもいい」ローマンは呆れたように笑った。「ったく、まいったな。おまえがそんなに嫉妬深いとはね」

ぼくはナイフを取り返し、ライムのスライスを続けた。「嫉妬なんてするか」

「じゃ、その態度は何だ？」

適当な嘘で答えようとした瞬間、ドアが開き、学生が四人なだれ込んできた。にぎやかに勝利を祝う声をあげている、もうすでに酔っているのかもしれない。ぼくは会話を切りあげ、気持ちを仕事モードに切り替えた。

それから八時間後、ローマンとぼくは路地でトラックにテーブルと椅子を積み込んでいた。今夜はほとんど考える暇もなかったし、会話の続きをする暇はさらになかった。

無言のまま荷物を積み込む。二人とも疲れていたし、ローマンも会話に慎重になっている。ローマンとカナが彼の部屋で一緒にいたことを考えれば考えるほど、気持ちが沈む。ローマンがカナに惹かれているのはわかる。でもカナはわからない。でも、たぶん彼女も自分がこの町に留まるための言い訳にできる誰かを心から求めているはずだ。

そんなふうに考えるなんて、自分で自分が嫌になる。

「まだ話が必要？」ローマンがたずねた。

ぼくは勢いよく、テイルゲートを閉めると、片手をトラックに置き、もう片方の手であごをさわった。注意深く言葉を選んで話し出す。「もしカナとどうにかなったら、この町に留まる言い訳を彼女に与えることになる。彼女がここで働いている理由はただ一つ、ここから出ていく金を貯めるためだ」

ローマンは大きく頭を回した。まるで目をくるりと回しただけでは、自分のいら立ちを表わすのに足りないとでも言わんばかりに。「おれがカナを口説こうとしたと思ってる？　おまえにさんざん世話になって、おれがそんなことをするとでも？」

「嫉妬から彼女に関わるなと言ってるわけじゃない。パトリックとグレースが元通りの生活に戻れるよう、彼女にはこの町を出ていってもらう必要があるんだ」

ローマンは声をあげて笑った。「嘘だね。おまえはNFLでプレイしたアスリートだ。商売でも成功している。金があって、へんてこな家も建ててる。もし本当に彼女に町を出ていってもらいたきゃ、小切手を切って、さっさと彼女を追い出せばいい」

あまりに緊張していたせいで、頭を傾けた拍子に首がぽきっと鳴った。「彼女は施《ほどこ》しは受けない」

「やってみたか?」

その必要はない。ぼくはカナを知っている。彼女が同情の金を受けとるとは思えない。

「ローマン、彼女には気をつけろ。ディエムに関わるためなら、何でもするはずだ」

「だな、気をつけるにこしたことはない」ローマンはそう言うと、自分の部屋へ続く階段を上がって消えた。

ちくしょう。

悔しいけど、ローマンの言うとおりだ。

ローマンの言葉をどれだけ否定しようと、ぼくの行動は、カナが早く町を出ていってくれることを願う人のそれじゃない。彼女が去ってしまうと考えると、彼女がこの町に留まることを考えるより怒りを覚える。

どうしてこうなったんだろう? 彼女を憎んでいたのに、なぜそれが正反対の感情を覚えることに? ぼくはスコッティの友だちだったのに? パトリックとグレースを裏切るつもりなのだろうか?

ぼくがカナを雇ったのは、町を出ていってもらいたかったからじゃない。彼女のそばにいたかったからだ。夜、ベッドで寝返りを打つたびに、もう一度彼女にキスすることを考えている。彼女を雇ったのは、そのうちパトリックとグレースの気持ちが変わるかもしれないと思っているからだ。そうなったときには、ぼくもその場にいたい。

27

カナ

ドアから後ずさりながら、燃えるように顔が熱くなった。

レジャーがローマンに言ったことはすべて聞こえた。口にしなかったいくつかの言葉さえ。

近づいてくるレジャーの足音に、わたしはストックルームに行き、自分のバッグをつかんだ。

ドアを開けた瞬間、わたしを見て、彼の頭のなかにどんな思いが行き交うのだろうと考えずにはいられない。

ここで働かないかと言われたときには、彼はわたしを憎んでいて、町から追い出したがっていると思っていた。でもローマンの言うとおり、本当にわたしを追い払いたいなら、彼はお金を渡して、そうさせることもできたはずだ。

なぜわたしはまだここにいるの？

それになぜ、レジャーはローマンに、わたしについて警告したのだろう？　まるでわたしが何か企んでいるかのように。自分が仕事をオファーしたのに、わたしがローマンを娘に近づくために利用すると考えているなんて、いきなり頬に平手打ちを食らわせられた気分だ。ただわたしに手を出すなと言いたいのか、何かほかの意図があるのかわからない。

「準備はできた？」レジャーの声がした。彼は電気を消して、わたしのために裏口のドアを押さえている。彼のそばをすり抜けた瞬間、これまでとは違う緊張を覚えた。もはやそこにディエムは関係ない。わたしたちが一緒にいることで生じる緊張だ。

アパートメントへ向かう途中、息苦しさを覚えた。窓を開けたい。でもそんなことをすれば、彼がそばにいると、うまく息ができないことに気づかれてしまうかもしれない。

何度かそっと彼を見る。彼のあごは新たな頑なさに引き結ばれていた。ローマンに言われたことを考えているのだろうか？　ローマンの意見が的を射ていたことに腹を立てている？　それとも的はずれだったことに腹を立てているのだろうか？

「もう、接近禁止命令は来た？」彼がたずねる。

わたしはなんとか声を出す隙間を作ろうと、咳払いをした。「スマホで検索したら、接近禁止命令が受理されるまでには一、二週間かかるって書いてあった」

窓の外を見つめていると、レジャーが言った。「スマホを買ったの？」

「ええ、二、三日前にね」

彼は自分のスマホを取り出し、わたしにむかって差し出した。「番号、入れて」

上司気どりで命令されるのはごめんだ。わたしはスマホを受けとらなかった。かわりにちらりと見て、彼に返した。「わたしの番号を知ってどうするの？」

彼はわたしをまじまじと見た。「ぼくはきみのボスだ。従業員の連絡先を知っておく必要がある」

もっともな彼の答えに、わたしははっと短く息を吐いた。彼のスマホをつかみ、自分にメッセージを送る。それで彼の番号もわかるはずだ。自分の連絡先の名前はカナではなく、ニコールにした。彼のスマホに誰がアクセスするかわからない。あとで後悔するよりいい。

彼のスマホをホルダーに戻したとき、ちょうど車がアパートメントの駐車場に着いた。

彼はエンジンを切ると同時に、さっとドアを開けた。それから荷台のテーブルをおろしにかかる。手を貸そうとしたわたしに、彼が言った。「任せて。どこに置けばいい？」

「二階へ持っていってもらえる？」

彼は階段へ向かっていく。わたしは椅子を二脚つかんだ。わたしが階段にたどり着いたときには、彼はもうすでに残りの椅子を降ろすため、トラックに向かおうとしていた。彼が一歩脇に避け、手すりに背中を押しつけて、わたしを通そうとする。そばをすり抜けた瞬間、彼からライムと背徳の香りが漂った。

テーブルはわたしの部屋のドアの脇に立てかけられている。わたしは鍵を開け、壁ぎわに椅子を置いた。窓の外を見ると、レジャーがトラックから残りの椅子を運び出している。部屋を見渡し、彼が戻ってくる前に、見られてまずいものがないかチェックする。ソファに引っかかっていたブラをクッションの下に隠した。

アイヴィがわたしの脚もとでミャオと鳴いた。餌と水のボウルが空っぽだ。水を補充しようとしたところで、ノックの音がしてドアを開ける。レジャーが椅子と、続いてテーブルを部屋のなかに運び入れた。

「ほかに何かやることは？」彼は言った。

水のボウルをバスルームの床に置くと、アイヴィが飛んできた。ドアを閉め、彼女をバスルームに閉じ込めて、玄関ドアから逃げ出さないようにする。「ないわ。ありがとう」レジャーが出ていった後、鍵をかけるためにドアまで歩いていく。だが彼はドアの取っ手を握ったまま、そこに突っ立っている。

「明日、スーパーの仕事が終わるのは何時？」

「四時よ」

「Tボールのゲームがそのころ終わるはずだ。送っていくよ。少し遅れるかもしれないけど」

「大丈夫。歩いていけるわ。お天気もよさそうだし」

彼は言った。「わかった」でも、まだ何か言いたげにドアのそばでぐずぐずしている。

立ち聞きしたことを彼に言うべきだろうか？

たぶん言うべきだ。この五年間で、人生がわたしに教えくれた教訓があるとしたら、それは、人生は一秒だって無駄にできないってことだ。わたしは現実に向き合うのを恐れて、あの場を去った。今、こんなはめに陥っている理由の大半は、臆病だったことだ。

「立ち聞きするつもりはなかったの」わたしは自分で自分を抱きしめた。「でもあなたとローマンの会話が聞こえた」

レジャーは気まずそうに、わたしの顔から目をそらした。

「なぜ、ローマンにわたしに気をつけろと言ったの？」

レジャーは唇をきつく結んだまま考えている。唾を飲みこんだ彼の喉がゆっくりとうねった。でもまだ何も言わない。まるで痛みをこらえているような表情だ。ドア枠に寄りかかり、うつむき加減で足もとをじっと見つめている。「ぼくが間違ってた？」聞こえないほどの小さな声だけれど、わたしのなかでは叫び声のように響き渡った。「ディエムのために何もしないよね？」

わたしはいら立った息を吐いた。トリッキーな質問だ。もちろん、彼女のためになら何でもするつもりだ、ただし誰かを犠牲にしない限り。「簡単に答えられる質問じゃないわ」

レジャーにじっと目を見つめられて、脈が速くなる。

「ローマンは親友だ」彼は言った。「気を悪くしないでほしい。でもきみのことはほとんど知らない」

彼はわたしのことをよく知らないかもしれない。でもわたしにとって彼はたった一人の知り合いだ。

「最初の夜、きみがバーに現われたのが偶然だったのか、あるいはディエムにつながる足がかりを得るためだったのかもわからない」

わたしは頭を壁に持たせかけ、レジャーの表情を眺めた。彼もじっとわたしを見ている。批判的なまなざしじゃない。あのキスが本物かどうか、心から知りたいと思っているらしい。彼にとっては、それが大きな意味を持つとでもいうように。

あれは本物だ。でも本物じゃない。

「あなたが名前を言うまで、わたしもあなたが誰だか知らなかった」わたしは認めた。「あなたがスコッティと知り合いだとわかったのは、あなたの膝の上にいたときよ。誘ったのは計画の一部じゃなかった」

彼はしばらくの間黙ったまま、わたしの言葉を噛みしめ、やがてうなずいた。「よかった、それがわかって」

「そう？」わたしは壁に背中をつけた。「大したことじゃないわよね。あなたは今も、わたしを娘に会わせたくないし、まだわたしがこの町を出ていくのを望んでいる」**もう何もかもどうでもいい。**

レジャーはうなだれ、ふたたび顔を上げると、じっとわたしの目を見つめた。「きみがディエムと会えるようになれば、これほど嬉しいことはない。もし二人の気持ちを変える方法がわかっていたら、すぐにでもやってみる」

わたしは安堵に息を震わせた。彼の告白はわたしが聞きたかったすべてだ。涙をこぼすまいとして、目を閉じる。彼が去っていく姿は見たくない。でもこの瞬間まで、彼がディエムの人生にわたしが関わってほしいと思っているかどうかわからなかった。

頭の脇に置かれた彼の腕から放たれる熱を感じる。目を閉じたまま、わたしは小さく息を吸った。彼の息づかいが聞こえ、次の瞬間、息を感じた、頬に、そして首に。彼の息が滑っていく。

わたしは全身で彼を感じた。目を開けるのが怖い。もしかしたらすべてはわたしの妄想で、実際の彼は開けっ放しのドアから出てこうとしているのかもしれない。でも次の瞬間、彼が大きく息を吐くと、うなじや肩に温かさが降ってきた。かすかに目を開けると、わたしの頭の両脇に手をついて、かがみこむ彼がいた。

彼はただそこに留まっている。立ち去ろうか、それとも初めて会ったあの夜のキスの続きを始めようか、迷っているかのように。あるいは、わたしの次の行動、心を決めるか、過ちを犯すかを待っているだけなのかもしれない。

気がつくと、わたしは手を上げ、その手を彼の胸に置いていた。その瞬間、まさにそれを望んでいたとばかりに、彼がため息をつく。でも彼を押しのけたいのか、引き寄せたいのか、自分でもまだわからない。

どっちにしても、彼がため息を一つつくごとに温かさがつのっていく。彼は額をそっとわたしの額につけた。

出会って以来、互いに保ってきた距離の間には、あまりに多くの選択と結果と感情が詰め込まれている。でもレジャーはそのすべてを押しのけて、わたしの唇に唇を押しつけた。

熱い鼓動が体を駆け抜ける。わたしは彼の唇越しにため息をついた。彼の舌がわたしの上唇をなぞる。それはうっとりする感覚だ。彼のキスは初めてキスをしたあのときより温かく、手はより優しく、舌はより大胆だ。

彼のキスに込められた優しさ、でも恐ろしくてその正体は分析できない。なぜならわたしはすでにめまいがするほどの快感を覚えている。彼の温かさに包まれて、彼の胸に体を預けた瞬間、彼が体を引いた。

わたしは息をのみ、彼はわたしの顔をじっと見つめた。まるでわたしの表情を読んで、わたしが後悔しているのか、さらに先を求めているのか見定めるかのように。

きっと彼には二つの想いが見えているに違いない。彼のキスが欲しい、でもディエムはもちろん、すべてに別れを告げなくてはならないと思うと、このまま成り行きに身を任せることはできない。わたしが心も体もレジャーと親しくなればなるほど、ディエムと彼の関係を危うくしてしまう。

彼のキスにどれほど気持ちが高ぶるとしても、ランドリー夫妻に、レジャーとこっそり会っているのを知られたときに感じる胸の痛みには比べられない。つねに後ろめたさが付きまとう関係は嫌だ。

再び彼が体をかがめ、わたしは思わず倒れそうになった。でも何とか姿勢を立て直して、首を横に振る。「お願い、やめて」わたしはささやいた。「もうこれ以上傷つくのはいや」

レジャーは動きを止めた。後ずさり、頭をぐっともたげると、指で優しくわたしのあごをなでた。「わかってる、ごめん」

それからしばらく、わたしたちは何も言わず、身じろぎもしなかった。これがどうするのかを考えられればよかった。でも今わたしが考えているのは、うまくいかなかったとき、どうすれば傷つかないで済むかだ。

ついにレジャーは壁を押して、わたしから離れた。「ぼくは最低だ……」片手で髪をかき上げ、言葉を探している。「何もできない、役立たずだ」ドアにむかって歩き出す。「許してくれ」去りぎわ、そうつぶやくのが聞こえた。

わたしはドアを閉め、鍵をかけると、この夜の間じゅう、ずっと我慢していた息をすべて吐き出した。心臓が激しく打つ。部屋のなかが熱すぎる。

ヒーターの温度を下げ、バスルームからアイヴィを出す。彼女と一緒にソファで丸くなり、ノートを手にした。

大好きなスコッティへ

さっき起こったことに対して、あなたに謝るべき？

ただ自分でも何が起こったかはよくわかっていない。レジャーとわたしはお互いへの気持ちがある。でもそれっていいこと？　悪いこと？　何より悲しく思える。

また同じ状況になったら？　今度は触らないでって彼に言えるほど強くいられるかわからない。「お願い、やめて」って言えないかもしれない。

けれど互いの思いに任せて行動したら、最後には彼は選ばざるをえなくなってしまう。彼はわたしを選ばないし、わたしも自分を選んでほしくはない。もし彼がディエムを選ばなかったら、きっとがっかりすると思う。

でもそうなったら、わたしはどうなる？　ディエムと暮らすチャンスだけじゃなく、レジャーも失ってしまう。

わたしはすでにあなたを永遠に失っている。つらいのはもうたくさん。

人は何度負けたら、あきらめるのかな？　この町では、わたしに勝ち目なんてないと思いはじめてる。

愛をこめて、

カナ

28

レジャー

ぼくは駐車場を横切り、グレースの車に向かった。ディエムはぼくの首にしがみついている。Tボールのゲームが終わったとたん、足が痛いといって、おんぶをせがんだ。

「一緒に仕事に行く」ディエムが駄々をこねる。

「むりだ。子どもはバーに入れない」

「前にも一緒に行ったことがあるよ」

「ああ。でも店が営業中じゃなかった。あれはバーに行ったとは言わない。今夜は店を開けるんだ。大忙しになるから、ディエムにはかまっていられない」もちろん、ディエムはまさか自分に母親がいて、そこで働いているとは知らない。「十八歳になったら、店で働けるよ」

「ずっと、ずっと、ずっと先でしょ。そのときにはレジャーが死んでるかも」

「いい加減にしなさい」グレースが横から声をかけた。「わたしはレジャーよりずっと年寄りだけれど、あなたが十八になるまでに死ぬつもりはないわよ」

ぼくはディエムをチャイルドシートに乗せ、シートベルトを締めた。「みんなが死ぬとき、あたしは何歳？」

「いつ死ぬかは誰にもわからない」ぼくはディエムに言った。「でも生きていたら、誰でも一年に一歳、年をとる」

「レジャーが二百歳になったら、あたしは何歳？」

「死ぬほど《dead》年寄りだ」

大きく目を見開いたディエムを見て、ぼくはすぐに首を横に振った。「まあ、人間は誰でもいずれ死ぬ《dead》。二百歳まで生きる人はいない」

「あたしの先生は二百歳よ」

「ミセス・ブラッドショウはわたしより若いわよ」グレースが運転席から甲高い声を出した。

「嘘はやめなさい」

「はいはい、二百歳だよね」ぼくはディエムのつむじにキスをした。「今日はがんばったね。大好きだよ」

「あたしも大好きよ。だから一緒に……」ぼくはディエムの側のドアを閉め、彼女の言葉をさえぎった。普通はこんなふうにそそくさと会話を終わらせたりしない。でも駐車場を歩いているとき、カナからのメッセージが着信していた。

メッセージはたった一言だ。**お願い、迎えにきて**
まだ四時にはなっていない。昨日、彼女は迎えはいらないと言っていた。だからそのメッセージを受け取ったとき、一気に不安が高まった。

グレースとディエムの乗った車が走り出すのを待たず、あわてて自分のトラックに乗り込む。

パトリックは今日、試合に来られなかった。例のジャングルジムを作っているからだ。本当なら家に寄って、バーに行く前に、二、三時間、手伝おうと思っていた。でもカナのことが気になってスーパーへ向かった。

途中、パトリックに家に寄れないとメッセージで知らせる。ジャングルジムは完成間近らしい。ディエムの誕生日はもうすぐだ。リアとぼくは結婚式の後、一週間、ハワイで過ごす予定だった。でもぼくはディエムの誕生パーティーに戻ってこられないことが気にかかっていた。

それがリアとぼくが揉めたもう一つの点だ。彼女にすれば、ディエムの五歳の誕生日が自分たちのハネムーンと同じくらい大事だというのが我慢できなかった。

頼めば、パトリックとグレースは喜んで誕生日パーティーを別の日にしてくれたと思う。でもリアはその相談もせず、ディエムの五歳の誕生日がぼくたちのハネムーンを阻む大問題であるかのように騒ぎ立てた。そして結局、いくつも点滅していた危険信号のなかで、それが決定的な要因になった。

ぼくは別れたあと、ハワイ旅行をリアにプレゼントした。すでに支払いは済んでいるけれど、彼女が行くかどうかは知らない。行ってほしいけれど、もう三か月も話をしていない。彼女が今、どうしているのかも知らないし、知りたくもない。四六時中一緒にいた相手のことが、突然気にもならなくなるのは不思議だ。

さらに不思議なのは、ある人のことをわかっていると思っていたのに、実際はまったく違っていたこともある。リアにはそれを感じた。そしてカナにも同じことを感じはじめている。ただし、方向は正反対だ。カナの場合は、最初は彼女をひどい女だと決めつけていた。でも今はすごくいい子だと思っている。

スーパーへの道中で、カナにメッセージを送るべきだったかもしれない。なぜなら店から八百メートルも離れたところで、カナが路肩を一人で歩いているのを見つけたからだ。うなだれ、肩にかけたトートバッグのひもを両手で握っている。ぼくは道路の反対側に車を停めた。でも彼女はぼくのトラックに気づきもしない。軽くクラクションを鳴らすと、彼女はようやく気づいて、左右を確かめ、道路を渡ってトラックに乗り込んだ。

ドアを閉めた瞬間、彼女の口から大きなため息が漏れた。ふわりとリンゴの香りが漂う。昨日の夜、彼女のアパートメントを出たときと同じだ。

昨夜のことを考えると、自分をぶちのめしたくなる。

彼女はシートに置いたバッグから封筒を取り出し、ぼくに差しだした。「来たわ。接近禁止命令。スーパーから出て、お客の車に荷物を積み込んでいるときに渡された。最悪のタイミングよね」

ぼくは書類に目を通した。なぜ判事がこんな命令を許したのかわからない。でもそこにグレイディの名前がある。それで納得がいった。たぶんパトリックとグレースに泣きつかれて、ほんの少し話を盛って報告したのだろう。彼はそういうタイプだ。彼の妻はこの展開をしめしめと思っているはずだ。ホイットニーが今日、球場でその話を持ち出さなかったのは驚きだ。

ぼくは手紙を折りたたみ、彼女のバッグに戻した。「こんなの何の意味もない」ぼくは嘘で彼女を慰めようとした。

「大ありよ。これはメッセージなの。二人の気持ちが絶対に変わることがないと伝えるためのね」彼女はシートベルトを締めた。目も頬も真っ赤だけれど、泣いてはいない。おそらく泣きすぎて、涙も枯れた頃にぼくが見つけたのだろう。

ぼくは重い気持ちで車を走らせた。昨日の夜、自分を役立たずだと言ったけれど、それこそ今のぼくを言い表わすのにもっともふさわしい言葉だ。ぼくにはカナをこれ以上助ける術がない。

パトリックとグレースの気持ちは変わりそうにない。もし、ぼくがこの話題を持ち出そうとしたら、たちまち警戒モードになるだろう。カナに近くをうろつかれたくない二人の気持ちがわかるだけにむずかしい。でも彼らの決定にはまったく賛成できない。

二人はカナを迎え入れることに同意する前に、ぼくとディエムを切り離すだろう。それがぼくのもっとも恐れていることだ。もし話し合いを無理強いしたり、陰でカナの味方をしていると気づいたら、二人はカナと同様、ぼくも脅威だとみなす。

最悪なのは、ぼくにもカナを憎む二人の気持ちが理解できることだ。彼女の選択は、二人に強烈な打撃をもたらした。でも彼らの選択もまた、カナの人生に大きな打撃をもたらす。

ちくしょう。いい答えが見つからない。カナと二人の板挟みだ。どちらかが苦しまない解決策はない。

「今夜は休む？」ぼくはたずねた。仕事する気分にならないのももっともだ。だが、カナは首を振った。

「少し時間をちょうだい。しばらくすれば大丈夫になる。ただちょっとショックを受けただけ。予想はしていたけど」

「たしかに。グレイディの野郎、せめてきみが家にいるときに命令を渡すデリカシーがあると思ってた。でも命令の一番上にあったのは、きみのアパートメントの住所じゃなかった」

次の信号で右に曲がれば、バーに到着する。だが、夜のシフトを始める前に、カナにはもう少し時間が必要そうだ。「スノーコーン（円錐形の紙製カップにかき氷を入れた氷菓）を食べたくない？」

問題の深刻さを考えれば、ふざけた解決策かもしれない。でもスノーコーンはいつだってぼくとディエムの解決策だ。

カナはうなずいた。かすかな笑みさえ見えた気がする。「うん、スノーコーンは無敵よね」

29

カナ

わたしはトラックの助手席の窓に頭をもたせかけ、スノーコーンのスタンドにむかって大きな足取りで歩いていく彼の姿を見つめていた。タトゥーの入ったセクシーな腕、レインボーのスノーコーンを二つ注文している。何気ない仕草さえ、彼にかかれば魅力的に見える。

かつてこの場所にはスコッティと一緒に来たことがある。同じようにスノーコーンをオーダーしたけれど、レジャーほど魅力的には見えなかった。当時はスタンドの脇にスペースがあり、そこに置かれたピクニックテーブルに座って、スノーコーンを食べた。今、その場所は駐車場になっていて、ピクニックテーブルはどこにも見当たらない。イートインの座席はすべて、ピンクのパラソルがついたテーブルに変わっている。

レジャーにメッセージを送って、車で迎えにきてくれるよう頼んだのはエミーに言われたからだ。

エミーはバスルームでパニック発作寸前のわたしを見つけて、どうしたのかと聞いた。まさか接近禁止命令を食らったと言えない。かわりに本当のことを話した。ときどきパニック発作になること、でもそれはしばらくすれば収まること。それから謝り、クビにしないでと懇願した。

彼女は憐れむような目でわたしを見たけれど、明るく笑った。「クビにするわけがないだろ？　あんたは一日で早番と遅番、どっちも働きたいって言ってくれるたった一人の従業員よ。パニック発作を起こして、困るのはこっちよ」彼女はわたしに、歩いて帰らせるのは心配だから、誰か車で送ってもらえそうな人を見つけるよう言った。この町に知り合いはレジャー一人しかいないのは言いたくない。だからわたしは彼にメッセージを送って、エミーを安心させた。誰かに心配されるのはいい気分だ。

いろいろな人や物に感謝すべきなのはわかっている。エミーもその一人だ。でも人生において、手に入れたいたった一つのものがどんどん遠ざかっていくと感じているときに、何かに感謝するのはとてもむずかしい。

レジャーがスノーコーンを手に戻って来た。わたしのコーンにはカラフルシュガーがかかっている。ちょっとしたことだけれど、ポイントが高い。どんな些細なことでも、いいことが積み重なれば、人生に起こった不幸のつらさを和らげてくれる。

「ディエムをここに連れてきたことはある？」わたしはたずねた。

彼はスプーンで通りを指した。「ダンススタジオがあの一ブロック先にある。ぼくがスタジオの前でディエムを降ろして、レッスンが終わったらグレースが迎えにくる。ディエムのお願いには弱いから、ぼくはこの店の常連だ」彼はスプーンをくわえて、財布を開けると、一枚のカードを取り出した。カードのまわりにスノーコーンの形をした穴がぐるりと開いている。

「あと少しで、無料のスノーコーンが一個もらえる」そう言ってカードを財布に戻した。

わたしは笑った。「すごいわね」彼と一緒にスタンドに行って、自分でオーダーしたかった。そうしたら彼がさっきのカードを差し出すところが見られたのに。

「バナナとレモネード」彼は一口食べた後、わたしを見た。「ディエムお気に入りの組み合わせだ」

わたしは微笑んだ。「ディエムは黄色が好きなの？」

彼はうなずいた。

黄色いシロップがかかった部分にスプーンを指して、一さじすくいとる。彼が明かしてくれるちょっとした情報もわたしには貴重だ。それらが集まって、ディエムの全体像を形作る。彼女について十分にわかっていたら、この町を去らなくてはならないときにも少しはつらさが和らぐ。

わたしはディエム以外に話題を考えた。「今、建ててるのってどんな家？」

レジャーはスマホで時間を確かめると、トラックのギアをリバースに入れた。「寄り道して家を見せるよ。少しの間なら、ラジとローマンがうまくやってくれる」

わたしは何も言わず、もう一口、スノーコーンを食べた。彼にとっては単なる思いつきでも、新しい家を見せたいと言ってくれたのはわたしにとっては大きな意味がある。

ランドリー夫妻は接近禁止令を出したかもしれない。でも少なくともレジャーはわたしを信頼してくれる。

希望を捨てずにいよう。

町のはずれ、少なくとも二十五キロは離れたところまで来ると、車は〈チェシャーリッジ〉と書かれた大きな木製のゲートをくぐり、曲がりくねった道を進んだ。道の両側に生い茂る木に抱かれている気分だ。道路の両側には五十メートル置きぐらいに、郵便ポストが点在している。

家本体は道路からは見えない。郵便ポストが誰かがそこに住んでいる唯一の証だ。世間の喧騒とは隔絶された心穏やかな空間。彼がこの土地を選んだ理由がわかる気がする。

わたしたちは私道も見えないほど木々が茂る、奥まった一角にやってきた。地面に打ち込まれた杭、いずれこの場所に郵便ポストが設置されるのだろう。私有地へと続くゲートになるはずの二本の柱もある。

「このあたりに知り合いはいるの?」

彼は首を振った。「少なくとも一キロ四方には誰も。敷地は十エイカーばかりある」

敷地のなかを進んでいくと、ようやく、木立の向こうに家らしき建物が見えた。意外にも、それはよくあるタイプのとがった屋根の豪邸じゃない。横に広がった独特な形の平屋で、見たことのない素材で作られている。

現代的なデザインとレジャーのイメージが結びつかない。なぜだかログキャビンとか、もっとクラッシックなものを想像していた。たぶん彼がローマンと建てているといったせいかもしれない。もう少し……わかりやすいものを想像していた。

トラックを降り、ディエムがここにいる様子を思い浮かべてみる。この庭で駆け回ったり、パティオで遊んだり、裏のデッキにあるファイヤーピットでマシュマロを焼いているところを。レジャーは家のなかを案内してくれた。こんなところで暮らすなんて想像もできない。ディエムが暮らしているのも想像できない。裏庭を見渡せる屋外キッチンのカウンターだけでも、おそらくこれまでの人生で、わたしが買ったものすべてより高いはずだ。

寝室は三つ、なかでも目を奪われたのは主寝室だ。寝室と同じくらい広いウォーキングクローゼットがついている。

家を眺めながら、彼の話に耳を傾ける。彼とローマンがどんなふうに自分たちの手で、この家を作っていったのかについて。そして感銘を受けると同時に、心が沈んだ。

ディエムはここで過ごすことになる。それはつまり、わたしがこの家を訪れるのは二度とないことを意味する。家を見せてもらうのは楽しいけれど、見なきゃよかったとも思った。

正直言って、彼がディエムの家の向かいに住まなくなるのは残念だ。彼を人として好きになりはじめていたし、ディエムに関わってくれることを安心だと思っていた。でも彼はここへ引っ越してしまう。きっとディエムが悲しむだろう。

なだらかに広がる丘陵を見渡す広いパティオへと続くドアは折り畳み式だ。彼がドアを片側に寄せ、わたしはデッキへと歩み出た。今、まさに夕陽が沈もうとしている。それはたぶん、この町で見られるもっとも美しい夕暮れの光景の一つだ。沈みゆく太陽の光に照らされ、木々のてっぺんが燃えるような赤に染まっている。

まだパティオに家具はない。わたしが段に座ると、レジャーも隣に座った。ほとんど何も言わなかったけれど、彼も誉め言葉を求めているわけじゃない。この場所がどれほど美しいかは彼自身が一番よく知っている。どのくらいお金がかかっているのか、わたしには想像もつかない。

「お金持ちなのね」思わず出た言葉に、わたしははっとして口に手を当てた。「ごめんなさい。失礼な言い方よね」

レジャーは笑って、膝に肘をついた。「かまわない。実はこの家、見た目ほどはお金がかかってないんだ。ほとんどの作業は数年かかってローマンと二人でやったしね。でも選手時代にもらった金をつぎ込んだ。おかげでもうほとんど残っていない。契約は切られたけど、家が手に入った。文句は言えない」

よかった。少なくとも人生がうまくいっている人がいる。

でも、誰でもしくじった経験はあるはずだ。レジャーの失敗がなんなのか気になる。「待って」わたしは言った。少なくとも一つ、彼にとってうまくいかなかったことを思い出した。「今週って、結婚式のはずだったっけ？」

レジャーはうなずいた。「実は二時間前に式は始まっていたはずだ」

「残念に思ってる？」

「もちろん」彼は言った。「結婚しようと思ったのは後悔していない。でもうまくいかなかったのは残念だと思ってる。彼女のことは大好きだから」

大好きだから、彼はそう言った。現在形だ。てっきり言い間違いを訂正すると思ったけれど、しなかった。「大好きだった」じゃない。彼は今もまだ、彼女を愛している。自分の人生が誰かの人生と相容れないと気づいても、そこにあった感情がすべて消えるわけじゃないということなのだろう。

突然、胸にかすかな嫉妬の炎がちらついた。「彼女にはどんなふうにプロポーズしたの？」

「それ本当に聞きたい？」彼は笑った。彼にとって、それは悲しいというより気まずい話題らしい。

「聞きたい。知りたがりなの」

レジャーはふーっと息を吐いた。「まず彼女のお父さんに許しを求めた。それから彼女が欲しがっていた指輪を買って、付き合って二年目の記念日にレストランに連れて行って、店の通り向かいの公園でプロポーズをした。彼女の友だちや家族が皆そこで待っていて、ぼくは膝をついてプロポーズした。インスタとかでよくあるやつさ」

「泣いた？」

「まさか。でも緊張してた」

「彼女も？」

彼は首を傾げ、思い出そうとした。「彼女も泣いてなかった。一粒、二粒は涙をこぼしたかな。ぼくのアレンジミスだけど、あたりが暗くて、プロポーズの場面の動画はほとんど何も見えなかった。次の日、彼女はそのことに不満たらたらだった。いい動画が撮れなかった、日が沈むまでにプロポーズしてくれたらよかったのにって」

「おもしろい人ね」

レジャーはにこりと笑った。「ぶっちゃけ、きみもたぶん、会ったら好きになるよ。ぼくの話だと、彼女がやな女に聞こえるかもしれないけれど、たくさんの楽しい時間を過ごしたんだ。

彼女といると、スコッティのこともあまり考えずにすんだ。気が楽だったんだ」

彼の言葉に、わたしはさっと目をそらした。「わたしは彼を思い出させるよね？」

レジャーは質問には答えなかった。わたしを傷つけたくなくて、沈黙を選んだのだろう。でも彼の沈黙に逃げ出したくなる。わたしは立ち上がった。もう行かなきゃと思ったからだ。でも次の瞬間、彼が手首をつかんで、ゆっくりとわたしを引き戻した。

「座って。日が沈むまでここにいよう」

わたしはもう一度腰をおろし、それから十分ばかり木立の向こうに消えていく太陽を眺めた。二人とも無言だ。ただ薄れゆく陽の光を見つめて、木立のてっぺんが色を失っていくのを眺めていた。あたりが暗くなっていく。電気もなく、わたしたちの背後にある家はまたたくまに闇に飲みこまれた。

レジャーは感慨深くあたりを見渡した。「後悔してるんだ」

ようこそ、わたしの日常へ。「何を？」

「この家を建てたこと。スコッティはきっとがっかりしたと思う。ぼくが今の家を売りに出したという話を持ち出すたびにディエムは悲しそうな顔をする」

「じゃあ、なぜこの家を建てたの？」

「この家は長年のぼくの夢だったんだ。土地を買って、ディエムがまだ赤ちゃんのときに設計図を描いた。そのときには、彼女がどれほど愛おしくなるかを知らなかった」彼はさっとわたしの目を見た。「悪くとらないでほしい。当時も彼女のことは愛していた。でも今とは違う。彼女が歩いたり、しゃべったりするようになって、個性がわかって、離れがたくなった。そして時とともに、この場所が自分の将来の家ではないという気がしてきた。まるで……」彼はそこで何かを言おうとして、口ごもった。

「刑務所みたい？」

レジャーはまるで初めて自分のことを理解してくれた人間であるかのようにわたしを見た。

「そう、そうなんだ。今、こうしていると閉じ込められている気がする。毎日ディエムと会えないと考えると気がふさぐ。引っ越したら、彼女との関係性が変わるだろう。それからぼくの日常も。ラッキーでも、彼女に会えるのは一週間に一度程度だ。それがこの家を建てるのに時間をかけている理由だ。自分が本当にここへ越してくるのを楽しみにしているかどうかわからない」

「じゃ、売れば？」

彼はそれが突拍子もない考えであるかのように笑った。

「真面目に言ってるの。あなたには町のはずれより、ディエムから通りを隔てた場所に住んでいてほしい。わたしは望んでも彼女の人生には関われない。でもあなたがいてくれると思えば安心できる」

その言葉を聞きながら、レジャーはしばらくの間、わたしをじっと見つめていた。それから立ち上がり、手を差し出した。「行こう、仕事だ」

「そうね。ボスを怒らせたらまずいよね」彼の手をつかんで立ち上がる。突然、彼との距離が近くなった。彼はあとずさらず、わたしの手も放さなかった。今はほんの十センチほどの近くでわたしを見つめている。熱さが背筋を滑り降りた。

レジャーはわたしの指に指を絡めた。手のひらがぴったりと合わさったとき、胸にこみ上げる思いに、わたしは顔をしかめた。レジャーも同じことを感じたに違いない。彼の瞳もまた苦悩に満ちていた。

おもしろいのは、本来嬉しく思うような何かも、状況が適切でなければ、つらく感じられるということだ。そしてわたしたちの状況はまったく適切じゃない。でもとにかくわたしは彼の手をとり、わたしの思いは彼と共にあること、彼と同じように引き裂かれる思いでいることを知らせた。

レジャーはわたしの額に額をくっつけた。そしてわたしたちは二人とも目を閉じ、ただ無言で、次にどうなるのかわからないまま、息をしつづけた。彼が言葉にしなかったすべての想いを感じることができる。彼が思いとどまったキスも。でももし一緒に過ごした昨日のあの瞬間に戻ったら、その傷がさらに広がって、どうにもならなくなる。

彼もわたしも、これがいけないことだとわかっている。

「どうするの、レジャー？　わたしをクローゼットに隠す？　ディエムが十八歳になるまで？」

レジャーはつないだままの手を見下ろし、肩をすくめた。「巨大なクローゼットだからね」

一瞬の間ののち、わたしの笑い声が静寂を破った。

彼はにっこり笑って、わたしの手をとり、真っ暗な家のなかを通ってトラックに戻った。

30

レジャー

ぼくはオフィスで給料の支払いを処理しながら、頭のなかを整理し、この数週間で自分が犯したすべての過ちについて考えた。

ローマンの言うとおりだ。もし本当に出ていってほしいなら、彼女に金を渡して追い払えばいい。たぶん、そうすべきだ。なぜならそばにいればいるほど、彼女に間違った希望を与えてしまう。

パトリックとグレースはすぐには彼女を受け入れる気にはならないだろう。もし彼女がこのままこの町にいて、働きつづけたら、二人でいるところを見られる可能性もある。

そもそも彼女を雇うなんて、何を考えていたのか自分でもわからない。厨房にいればわからないだろうと思ったけれど、カナは隠れていられるタイプじゃない。どこにいても目立つ。誰かがきっと見かけて、彼女の存在に気づくはずだ。

そうなれば、ぼくたちはこの嘘の代償を払うことになるだろう。

ぼくはスマホを取り出し、カナにメッセージを送った。**手がすいたら、オフィスにきて**

立ち上がり、それから三十秒、部屋のなかを歩き回ったところで、彼女がオフィスに入って来た。ぼくはドアを閉め、デスクの端に腰かけた。

彼女はドアのそばに立ったまま、腕組みをしている。緊張させるつもりはなかったのに、緊張しているようだ。ぼくが自分の前の椅子を指さすと、彼女はおずおずと近づいてきて、そこに座った。

「わたしが何かまずいことでもした？」彼女は言った。

「いや、してない。ただ……きみが立ち聞きしたローマンの話について考えた。そしてもうここで働く必要はないと知らせようと思ったんだ」

彼女は驚いた顔だ。「クビなの？」

「いや、違う」ぼくは大きく息を吸って、真実を打ち明ける準備をした。「もうわかっているかもしれないけれど、きみを雇ったのはぼくの身勝手な理由からだ。もしきみがこの町を出て、どこかに行くのに金が必要になったときは、言ってほしい。そのためにここで働く必要はない」

彼女はまるでみぞおちに一発、パンチを食らったみたいな顔で立ち上がり、部屋をうろうろと歩きながら、ぼくから聞いた話を整理しようとしている。「わたしにここを出ていってほしいの？」

ちくしょう。彼女に負担をかけまいとして、ここへ呼んだのに、言い方を間違った。ぼくは首を振った。「違うんだ」彼女の手首をつかんで引き留める。

「なら、なぜそんなことをわたしに言うの？」

いくつか理由をあげることができる。きみに選択肢があると知らせたかった。ここにいれば、きっと誰かに気づかれる。このまま店で働きつづけたら、かろうじてぼくたちを隔てている薄紙のような壁が崩れてしまう。

だが、そのどれも言わなかった。ただじっと彼女を見つめ、親指で彼女の手首にそっと触れた。「理由はきみもわかっているはずだ」

ため息とともに、彼女の胸が大きく上下した。

でも次の瞬間、突然ノックの音が聞こえて、カナはさっと手をひっこめた。ぼくはあわてて姿勢を正し、彼女は胸の前で腕を組む。この様子を見られたら、何か後ろめたいことでもしていたように誤解されてしまう。

ドア口に現われたメアリー・アンは、ぼくたちを交互に見ると、にやりと笑った。「あら、邪魔しちゃった？　従業員の査定中？」

ぼくはデスクを回って、席に戻り、コンピュータのスクリーンを眺めるふりをした。

「何か？」

「ええ。タイミングが悪いんだけど……リアが来てる。今日、結婚式の予定だったのよね？店に来て、あなたを呼んでくれって」

ぼくは動揺に気づかれまいと、カナからさっと目をそらした。どうにか平静を保ち、メアリー・アンに答える。「すぐに行くと伝えてくれ」

メアリー・アンは出ていった。でもドアは開けたままだ。メアリー・アンに続いて、ぼくを見ることもなく、カナもすぐに部屋を出ていった。

訳がわからない。なぜリアが店に？　何の用事があって？　今日について、彼女がぼくより思い入れがあるとも思えない。

ぼくもほとんど忘れていた。それが何より、正しい決断ができた証だと思っている。少なくともぼくにとっては。

オフィスを出て、店へ向かうとき、カナのそばを通らざるを得ない。彼女が目を背ける寸前、二秒だけ目があった。

ぼくは厨房から店へ出た。リアがどこにいるかわからない。店はさっきよりずいぶん混みあっていた。カウンターの後ろから、店を見渡す。メアリー・アンはカウンターの反対側、離れた場所にいて、リアがどこにいるのかたずねることはできない。

ローマンがぼくを見て、男同士のグループを示した。「オーダーがまだだ」

「リアはどこに？」

ローマンはいぶかしげな表情だ。「リア？　なんのことだ？」

メアリー・アンがぼくのほうへ歩いてきた。にやりと笑ってバーに寄りかかる。「手が回らないから、あなたを呼んできてってローマンに頼まれたの。リアが来たっていうのは嘘。女子には不安がスパイスになるの。お礼はけっこうよ」彼女はドリンクが一杯にのったトレイを取り上げ、滑るような動きで、テーブルにオーダーを届けにいった。

ぼくはあきれて首を振った。嘘をつかれたことに腹が立つ。今、カナの心はさまざまな思いに乱れているはずだ。でも嘘だったことに安心してもいた。リアには会いたくない。

ぼくはそのままいくつかオーダーを取って、会計もした。でもローマンの手が少しあいたのを見ると、急いで厨房に戻った。カナの姿がない。あたりを見回していると、アーロンが裏口のドアを手振りで示し、彼女は休憩中だと教えてくれた。

ドアを押し開けて、路地に出る。カナは腕組みをして、外壁に背中をもたせかけていた。ぼくが外に出るのと同時に目を上げた彼女の顔に、たちまち安堵が広がる。

嫉妬していたらしい。作り笑いでごまかそうとしているけれど、その寸前の表情を見ればわかった。

彼女のそばへ行き、同じ格好で壁に寄りかかる。「メアリー・アンの嘘だ。リアはいなかった。まんまとはめられた」

カナは目を細めた。「あらら、まあ……」口もとにさざなみのように笑みが広がる。「メアリー・アンってば、しょうがないわね」メアリー・アンの嘘に怒っているようには見えない。むしろ感心しているようだ。

彼女の笑顔はぼくも笑顔にした。ぼくは言った。「嫉妬しただろ」

カナはくるりと目を回した。「まさか」

「いや、したね」

彼女はさっと壁から体を離すと、階段へ向かった。でもぼくの前でぴたりと立ち止り、まっすぐにこちらを見た。彼女の表情が何を意味するのかわからない。

何をするつもりだろう？　もしかしてキス？　そうなったら最高の夜になりそうだ。彼女との駆け引きはもうたくさんだ。彼女をかくまうのも嫌だ。結果を心配せずに、彼女をもっとよく知って、スコッティやランドリー家とは関係のない質問をすることができるなら、何でもする。堂々と彼女にキスをしたい。彼女を家に送っていきたい。彼女の隣で眠りに落ちて、目覚めるのはどんな感じかを知りたい。

どうしようもなく彼女が好きだ。彼女のそばにいればいるほど、離れがたくなる。

「退職届を出すわ」カナは言った。

しまった。ぼくは唇をかんだ。そうでもしなければ、ひざまずいて、ここにずっといてくれと懇願したはずだ。「どうして?」

彼女は一瞬ためらって言った。「理由は知ってるでしょ」

カナは店に戻っていく。ぼくは途方にくれた。

すぐにもパトリックとグレースの家に行って、カナについて話したい衝動を感じながら、トラックをじっと見つめる。二人に話したい。カナがどれほど思いやりに満ち、仕事熱心で、寛容な心の持ち主なのかを。ぼくたちの一人一人が彼女の人生をつらい毎日に変えてしまった。それでも彼女はぼくたちを恨んではいないことも。

パトリックとグレースにカナのいいところをすべて話したい。でもまずはカナに、彼女がディエムの人生に関わることは何の得にもならないと言ったのは間違いだったと伝えたい。

自分の娘を思う母にそんなことを言うなんて。

何の権利があって、そんなことを言ってしまったんだろう?

31

カナ

家に送ってもらう途中、雨が降り出した。車内には、雨がウインドシールドを叩く音だけが響いている。なぜならわたしたちのどちらも無言だからだ。さっき路地で話をして以来、一言も言葉を交わしていない。

もしかしたら店を辞めると言ったから怒っているのかもしれない。でもその話を持ち出したのは彼だ。なのに無言のままで、居心地が悪い。

でもこのまま働きつづけることはできない。互いになくてはならない存在になってしまったら、わたしがこの町を出るという計画が成り立たなくなる。もともとややこしい状況が、バーで働きつづければ、さらにややこしくなる。

彼が駐車場に車を入れたときも、車内にはまだわたしと彼の間にぎこちないエネルギーが飛び交っていた。いつもなら彼はわたしを車から降ろすとき、エンジンを切らない。でも今夜は、エンジンを切った。そして鍵を引き抜くと、シートベルトをはずして外へ出た。

彼が助手席の側にやってくるまで、三秒もかからなかった。でもその三秒で、わたしは二階まで送ってもらわないと決めた。一人で大丈夫だ。そのほうがいい。彼と一緒にいるときの自分が信用できない。

彼が助手席のドアを開け、傘を差し出す。わたしが傘に手を伸ばすと、彼はそれをひょいと引っ込めた。

「なぜ？」彼がたずねる。

「傘を貸して。一人で上まで行けるから」

彼は一歩さがって、わたしをトラックから出られるようにした。「だめだ。上まで送っていく」

「それはやめたほうがいいと思う」

「絶対にやめたほうがいいよね」そう言いながらも、彼はわたしの頭の上に傘をかざして、歩きつづけた。

階段の踊り場にたどり着く頃には、呼吸がうまくできなくなっていた。バッグから鍵を取り出す。彼がなかに入ろうと思っているのか、そのままお休みといって帰ってしまうのかわからない。どっちでも緊張する。どっちでも受け止めきれない。どっちでもＯＫだ。

ドアの前にくると彼は傘を閉じ、わたしが鍵を開けるのを待っている。ドアを開ける前、わたしは彼をなかに入れず、ここでお休みと言って別れるつもりだとばかりに、振り返って彼を見た。

彼は無言で、ドアを指さした。

静かに息を吸って、ドアを押し開ける。彼はわたしに続いてなかに入ってくると、後ろでドアが閉まった。

今、彼に迷いは感じられない。わたしとは正反対だ。わたしはアイヴィを抱き上げ、バスルームに連れていくと、レジャーがドアを開けても彼女が逃げないようにした。

バスルームのドアを閉めて、振り向くと、カウンターのそばに立つレジャーが、わたしがプリントアウトした手紙の束を手にしている。

その手紙は読まれたくない。わたしは駆け寄り、彼の手から手紙を取り上げ、脇に置いた。

「それが例の手紙？」彼がたずねる。

「ほとんどね。でもファイルもあるの。二、三か月前、それらを全部タイプして、グーグルドライブに保存してる。なくすと困るから」

「一通、ぼくに読んで聞かせてくれない？」

わたしは首を振った。手紙は自分が読むためだけに書いたものだ。彼が読んでくれというのは二度目だ。まあ、それでも答えはノーだけれど。「手紙を読んでくれって言うのは、わたしがあなたに、あなたのセラピーのセッションのテープを聞かせてくれっていうのと同じよ」

「ぼくはセラピーは受けてない」レジャーが言った。

「受けるべきかも」

彼は納得したようにうなずくと、唇を噛んだ。「たぶん受けるよ」

わたしは彼をよけて冷蔵庫まで行くと、扉を開けた。少しずつ食料品もストックできるようになっていて、今夜はランチャブル以外にも食べものが入っている。「何か飲む？ 水か、お茶、ミルクもあるわ」ほとんど空のジュースのボトルも取り出す。「ほんのちょぴりならアップルジュースも」

「喉は乾いてない」

わたしも喉は乾いていない。でもこれからに備えて、わずかに残っていたアップルジュースをボトルから直接飲んだ。このままなら、彼と一緒に干上がってしまいそうな気がしたからだ。彼がこの部屋にいるというだけで、喉がからからになってしまう。

仕事のときとはまるで違う。バーでは、誰かしらがそばにいて、彼に意識を集中させずに済む。

でも、こうしてアパートメントの部屋に二人きりでいると、考えるのは彼との距離がどのくらいで、彼がその距離を詰めて、わたしにキスするまでに何秒かかるかってことだけだ。

わたしは空になったアップルジュースのボトルをカウンターに置いて、口を拭った。

「それがきみがいつもリンゴの味がする理由?」

彼の言葉に、わたしははっと彼を見つめた。誰かがどんな味だか知っていると言うのは、ひどく意味深だ。彼の視線にさらされると、眩暈《めまい》がして、自分がうぶなティーンエイジャーになった気がする。わたしは彼を見ないよう、じっと自分の足もとに意識を集中させて、エネルギーを奪われないようにした。

「あなたの望みは何、レジャー?」

彼はゆったりとカウンターにもたれかかっている。今、彼とわたしの距離はほんの数十センチだ。「きみのことをもっとよく知りたい」

予想外の答えに、わたしは思わず彼を見て、次の瞬間、見なきゃよかったと思った。彼がわたしのすぐそばに来ていたからだ。「何が知りたいの？」

「きみのことをもっと。何が好きで、何が嫌いとか、きみの人生の目標とか。生きている間に何を成し遂げたいとか？」

わたしは思わず笑った。てっきりスコッティかディエムに関すること、あるいはわたしの今の状況について聞かれると思っていた。でも彼はただたわいもない会話をしようとしている。

どう答えればいいのかわからない。「ずっとロックスミス《錠前屋》になりたいと思ってたの」

今度はレジャーが笑った。「ロックスミス？」

わたしはうなずいた。

「いったいなんでまたロックスミスに？」

「誰もロックスミスには文句を言わないからよ。ロックスミスはピンチのときに現われて、人を助ける。きっとやりがいのある仕事よ。誰かの散々な一日をほんのちょっぴりいい日にできるから」

レジャーは感心したようにうなずいた。「ロックスミスになりたいなんて人に会ったのは初めてだ」

「でしょうね。でも今、会った。次の質問は？」

「どうしてディエムって名前を付けたの？」

答える前に、わたしは質問に質問で返した。「なぜパトリックとグレースはわたしが付けた名前を変えなかったの？」

彼は歯を嚙みしめた。「きみとスコッティが相談して、スコッティがディエムに決めたと思ったのかも」

「スコッティはわたしが妊娠していることさえ知らなった」

「きみは自分が妊娠していると知ってたの？」彼は言った。「スコッティが死ぬ前に？」

わたしは首を振って、つぶやいた。「知らない。もしディエムがお腹のなかにいると知ってたら、罪は認めなかった」

彼は質問を重ねた。「なぜ罪を認めたの？」

わたしは両腕で自分の体を抱きしめた。涙が目にしみる。彼の質問に答える前に、大きく息を吸って記憶をたぐりよせる。「頭が混乱して、考えることができなかった」わたしは認めた。作り話はしないし、できない。

レジャーはもうそれ以上詳しくはたずねなかった。しばらく間を置いて、おもむろに口を開いた。「もしぼくがスコッティを知らなかったら、今、ぼくたちはどうしてるかな？」

「どういう意味？」

彼がちらりとわたしの唇に視線を落とす。一瞬だったけれど、わたしにはそれが見えたし、感じられた。「バーで会った夜だ。きみはぼくが誰か知らなかったと言った。もしぼくが行きずりの男で、ディエムやスコッティやきみのことも知らなかったら？　ぼくたちの間に何かが起こっていたと思う？」

「あれだけでは終わらなかったわよね」わたしは認めた。

彼の喉が動く。まるで答えを飲み込むかのように。彼がわたしを見つめ、わたしも彼を見つめ返す。彼の次の問い、次の言葉、次の行動を不安な気持ちで待ちながら。

「なぜそんなことを聞くの？」わたしはたずねた。

「なぜならきみが望んでぼくと一緒にいるのか、あるいは利用できるからぼくと一緒にいるのかは、大きな違いがあるからだ」

わたしは奥歯を噛みしめた。彼から視線をそらし、そばの壁を見つめる。彼の言葉に憤りを覚えたからだ。「もしあなたを利用したければ、すぐにファックしてたわ」カウンターから体を放す。「帰って」わたしはドアに向かった。でも手首をつかまれ、引き戻された。

わたしはくるりと振り向いた。でも彼にむかって叫ぶより先に、わたしの目を捉えたのは彼の瞳に浮かぶ思いだ。謝罪、そして悲しみ。彼の胸に引き入れられ、やさしく抱きしめられた。まだそばに漂っている怒りをどうすればいいかわからず、固まったままのわたしの腕を、彼はそっと持ち上げ、自分の腰に回させた。

「侮辱するつもりはなかったんだ」彼の息が頬にかかる。「ただ、頭に浮かんだ考えを声に出して整理していただけだ」彼の頭がわたしの頭のすぐそばある。あまりの心地よさに、わたしはきつく目を閉じた。誰かに求められるのがどんな気持ちか、忘れていた。わたしを求めて、好きになってほしい。

レジャーはわたしを腕のなかにしっかりと包み込んで言った。「わずか二、三週間で、きみを憎いと思う気持ちが、世界と引き換えにでもきみを欲しいと思うようになった。許してほしい。まだ二つの気持ちがごっちゃになるときがある」

たぶん彼が思っているより、わたしもその気持ちはよくわかる。時にはわたしと娘を隔てる壁になっていることで、彼を責めて、大声で罵りたくなる。でも同時に、娘を愛し、守ってくれていることで、彼にキスをしたくなる。

彼はわたしのあごに指を添え、上を向かせた。「きみがディエムの人生に関わることは彼女のためにならないと言った。今はその言葉を撤回したい」わたしの髪に指を絡め、慈《いつく》しむようにわたしを見つめる。「ディエムはきみのような母親を持って幸運だ。きみは愛情深く、優しく、強い。いつの日か、ディエムもきみのようになってくれたらと思う」彼はわたしの頬を流れる涙を拭った。「どうしたらパトリックとグレースが気持ちを変えてくれるかはわからない。でもやってみるよ。きみのために戦いたい。スコッティもきっとそれを望んでいると思うから」

彼の言葉に、あふれる感情をどうすればいいかわからない。

レジャーはキスをしなかった。わたしが先にキスをしたからだ。彼の唇に唇を押しつける。それ以外にわたしを認めてくれたことへの感謝を表わす言葉がない。彼がわたしをディエムに会わせたいと言ってくれたのが嬉しい。でもディエムがわたしみたいになってほしいと言ってくれたのは、百万歩の前進だ。

それほど優しい言葉をかけられたのは初めてだ。

彼の舌が唇を割って入ってくると、唇から放たれた熱がわたしのなかで脈を打った。彼を引き寄せ、胸をぴったりと寄せ合う。でもまだ足りない。彼がわたしを信じているかどうか確証がないことが、わたしをためらわせる唯一の理由だった。それが明らかになった今、彼のすべてが欲しい。

レジャーはわたしを抱き上げ、キスを続けながらソファへ行った。

彼の重みが心地よくのしかかる。素肌を感じたくて、彼のシャツを脱がせにかかる。でも彼はわたしの手を押し戻した。「待って」体を引く。「待って、待って、待って」

わたしはがっくりうなだれ、うめき声をあげた。もうこのじれったいやりとりに我慢できない。ようやく彼の望みを何でもかなえようと思った。そうしたら今度は彼がしり込みをしている。

彼はわたしのあごにキスをした。「ぼくの早合点かもしれないけど、これからセックスをするなら、服を脱ぐ前にトラックに行って、コンドームを取ってこなくちゃ」

彼のしり込みの理由がわかり、わたしはほっとして彼を突き放した。「急いでとってきて」

彼はソファから立ち上がり、すぐさまドアへ向かった。その間に、わたしはバスルームの鏡で自分の姿をチェックした。アイヴィはバスタブの隣に置いた小さなベッドで眠っている。

歯ブラシに歯磨き粉をつけて、歯と舌も磨く。

スコッティに短い手紙を書けたらいいのに。これから起ころうとしていることについて、彼に警告しておく必要がある。ばかげてるかもしれない。彼はもうこの世にいないし、五年がたっているんだから、誰とセックスしても自由だ。でも彼はわたしの最後の相手で、これは本当に大切な瞬間だ。

おまけに相手は彼の親友だ。

「ごめんね、スコッティ」わたしはつぶやいた。「悪いと思ってる。でもこれを止めるほどは悪いと思ってないの」

玄関のドアが開く音が聞こえた。バスルームを出ると、レジャーがドアに鍵をかけていた。

こっちを見た彼の姿に、わたしは思わず噴き出した。雨でずぶぬれだ。髪から滴って、目に入った雨のしずくを手で払っている。「傘を使うべきだよね。でも一秒だってむだにしたくなかった」

彼に近づき、シャツを脱ぐのを手伝う。お返しに、彼もわたしを手伝ってくれる。よかった、今日はお気に入りのブラだ。バーの仕事のときには、いざというときに備えて、いつもそれを身に着けていた。

レジャーが背中を丸め、雨に濡れた唇でわたしにキスをした。彼の体は冷え切って、唇は氷のように冷たいけれど、舌は燃えるように熱い。

彼の手が髪に差し入れられ、より深くキスができるよう上を向かせられると、みぞおちが熱くなる。わたしは手をさげ、彼のジーンズのボタンをはずそうとした。はやく脱がせたい。彼を感じたくてたまらない。何をどうするのか、まだ覚えているかどうか不安だけれど。

ずいぶん久しぶりだってことを、彼に話しておいたほうがいい気がする。彼は後ろ向きのままのわたしを押して、マットレスに向かった。ベッドにわたしをおろし、すべて脱がせにかかる。デニムが足首までおろされた瞬間、わたしは言った。「スコッティが亡くなって以来、初めてなの」

デニムを引き抜くと、彼はわたしの目を見た。落ち着いた表情だ。わたしに覆いかぶさると、そっとキスをする。「気が変わったなら、そう言って」

わたしは首を振った。「変わらない。でも久しぶりだってことを知っておいてほしかったの。えっと、わたしがあんまり……」

次のキスで、彼はわたしの口をふさいだ。「きみはすでに、ぼくの期待をはるかに越えているよ、カナ」彼の唇が口もとからうなじへと移動し、喉に彼の舌を感じた。

わたしは目を閉じた。

わたしの下着を取り去る間も、彼の舌は首とみぞおちの間を探索している。やがて唇に戻ってくると、脚の間に硬くなっている彼を感じて、期待に胸が膨らんだ。彼に長く、深く、思いの丈をこめてキスをすると、彼はわたしたちの間に手を差し入れ、コンドームをつけた。

彼の昂ぶりを感じる、でもまだわたしのなかには入っていない。かわりに彼の指を感じた。突然の感触にわたしは背中をそらして呻いた。

窓の外にとどろく雷鳴に喘ぎ声がかき消される。雨がさらに激しくなっている。でもBGMに雷雨の音は悪くない。なぜか気分が高揚する。

レジャーの指がわたしの体の上を、そしてなかをたどる、押し寄せる快感にキスを返す余裕もない。かすかに開けた唇から、吐息とともに喘ぎ声がもれる。唇をわたしの唇に押しつけ、なかに入ってきた。

最初は痛みを感じた。彼の肩に唇を押しあてると、彼がゆっくりと腰を動かした。

ようやく彼のすべてがわたしのなかに納まると、わたしは体をそらし、枕に頭を預けた。痛みが快感に変わったからだ。鋭い吐息が肩にかかり、肌がじりりと熱くなった。

ほんの少し腰を持ち上げ、彼にむかってさらに自分を開く。彼がもう一度わたしのなかに入ってきた。

「カナ」わたしはうっすらと目を開けて、彼を見た。唇が触れるか触れないかの位置で、彼がささやく。「気持ちがよすぎる。まだ、だめだ」突然、昂ぶりが引き抜かれ、思わず抗議の声をあげそうになる。けれど、覆いかぶさったままの彼が、指を二本、差し入れると、たちまち不満を唱える余裕はなくなり、わたしは再び快感に喘いでいた。耳もとに唇を寄せて、彼がささやいた。「ごめん。でも入れたら、長くはもたないと思って」

そんなのどうでもいい。このまま手を止めないでほしい。首に腕を巻きつけ、彼を引き寄せる。彼の重みをすべて感じたい。

彼が親指をわたしの中心に滑らせた。体を突き抜ける快感に、彼の肩を嚙んで高みに昇りつめる。わたしの歯が肌に沈んだ瞬間、彼がうめいた。そのうめき声にさらに気持ちが高ぶる。わたしたちは互いのキスを貪《むさぼ》りあった。彼はわたしの喘ぎを飲み込んで、さらなる高みへと導いていく。ふたたび、彼がなかに入って来た瞬間、わたしはまだ震えていた。体のなかで快感の波がうねる。彼はひざ立ちになると、わたしのウエストをつかんで、ぐっと引き寄せた。やばい、彼は美しい。彼が腰をくねらせるたびに、腕の筋肉がしなる。彼はわたしの片脚を肩に乗せた。そしてちらりとわたしを見てから、脚に舌を這わせた。

ポジションを変えて、彼がさらに深くわたしを貫く。彼の我慢の限界はすぐに訪れた。体を固くすると、わたしに自分の重みを預けた。「くそっ」彼は呻いた。「限界だ」激しかったキスが、昂ぶりを抜き去った後は、優しく、おだやかになった。

もう一度、彼が欲しい。でもその前に息を整える必要がある。水分の補給も。さらに数分、キスを続けると、そのまま止まらなくなった。今日、初めて、突然の終わりを迎えるのを心配せずに、お互いを楽しむことができる。

窓にあたる雨音は、この瞬間にもってこいの言い訳だ。終わらせたくない。レジャーもきっと同じ気持ちだと思う。終わるかと思った瞬間、また新たなキスが始まった。

ようやくレジャーはキスをやめた。でもそれはバスルームに行って、コンドームを捨てる間だけだ。すぐにベッドに戻ってくると、わたしの体を後ろからすっぽりと包み込み、肩先にキスをした。

指に指を絡め、その手をわたしのみぞおちに置く。「もう一回、今夜のスケジュールに入れてもかまわない」

わたしは彼の言葉に声をあげて笑った。何がおもしろいのかわからないけれど、おもしろい。

「そうね。Siriに言って、一時間後のカレンダーに入れておこう」わたしはからかった。

「ヘイ、Siri」彼は大声で言った。「一時間後にカナとセックスって、予定に入れて」

「たぶんしないけど」わたしは言った。

レジャーはもう一度キスをした。髪に顔をうずめて、わたしを引き寄せる。

わたしはじっと天井を見上げていた。

たぶん三十分、それよりもっと長い時間だったかもしれない。穏やかなレジャーの息づかいが聞こえる。眠っているに違いない。

雨はまだ降り続いているけれど、気持ちが高ぶって眠れそうにない。バスルームから聞こえたアイヴィの鳴き声に、わたしはそっとマットレスから降り、彼女を部屋に出した。

アイヴィはソファに飛び乗り、そこで丸くなった。

わたしはカウンターに座り、ノートを取り出した。ペンを手に、スコッティへ手紙を書く。

長い手紙じゃない、ごく短いものだ。でも書き終わり、ノートを閉じたときに、レジャーがわたしを見つめていることに気づいた。腹ばいになり、腕にあごを乗せている。

「何を書いたの？」彼がたずねた。

彼が手紙を読んでくれとせがむのはこれで三度目だ。そしてわたしは初めて、その願いをかなえてもいいと思った。

書いたばかりのページを開いて、スコッティの名前を指でなぞる。「気を悪くするかも」

「それは真実？」と彼。

わたしはうなずいた。

レジャーがベッドの自分の隣を手で示す。「なら、聞きたい。ここにきて」

わたしは警告の意味をこめて、片眉を上げた。なぜなら誰もが自分が思っているほどうまく、真実に対処できるわけじゃない。でも彼は平然としている。ごろりと仰向けになった彼の横に胡坐をかいて、わたしは手紙を読みはじめた。

大好きなスコッティへ

あなたの親友と今夜セックスしたの。こんな話、聞きたくないかもしれない。あるいは聞きたいかも。あなたがどこにいるにしても、この手紙を聞いているなら、わたしの幸せを望んでくれるよね。今、レジャーはわたしの人生で、わたしを幸せにしてくれるただ一人の人なの。ちなみにこれは慰めになるかどうかわからないけれど、彼とのセックスはよかったけれど、あなたにはかなわないと思う。

愛してる

カナ

わたしはノートを閉じ、膝の上に乗せた。レジャーはしばらくの間、黙ったまま、じっと天井を見つめている。「最後の言葉、ただ奴の気持ちを傷つけまいとして言っただけだよね？」

わたしは笑った。「そうよ。そういうことにしておく」

彼はノートを脇に置き、わたしに腕を回して、自分の体の上にまたがらせた。「でも、よかった、だよね？」

わたしは彼の唇に人差し指を押しつけ、耳もとでささやいた。「最高だった」

まさにその瞬間、完璧なタイミングで大きな雷鳴がとどろいた。耳をつんざき、みぞおちに響く雷鳴だ。

「まいったな」レジャーが笑いながら言った。「スコッティが怒ってる。取り消したほうがいい。ぼくは最低だったたって言って」

わたしはあわててレジャーの体から滑り降り、仰向けに横たわった。「ごめん、スコッティ。レジャーよりずっとよかった、ほんとよ！」

わたしたちは二人して大きな声で笑い、ため息をついて、それからしばらく降り注ぐ雨の音に耳を澄ませた。レジャーがわたしの腰に手を添え、ごろりと自分のほうを向かせた。わたしのお尻を軽くつねり、うなじにキスをする。「あらためて、ぼくの実力を証明するチャンスが欲しいな」彼のキスが下へと降り、胸の頂をついばんだ。

二度目はもっと長くて、さらによかった。

32

レジャー

子猫は一晩じゅう、カナの腕のなかで眠った。妙な言い方かもしれないけど、アイヴィと一緒にいる彼女を見るとほっとする。カナはアイヴィに愛情を注いで、いつも彼女が外に出ていかないよう気をつけている。

ディエムといても、カナは同じようにふるまうのだろうか？　いつかきっとその光景を見られると思っている。少し時間はかかるかもしれないけれど、なんとか方法を見つけるつもりだ。カナは娘と一緒にいるべきだし、ディエムも母親と一緒にいるべきだ。自分の直感を信じよう。

ぼくはそろそろと体を起こして、スマホで時間をチェックした。もうすぐ朝の七時、そろそろディエムが目を覚ます時間だ。ぼくのトラックがないことに気づかれないよう、パトリックが母親に会いに出かける前に家にいたほうがいい。でもカナが眠っている間に黙って出ていきたくはない。あんな夜を過ごして、起きたら一人だなんて、きっとひどい奴だと思われる。

カナの唇の端にそっとキスをして、顔にかかった髪を優しくなでつける。身じろぎとともに気だるい声をあげたのを見て、彼女が起きていることに気づいた。彼女の声を聞くと、昨日の夜を思い出す。帰りたくない、永遠に。

カナがゆっくりと目を開け、ぼくを見上げた。

「帰らなきゃ」ぼくは小声で言った。「ずっと家にいるわ。今日は仕事が休みなの」唇を閉じたまま、ぼくにキスをする。「あとでもっとちゃんとしたキスをする、でもその前に歯磨きしなきゃ」

カナはうなずいた。「またあとで来てもいい？」

ぼくは笑って、彼女の頬にキスをした。ベッドから出る前に、一瞬交わした目線で、彼女が何かを言いたそうにしているのがわかった。じっと見下ろし、彼女が口を開くのを待つ。でも何も言わないのを見て、もう一度キスをした。「午後には戻ってくる」


遅かった。車を通りに停めたときには、ディエムとグレースは出かける準備をして、すでに前庭にいた。グレースより先にぼくを見つけたディエムが、駆け足で通りを渡ってくる。ぼくは私道にトラックを停め、エンジンを切った。

ドアを開け、ひょいと彼女を抱き上げる。ぼくの首に腕を回し、しがみつくディエムの耳の脇にキスをした。彼女のハグは最強だ。

数秒後、グレースもこちらにやって来た。ぼくをちらりと見るいたずらっぽい目に、一晩家をあけた理由を見透かされた気になる。知ってるわよ、そう言いたげだ。でもぼくが誰と一緒にいたかを知っていれば、そんな余裕はなかっただろう。

「寝不足みたいね」グレースは言った。

「ぐっすり寝たよ。変な想像はやめてくれ」

グレースは笑って、ディエムのポニーテイルを引っ張った。「まあ、間に合ってよかった。出かける前に、ディエムが行ってきますって言いたがってたから」

ディエムはもう一度、ぎゅっとぼくの首にしがみついた。「ディエムのことを忘れないでね」

そう言うと、ぼくの首に回した手を緩める。

「一晩出かけるだけだよ、D。忘れるわけがない」

ディエムは人差し指で自分の顔をつついた。「レジャーはお年寄りだからね。お年寄りはよく忘れるの」

「ぼくは年寄りじゃない」ぼくは言い返した。「グレース、ちょっと待ってて」玄関の鍵を開けて、キッチンへ行くと、昨日の夜、彼女のために買っておいた花束を手にとった。いつも母の日や父の日には、グレースとパトリックにちょっとしたプレゼントを渡している。

グレースはぼくにとって母親同然の存在だ。だからスコッティが生きていたとしても、彼女に花を贈っていたかもしれない。

「母の日おめでとう」花束を受けとったグレースは、嬉しそうに、ぼくをハグした。でも、その瞬間、胸に鳴り響いた後悔に、彼女の〈ありがとう〉がかき消された。

忘れてた、今日は母の日だ。なのにカナの隣で目覚めたとき、何も言わなかった。不覚だった。

「出かける前に、花を水につけておくわ」グレースは言った。「ディエムをチャイルドシートに乗せておいてくれない？」

ぼくはディエムの手を取り、通りを渡った。パトリックはすでに運転席に座って待っている。

グレースが花を持って家に入ると、ぼくは後部座席のドアを開け、ディエムのシートベルトを締めた。「母の日って何？」ディエムがたずねる。

「お祝いの日だよ」言葉少なに説明をする。でもパトリックと目が合った。

「知ってる。でもどうしてレジャーもノノも母の日にナナに花をあげるの？　レジャーのママはロビンなのに」

「そうだね。ロビンはぼくのママだ」ぼくは言った。「そしてランドリーおばあちゃんはノノのママだ。だから今日、会いに行くんだよ。でも母の日には、自分のまわりに大好きなママがいたら、その人にも花を買うんだ。本当の自分のママじゃなくてもね」

ディエムは鼻の上にしわを寄せた。「あたしはママに花をあげなくていいの？」最近、ディエムは自分のファミリーツリーについて考えている。かわいいけれど、心配だ。いずれ彼女は、自分のファミリーツリーが雷に打たれてしまったことを知るだろう。

パトリックがたまりかねて口を挟んだ。「昨日の夜、二人でナナに花をあげただろ？」

ディエムは首を振った。「違うよ。ここにいないあたしのママの話。小さな車を持ってるママのこと。ママには花をあげないの？」

パトリックとぼくはもう一度視線を交わした。パトリックは、ぼくの顔に浮かんだ苦悩をディエムの質問に対するとまどいと誤解しているようだ。グレースが車に戻って来たのを見て、ぼくはディエムの額にキスをした。「ママもきっと花をもらうよ」そっとささやく。「大好きだよ。ぼくのかわりにランドリーおばあちゃんによろしく言っといて」

ディエムはにっこり笑って、小さな指でぼくの頰をつついた。「母の日おめでと、レジャー」

ぼくは車から離れ、気をつけてと三人に言った。でも車が走り去ってしまうと、ディエムの言葉を思い返して、ぼくの心は重く沈んだ。

彼女は母親についていろいろ考えはじめている。パトリックは、ぼくがただ彼女を安心させただけと思っているかもしれない。でも約束は約束だ。「ママも花をもらう」そう請け合った限り、約束は破れない。

カナが誰からも母親であることを祝われず、今日一日を過ごすと考えると、この状況のすべてに怒りを覚える。

ときどき、パトリックとグレースを責めたくなる。でもそれはフェアじゃない。二人は自分のやるべきことをやって、どうにか日々を生き抜いているだけだ。

自分の無力さを感じる。八方ふさがりの状況だ。誰が悪いというわけでもない。ぼくたちは皆、悲しみのなかで、今日を生きるために懸命にもがいている。人より強く悲しみを感じる人もいれば、人より許すことに寛容な人もいる。

誰かを恨んだり憎んだりするのは、つらく苦しい。けれど極限まで傷ついた人にとって、許すことはさらにむずかしい。

数時間後、ぼくはカナのアパートメントの駐車場に車を停め、階段を上がりかけたところで、彼女の後ろ姿を見つけた。店から借りたテーブルを丁寧に拭いている。ぼくに気づいた彼女の目が、ぼくの手のなかの花に止まる。彼女のもとへ歩いていく間も、じっと花を見つめたままだ。ぼくはそれを彼女に差しだした。「母の日おめでとう」花はすでに花瓶に入れてある。

きっと持っていないだろうと思ったからだ。

カナの表情を見ると、花を持ってきてよかったのか、ぼくは不安になった。娘に会えていないのにその日を祝うのは、かえってつらい気持ちにさせるかもしれない。もっとよく考えるべきだった。

彼女はまるではじめてプレゼントをもらうかのように、おどおどと花を受けとると、ぼくを見て、静かに言った。「ありがとう」心からのありがとうだ。彼女の目に涙があふれる。やっぱり花を持ってきたのは正解だった。

「ランチパーティーはどうだった?」

彼女は微笑んだ。「楽しかったわ。とっても」頭をかすかに動かし、自分のアパートメントを示す。「寄ってく?」

ぼくはカナの後に続いて階段を上がった。部屋に入ると、彼女は花瓶に水を足し、カウンターの上に置いて花の向きを整えた。「今日は何をする予定?」

「きみのしたいことなら何でも」そう答えたい。だが昨夜の出来事を彼女がどう思っているのかわからない。その瞬間には完璧だったと思っても、あとから考えると、そうでもなかったってことはよくある。「新しく建てている家に行って、床を貼るつもりだ。パトリックとグレースはディエムと一緒にパトリックの実家へ行って、明日まで帰ってこないから」

カナはピンクのシャツと白いふわりとしたロングスカートといういで立ちだ。Tシャツとジーンズ以外の彼女を見るのは初めてだ。シャツの胸もとからちらりと胸の谷間がのぞく。一瞬の間の後、ぼくは言った。「一緒に来る?」

彼女はおっかなびっくりでぼくを見た。「行ってもいいの?」

彼女がためらっているのは、昨日の夜を後悔しているからじゃない、ぼくが後悔しているんじゃないかと心配したからだ。

「もちろん」迷いのない返事に彼女はにっこり笑い、壁が一気に崩れた。腕のなかに引き入れ、キスをする。唇と唇が重なった瞬間、彼女がほっと力を抜いたのがわかった。

一瞬でも疑念を抱かせた自分に腹が立つ。さっき花を渡した瞬間に、キスをすればよかった。

「途中で、またあのスノーコーンのスタンドに寄れる?」彼女がたずねる。

ぼくはうなずいた。

「ポイントカードは持ってる?」

「外出するときにはいつでも」

カナは嬉しそうに笑って、バッグを手にすると、アイヴィにバイバイと言った。

駐車場で、ぼくたちはテーブルと椅子をたたんで、トラックに積み込んだ。今日、ちょうどここに寄ってよかった。いずれそのテーブルを新居に持っていくつもりだったからだ。

最後の椅子を積み終わったとき、突然、レディ・ダイアナが現われた。ぼくとカナとトラックの間に立っている。「出ていくの、このクズ《ジャーク》と?」カナにたずねる。

「彼をクズって呼ぶのはやめて。レジャーよ」

レディ・ダイアナはじろじろと見て、小さな声で言った。「レジャ、ャ、ャークね」

カナは彼女の侮辱を無視した。「また明日、店でね」

トラックに乗り込むと、ぼくは大きな声で笑った。「レジャークか! いいネーミングだ」

カナはシートベルトを締めた。「あの子、利口だし、なかなかのワルなの。危険な組み合わせよね」

ぼくはギアをバックに入れて、彼女にもう一つ用意していたプレゼントを渡そうかどうか考えた。でも、こうして一緒にトラックのなかにいると、それを思いついたときより気恥ずかしくなった。おまけに何がいいか考えるのに、長い時間を費やしたという事実がもっと気まずい。少なくとも彼女のアパートメントから二キロは離れてから、ぼくは切り出した。「きみにプレゼントを作ったんだ」

信号で停まるのを待って、リンクを送る。彼女のスマホで着信音が鳴った。彼女はリンクをクリックし、まじまじとスクリーンを見つめた。「これって……プレイリスト？」

「ああ。今朝、作ったんだ。二十曲以上入ってる。きみに絶対に悲しいことを思い出させない曲ばかりだ」

リストをスクロールする彼女の反応を、ぼくは伺った。だが、無表情のままだ。窓の外を見て、笑いをこらえるかのように口に手を当てている。ちらちらと彼女を見る。もう我慢できない。「笑ってる？　そんなに変だった？」

彼女はぱっとぼくを見た。笑っている。でもその目には涙があふれそうだ。「全然、変なんかじゃない」

彼女は助手席から手を伸ばし、ぼくの手を握ると、再び窓の外を見つめた。少なくとも三キロ走るまでは、ぼくは笑顔になるまいとした。

けれど五キロ付近を走るころには、しかめっ面になるまいとしていた。たかがプレイリストで、彼女を泣かせたくない。

彼女が抱える孤独を思うと胸が痛い。幸せなカナが見たい。「大丈夫、ぼくがパトリックとグレースにチャンスをくれるように話してみる」そう言いたい。でも彼女とスコッティの過去について、まだぼくがよく知らない事実が、ぼくたちが望む結果を阻む要因の一つになっているのではと心配している。

彼女と時を過ごすたびに、疑問が喉まで出かかる。「何があった？　どうして彼を置き去りにした？」でも今はタイミングが悪い。いや、タイミングはいいけれど、空気が重すぎる。昨日の夜、彼女にいろいろ質問をしているときに聞きたかった。でも口に出せなかった。ときどき、彼女があまりに悲しそうに見えて、さらに悲しい気分にさせることを話してとは言えなかった。

だが、ぼくにはそれを知る必要がある。もしあの夜何が起こって、なぜカナがその行動に出たのかがわからなければ、自信を持って味方をすることはできないし、ディエムの人生に彼女を立ち入らせることもできない。

「カナ？」ぼくたちは同時に目を合わせた。「あの夜、何が起こったかを知りたいんだ」

空気が一気に重さを増す、息をするのも苦しいほどだ。

ぼくのせいで彼女も息苦しくなっているのだろう。大きく一つ、深呼吸をすると、指を曲げて、さらに強くぼくの手を握りしめた。

「事故の夜のことについて、手紙に書いたって言ったよね。その手紙を読んでくれない？」

カナの顔に脅えが広がる。まるであの夜に戻ることを恐れているみたいに。あるいはぼくに引き戻されるのを恐れているのかもしれない。彼女を責めるつもりはないし、こんなことを頼んで申し訳ないと思っている。でも知りたい。

知らなきゃならない。

もしパトリックとグレースの前にひざまずき、カナにチャンスを与えてくれと頼むなら、自分が擁護しようとする人のすべてを知っておきたい。たとえ今すぐ、ぼくの彼女に対する見方が一変するようなことが聞けないとしても。彼女が善良な人間だと信じている。最悪の一夜を過ごした善良な人だ。それはぼくたちの誰にでも起こることで、最悪の事態だ。なかにはほかの人より幸運な人もいて、その場合には最悪の事態が起こっても犠牲者は出ない。

ぼくはハンドルを握り直して、言った。「頼む、カナ。ぼくには知っておく必要がある」

しばらくの間、沈黙が続いたあげく、彼女はスマホをとり、ロックを解除した。こほんと咳ばらいをする。数センチあけていた窓を完全に閉めると、トラックのなかが静寂に包まれた。

カナは張りつめた表情だ。彼女が声を出して手紙を読みあげる前に、連帯……あるいはまだ自分でもよくわかっていない何かを示すために、彼女の髪を一筋指にからめ、耳の後ろになでつける。とにかく彼女に触れて、この目的が彼女の行動の善悪を判断するためではないことを知らせたかった。

何があったのかを知りたい、それだけだ。

33

カナ

スコッティへ

あなたの車はわたしの一番のお気に入りの場所だった。そのことを話したっけ?

それはわたしたちが本当に二人きりになれる唯一の場所だった。わたしはあなたと都合の合う日を楽しみにしていた。あなたがわたしを職場に迎えに来てくれる。あなたの車に乗ると、まるで我が家に帰ったようにほっとした。いつもわたしのためにソーダを買っていてくれたよね。そしてわたしがまだ食事をしていないことを知っていて、必ずカップホルダーにわたしが大好きなマクドナルドのフレンチフライも入れてくれていた。

あなたは優しい人だった。いつでも胸がキュンとするようなことをしてくれた。ほとんどの人は考えもしないちょっとした気づかい。わたしにはもったいない彼だと思っていた。あなたは違うって言ってたけれど。

あなたが死んでしまった日のことを何度も何度も考えた。その日のことを一秒単位まで書き留めておくわ。といっても、大まかな時間だけれど。その朝、実際に一分半、歯を磨いたかどうかはわからない。バイト先の休憩が本当にきっかり十五分だったかとか、あるいは本当にその夜行ったパーティーで過ごしたのがぴったり五十七分だったとかも。

数分の誤差はあると思う。でもほとんどの部分で、あの日起こったことを正確に書くつもり。忘れてしまいたいと願っていることまで全部。

あの日、あなたの大学の友だちがパーティーを開いた。一年のときにルームメイトだった人よね。彼には借りがある、だからパーティーに顔を出さなきゃ、あなたはそう言った。今思えば、パーティーなんて行かなきゃよかった、でも後の祭りよね。それでもよかったと思うのは、その夜、あなたがほとんどの友だちに会えたことよ。あなたが死んでしまった今、パーティーは彼らにとって大切な思い出になったと思うから。

顔を出すだけでも、あなたはもうパーティーになんて興味がなかった。行きたくて行ったんじゃないとわかっていた。あなたは、パーティーは卒業して、人生のもっと大切なことに目を向けはじめていたから。大学院に通いはじめたばかりで、時間があれば勉強しているか、わたしと一緒にいるかのどっちかだった。

長居をするつもりはなかった。だからあなたが友だちと話している間、わたしはリビングの椅子の上で丸くなっていた。あなたが気づいていたかどうかはわからない。でもそこにいた五十七分の間、わたしはずっとあなたを見ていた。あなたはまるで磁石のようだった。あなたを見るとき、皆の目が輝く。たくさんの人に囲まれていても、あなたはまだ挨拶していない誰かを見つけると、大きく腕を広げてハグをして、その人がパーティーで一番大切な人だという気にさせた。

それが訓練の賜物《たまもの》なのか、生まれつきの才能なのかはわからないけれど、あなたはたぶん、自分のパワー、まわりの人に、自分が大切でかけがえのない存在だと思わせる力に気づいていなかった気がする。

パーティーに行って五十六分が過ぎた頃、あなたは、部屋の隅で自分を見つめて微笑んでいるわたしに気づいた。そしてまわりの目も気にせず、わたしのところへやってきた。あなたを見て、わたしは突然、パーティーの主役になった気がした。

あなたの目はわたしだけを見つめていた。大切にされている、そう思った。わたしはかけがえのない存在なんだって。あなたはソファでわたしの隣に座って、うなじにキスをしながら耳もとでささやいた。「一人にしてごめん」

一人になんかしていない。気持ちはずっとあなたと一緒にいた。

「もう帰りたい？」あなたは聞いた。

「あなたが楽しんでいるなら、まだ大丈夫」

「きみは？　楽しんでる？」

わたしは肩をすくめた。そのパーティーより楽しいことならいくらでも思いつく。あなたの顔に広がった笑みを見て、あなたも同じ気持ちだとわかった。

「湖に行く？」

わたしはうなずいた。それはわたしのもっとも好きな言葉だ。湖、あなたの車、そしてあなた。

一ダースのビールのパックをひょいと持って、わたしたちはその場を抜け出し、湖へと車を走らせた。

そこは何度か夜に行ったことのあるお気に入りの場所だった。裏道の先にあって、昔、友だちとキャンプをしたときに見つけたってあなたは言ってた。わたしがルームメイトと住んでいるところからも近くて、だからあなたは真夜中にわたしのアパートメントにふらりと現われて、わたしたちはそこで愛し合った。湖のなかでも、車のなかでもね。そのままそこにずっといて、朝日を見ることもあった。

あの夜、わたしたちはビールを飲んで、その前の週、友だちからもらったマリファナを吸った。ラジオのボリュームをマックスにして、水のなかでじゃれあった。その夜、セックスはしなかった、あなたのそういうところが大好きだった。誰かと付き合って嫌なのは、セックスが当たり前になると皆、じゃれあうのをやめてしまう。

でもあなたとは違う。じゃれあうのはセックスと同じくらい特別なことだった。あなたは水のなかでわたしにキスをした、まるでそれが最後のキスみたいに。もしかしたら何か虫の知らせのようなものを感じていたのかもしれない。今になってそう思う。あるいは最後のキスだったから、わたしがその瞬間をよく覚えているのかもしれないけれど。

水から出ると、わたしたちは裸で桟橋に寝っ転がった。月が輝いていて、世界がわたしたちの上で回っていた。

「ミートローフが食べたい」あなたが言った。

わたしは笑った。だって突然、そんなことを言うから。「ミートローフ？」

あなたはにっと歯を見せた。「そう、いい響きじゃない？　ミートローフとマッシュドポテトって」体を起こして、わたしにシャツを渡す。「ダイナーに行こう」

あなたはわたしよりたくさん飲んでいて、運転をかわってくれと言った。飲んで運転するなんて、いつもならそんなことはしない。でもあの月明かりのなかでは、ノーと言えなかった。わたしたちは若かったし、恋をしていて、幸せの絶頂で死ぬ人はいない、そう思っていた。ハイにもなっていて、判断力も鈍っていた。でも理由はどうあれ、あなたはわたしに運転を頼んだ。そして理由はどうあれ、わたしは引き受けた。

わたしはあの車に乗り込んだ。ドアに手を伸ばしたとき、砂利でつまずいて、ギアがリバースじゃなく、ドライブに入っていることを確かめるのに、何度かまばたきをしなくちゃならなかった。それでもわたしはハンドルを握って、町へ向かおうとした。ひどく酔っぱらって、ラジオのボリュームをさげることも忘れて、大音量で流れるコールドプレイに耳が痛かったのに。

あまり遠くへ行かないうちに、それは起こった。わたしはあなたほど、その道をよく知らなかった。砂利道で、自分がスピードを出し過ぎていて、カーブが急なことを知らなかった。

あなたは言った。「ゆっくり、ゆっくりだ」その声が大きくて、びっくりしたわたしは思いっきりブレーキを踏んだ。今なら砂利道で急ブレーキを踏めば、車がコントロールを失うことは知っている。酔っぱらっているときにはとくに危険だってことも。わたしはハンドルを右に切って、でも車は左に走りつづけた。まるで氷の上を滑るように。

事故の直後、多くの人はその瞬間のことは覚えていない。思い出すのはまず事故の前のこと、それから後のことだ。でも時間とともに、その夜の一秒一秒を思い出す。思い出したいことも、思い出したくないことも。

まずわたしが思い出したのは、あなたのコンバーチブルがひっくり返っていたこと。車が溝にはまったのを感じて、顔を覆わなきゃと思ったことよ。フロントガラスの破片が飛んできたから。

そのとき、わたしが一番恐れたのは、ほんの小さなガラスの破片。走馬灯のようにこれまでの記憶が蘇《よみがえ》るなんてこともなかった。あなたに関しても。心配したのは、フロントガラスに何かあったんじゃないかってことだった。

なぜなら人は幸せの絶頂では死なないから。

次の瞬間、世界が傾いて、頬の下に砂利を感じた。

まだコールドプレイが大音量で流れていた。

まだエンジンも回っていた。

息ができない。叫ぶこともできなかった。でも叫ばなきゃとは思わなかった。ただ、車がどうなったか考えて、あなたが怒るだろうなって思っていた。ささやいたのを覚えてる。「ごめんね」って。あなたの一番の心配は、レッカーを呼ばなくちゃならないことだと思って。

何もかもがあっという間の出来事だった。でもわたしは冷静だった。あなたもそうだと思っていた。大丈夫？　あなたがそう言ってくれるのを待っていた。車のなかで逆さまになったままで、その夜飲んだものがすべて、胃のなかを逆流してきた。圧力を感じて、吐きそうになって、立たなきゃと思った。なんとか身をよじって、シートベルトを手探りではずすと、体がすとんと落ちた。ほんの数センチだけれど、突然のことにわたしは悲鳴をあげた。

あなたはまだ、大丈夫かどうか聞いてくれなかった。

あたりは暗くて、車内に閉じ込められたんだってわかった。わたしは手を伸ばして、あなたの腕に触れた。あなたがきっと出口を見つけてくれる、そう思ったから。あなたを信頼しきって、あなたがいるから冷静でいられた。車のことも、もう心配しなかった。あなたが車よりわたしを心配してくれるってわかっていたから。

スピードを出し過ぎたわけでもないし、無謀すぎる運転をしたわけでもない。ほんの少し酔っぱらって、ハイになっただけだと思っていた。愚かにも、自分では〈ほんのちょっと〉思っていたことが、度を過ぎていたと気づかなかった。

深い溝にはまってひっくり返っただけだ。幌が上がっていないから、被害は大きくないと思った。たぶん修理工場に、一、二週間預ける程度だって。わたしが大好きな車、自分の家のように思っていた車は無事だ。そしてあなたも、わたしも。そう思っていた。

「スコッティ」わたしはあなたの腕を揺すった。自分が大丈夫だと知らせたかった。あなたは驚いて、だから何も言わないんだと思っていた。

あなたは動かなかった。あなたの腕が、わたしたちの頭上になっている道路にだらりと投げ出されていた。最初はあなたが気を失っていると思った。でも手を引っ込めて、なんとか立ち上がると、わたしの手には血がべっとりとついていた。

あなたの体を流れているはずの血が。

どういうこと？　田舎道の脇で、溝にはまるなんてばかげた事故でけがをするなんて。でも、それはあなたの血だった。

わたしは体をひねってあなたに手を伸ばした。でもあなたは逆さまのままで、シートベルトをしていたから、引っ張りだすことができない。何度引っ張っても、あなたはぴくとも動かない。あなたの顔を自分のほうに向けると、眠っているように見えた。目を閉じて、唇がかすかに開いて、何度も一緒に過ごした夜、ふと起きたときに見るいつもの寝顔だった。

何度引っ張っても、あなたは動かない。車が乗っかって、肩と腕を挟まれているあなたを引き出すことも、シートベルトをはずすこともできない。暗い夜だったけれど、海面に反射するように、月の光があなたの血にきらきらと反射していた。

あたりは血の海だった。車がひっくり返っていることが、さらに混乱を大きくした。あなたのポケットは？　スマホは？　電話しなきゃと思った。だからスマホを探して、永遠とも思えるほど長い間、夢中であたりの地面を手で探った。でも手に触れるのは石とガラスだけだった。

その間もずっと、わたしは震えながら、あなたの名前をつぶやいていた。「スコッティ、スコッティ、スコッティ、スコッティ」って。どうやって祈ればいいのかわからなかったけれど、まるで祈りの言葉をつぶやくように。祈りの言葉を誰にも教えてもらわなかった。覚えているのは、あなたのパパとママの家で夕食の前に祈ったこと、養母のモナも祈っていた。でもどちらも食前の祈りだった。あなたに目を覚ましてほしかった。だからあなたの名前を何度も何度も呼べば、神様にわたしの声が届くんじゃないかと思った。ただし神様がわたしの祈りに耳を傾けてくれるかどうかはわからなかったけれど。

その夜、誰もわたしたちのことなんか気にかけていないように思えた。

その瞬間、わたしが経験したことは言葉では言い表わせない。人は恐ろしい状況に直面したら、自分がどんな反応するかわかってると思っている。でもそこが問題なの。極限の状態に置かれたら、人は考えられなくなる。おそらく、それが恐怖のどん底で、わたしたちが世界から切り離されてしまう理由だと思う。そんなふうに感じたの。切り離された《disconnected》って。頭と体がばらばらで、何が起こっているのか理解できなかった。手は地面をさぐっていても、何を探しているかわからなかった。

　わたしはパニックになっていった。時間がたつにつれ、これからの自分の人生がまったく違うものになってしまうと気づいたから。あの一秒がわたしたちの進む道を変えてしまった。もう何一つとして同じじゃない。わたしはあの事故でばらばらになって、もう二度と完全にはつながらない。

　わたしは地面とドアのすきまから外に出た。そして立ち上がって、吐いた。

　何台もの車のヘッドライトが木立を照らして通り過ぎた。けれど誰もわたしたちを助けてはくれなかった。助手席の側に回って、あなたを助け出そうとしたけれど、無理だった。車の下から突き出たあなたの腕。月の光できらきら輝くあなたの血。あなたの手をとって、握りしめる。でも手は冷たい。その間もずっと、あなたの名前を呼びつづけていた。「スコッティ、スコッティ、スコッティ、いや、死なないで」って。フロントガラスの前に立ち、蹴って、壊そうとした。でもひびが入っているのに、ガラスは破れず、あなたを引っ張りだすことができなかった。

　わたしは膝をつき、顔をフロントグラスに押しつけて、自分があなたに何をしたのかを見た。そしてはっきりとわかったの。人はどれだけ愛した相手にも、ひどいことができるって。

想像しうる限りの、強烈な痛みがトルネードのようにわたしを襲った。体が巻き込まれていく。それは頭から始まって、うねり、爪先へと突き抜けた。わたしはうめいて、泣いて、それから車に戻って、あなたの手にもう一度触れた。でも何もなかった。手首の脈も、指先のぬくもりも。

わたしは叫んだ。声を限りに。そしてついに声も出なくなった。

パニックになっていた。そうとしか表現できない。

わたしのスマホも、あなたのスマホも見つからない。わたしはハイウェイにむかって走り出した。事故の現場から離れれば離れるほど、混乱して、起こったことが現実なのか、今起こっていることが現実なのか、わからなくなった。片方は裸足のまま、ハイウェイを走っていくと、自分の姿が見えた。走っても、走っても、進まない悪夢のように、数メートル先をもう一人の自分が走っているのが見えた。

思い出すのに時間がかかったのは事故の瞬間の記憶じゃない。それから後の部分だった。アドレナリンとヒステリーによって引き起こされ、自分がばらばらに砕け散った、その夜の一部だ。喉から、自分でもそんな音が出せるとは思わなかった声が出た。

息ができない。あなたが死んでしまったから。空気がないとき、どうやって息をすればいい？　人生で最悪の事態に、わたしはがっくりと膝をつき、暗闇にむかって叫んだ。

どのくらい道端にいたかわからない。車が何台もそばを通り過ぎて、手にはあなたの血がついていた。わたしは怖くて、腹が立って、あなたのママの顔が目に浮かんだ。わたしがあなたを殺した。誰もがあなたの死を悲しんで、あなたはもう誰のことも大切でかけがえがない存在だと思わせることができない。わたしのせいで……ただ死にたかった。

ほかのことは考えられなかった。

ただ死にたかった。

十一時を過ぎた頃だったと思う、わたしは車道をふらりと歩きだした。一台の車が急ハンドルを切って、わたしを避けた。次も、そして次も、三回試してみたけれど、どの車もわたしをひいてくれなかった。皆、どなり声とともに走り去って、わたしは暗い道路に取り残された。クラクションを鳴らされて、どなられて、誰も助けてくれなかった。一キロ半は歩いたと思う。自分のアパートまであとどのくらいかもわからない。でもたどり着ければ、四階建てのアパートメントのバルコニーから飛び降りることができる。そう考えるのが精一杯だった。あなたと一緒にいたかったけれど、わたしの頭のなかでは、あなたはもう車の下に囚われていなかった。どこかほかの場所、暗闇のなかをふわふわと漂っている。だからあなたと一緒に逝《い》くつもりだった。何の意味があるの？　あなたのいない人生に。

時間がたつにつれて体が縮んで、透明人間になった気がした。

それが最後に思い出したことよ。長い空白の後、ようやく自分があなたを置き去りにしたことに気づいた。

何時間もたって。

あなたの家族に伝えられた情報はこうだった。わたしは家に帰って、眠っていた。でも正確に言えばそれは事実じゃない。ショックで気を失って、次の朝、気がついたときには、警察官がわたしの部屋のドアをノックしていた。目を開けると、わたしは床に倒れていた。頭の横には小さな血だまりがあった。きっとどこかで頭をぶつけたにちがいない。でもそれを確かめる暇もなく、警察官が何人も寝室に入ってきて、一人がわたしの腕をつかんで立たせた。

それ以降、わたしが自分の部屋に戻ることはなかった。

覚えているのは、ルームメイトのクラリッサの怯えた顔。わたしのことを怖がっていたわけじゃない。自分のことが怖かったんだと思う。まるで殺人犯とずっと一緒にいて、何も知らなかったかのように。彼女のボーイフレンドのジェイソン、あるいはジャクソン、あるいはジャスティン（いつも名前が覚えられなかった）が、わたしが彼女の一日を台なしにしたとばかりに彼女をなぐさめていた。

クラリッサに謝ろうとしたけれど、思いと声がつながらない。頭のなかがクエスチョンマークで一杯で、混乱して、疲れて、体じゅうが痛かった。でも、その瞬間、一番強く感じられたのは孤独だった。

知らなかった。その気持ちがずっと続くことになるなんて。ずっと永遠に。パトカーに乗せられたときにわかったの。わたしの人生はあなたと一緒に最高のときを迎えて、あなたがいなくなった後には大事なものは何もないって。

あなたの前に人生はあった。そしてあなたと共にいる人生もあった。でもどういうわけか、あなたの後に人生があると思ったことはなかった。

でも、それはあった。そしてわたしはそのなかにいる。

永遠に。

まだページはある。でも喉がからからで、神経が擦り切れそうだ。レジャーが今、わたしのことをどう思っているのか知るのが怖い。彼はこぶしが真っ白になるほど、ハンドルをきつく握っている

わたしは水のボトルに手を伸ばし、喉を潤《うるお》した。レジャーはハンドルを切って、車を家の私道に入れた。彼はトラックを停め、肘をついてドアに寄りかかった。わたしを見ようともしない。「読みつづけて」

手が震える。泣かずに読みつづけられるかどうかわからない。でもたとえわたしが涙声でも、彼は気にしないだろう。わたしはもう一口水を飲み、続きを読みはじめた。

大好きなスコッティへ

これは取調室でのやりとりよ。

警官：　どのくらい飲んでいた？

わたし：……

警官：事故の後、誰がきみを家に連れて帰った

わたし：……

警官：助けを呼んだ？

わたし：……

警官：事故の現場を立ち去るとき、彼にまだ息があったのを知ってた？

わたし…悲鳴
悲鳴、悲鳴、悲鳴。
悲鳴が続くなか、警官はわたしを牢屋に入れて、落ち着いたら戻ってくると言った。
落ち着いたとき？
そんなときは来なかった。
わたしは
思った
その日
心の
小さな
一部が
なくなった
それからの二十四時間で、さらに二回、取調室に連れていかれた。ほとんど寝ていない、悲しみのあまり、食べることも、飲むこともできなかった。
ただ、死にたかった。
それから言われたの。助けを呼んでいたら、あなたは今も生きていただろうって。そのとき、わたしの心は死んだ。たしか、月曜日だったと思う。事故から二日がたっていた。まだ死んでいないふりをしているけれど、自分のために墓石を買って、その日付を刻みたくなるときがある。わたしの墓標に刻まれるのはこんな文よ。〈カナ・ニコール・ローウェン、愛するスコッ

ティの死の二日後に永眠〉

取り調べの間も、母を呼ぶことは考えもしなかった。気持ちがふさいで、誰かに電話をかける気にもならなかった。友だちに電話をかけたとしても、自分が何をしたか言えるわけもない。

悲しかった、申し訳ない気持ちで一杯だった。結局、あなたに会う前の人生にいた誰も、わたしが何をしたかを知らない。あなたがいなくなって、あなたの家族もわたしに腹を立てていて、誰も面会には来なかった。

警察はわたしに弁護士をつけてくれた。でも保釈金を払ってくれる人はいないし、たとえ保釈されても行くあてもない。拘置所は居心地がよくて、別にいてもかまわないと思った。車のなかであなたと一緒にいられないとしたら、牢屋はわたしが一人でいたい唯一の場所だった。いやなら食事を拒否することもできるし、うまくいけば、最終的に、あの夜、あなたの心臓が止まったと思ったように、わたしの心臓も止まるはずだ。

でも、わたしがあなたの心臓が止まったと思っていたとき、本当はあなたの心臓はまだ動いていた。死んだのはあなたの腕だけだった。考えるとぞっとする。あなたの腕がどんなふうに押しつぶされて、切り裂かれていたか。まったく血が通っていなくて、だからあなたを触ったときに死んでいると思った。でも、そんなひどいけがを負いながら、あなたはどうにか起き上がって、車から出て、わたしが連れて戻ってこられなかった助けを見つけようとした。

もう少し長くあなたと一緒にいて、あなたが生きていることに気づいていたら、あるいは何か手段を講じていたら……。パニックにならず、アドレナリンにも振り回されずに、現実の境界線があやふやにならなかったら……。

もしわたしが、いつものあなたのように冷静だったら、あなたは今も生きていたかもしれない。たぶん、わたしたちは二人で、あなたがその存在を知ることのなかった娘を育てている。たぶん、今頃はもう一人、いやもう二人子どもが増えて、ラッキーならわたしは教師か、看護師か、ライターかになっていたかもしれない。何になるとしても、あなたはきっと応援してくれたよね。

さびしい、あなたに会いたい。

会いたくてたまらない。わたしの目に浮かぶ寂しさは誰の目にも見えないみたいだけれど。ときどき、考えることがあるの。あのとき、わたしの心は空っぽだった。もしその空虚さがわたしの目に現われていたら、判決が変わったのかな?

あなたが死んで二週間後の最初の公判はどうでもよくなった。弁護士はわたしが争うことができると言った。無罪を主張する。あの夜、わたしは正常な精神状態になかった。わたしの行動は意図的ではない、すごく、すごく、すごく後悔していると主張するって。

でもそんな提案もわたしにはどうでもよかった。刑務所に行きたかった。塀の外にいれば、どうしても車とか砂利道が目に入ってしまう、ラジオからコールドプレイが流れてきて、これからはあなたなしで生きていくことを思い知らされる。

今、振り返ってみると、うつ、ひどいうつ状態だったと思う。でも誰も気づいてくれない、わたしを気にかけてくれる人なんて一人もいないと思っていた。誰もが#チーム・スコッティのメンバーで、正義を求めていた。そして残念ながら、法廷では、正義を求める声に共感が入り込む隙間はなかった。

でも、わたしの意見も#チーム・スコッティと同じだった。彼らにとっての正義を望んでいた。皆の気持ちがよくわかった。あなたのパパ、あなたのママ、法廷を埋めつくしたあなたの人生に関わったすべての人たちの気持ちが。

わたしは罪を認めた。弁護士はあわてていたけれど、そうするしかなかった。何度も公判が続いて、わたしがあの夜、逃げ出した後、あなたがどんな経験をしたかについて詳しい話を聞くなら、むしろ死んだほうがましだと思った。そんなのつらすぎる。悪夢のなかにいるような気がした。

ごめんね、スコッティ。

わたしは頭のなかで、その言葉をずっと繰り返していた。**ごめんね、スコッティ。ごめんね、スコッティ。ごめんね、スコッティ。**

判決が言い渡される日が決まった。最初の公判からその日までの間に、わたしはしばらく生理がないことに気づいた。もともと周期が不安定だから、誰にも言わなかった。でももっと早く、わたしのなかであなたの忘れ形見が育ちつつあることを知っていたら、絶対に戦っていたと思う。自分のために、そしてわたしたちの娘のために。

判決の日、わたしはあなたのママが読みあげる被害者家族の陳述を聞くまいとした。でも彼女の言葉の一つ一つがわたしの骨に刻みつけられた。

わたしはかつてあなたが話してくれたこと――わたしをおぶって階段を上がっているときに話してくれたこと――を思い出していた。二人はもっと子どもを欲しかったけれど、なかなか子どもができなくて、あなたはようやく生まれた奇跡のベビーだって。

その瞬間、わたしはそのことだけを考えていた。わたしはミラクルベビーの命を奪った。もう彼らには子どもがいない。すべてはわたしのせいだって。

わたしにも陳述の時間は割り当てられていた。でも傷ついて、ひどく弱っていた。だから自分の番が来たとき、立ち上がって言った。できませんって。肉体的にも、感情的にも、精神的にも限界だった。椅子から立ち上がれなくて、でも立とうとした。そばにいた弁護士がわたしの腕をつかんで、倒れないよう支えてくれた。彼がわたしのかわりに陳述書を読んでくれるかもしれないと思った。でもわからない。その日、法廷で何が起こったのか、はっきりとは覚えていない。あの夜と同じで、あまりにいろいろありすぎて、遠く離れたところから悪夢を見ている気分だった。

視野が狭くなって、まわりに大勢の人がいることも、裁判官が何かを話していることもわかっていた。でも頭がぼうっとして、誰が何をしゃべっているのか内容が理解できなかった。判決を言い渡されても、わたしは何も反応を示さなかった。何が起こっているのか理解できなかったから。脱水のために点滴を受けて、ようやく理解ができた。わたしは禁固七年を言い渡された。ただし服役の態度がよければ、それより短くなる可能性もある。

「七年……」こう思ったのを覚えてる。「そんなの短すぎる」

わたしが置き去りにした後、あの車のなかであなたがどうしていたのか、考えないようにしている。あなたがわたしのことをどう思ったのか。わたしが車から投げ出されたと思った？　わたしを探していた？　それとも、わたしに置き去りにされたと知ってた？

その夜をあなたが一人で過ごしたと思うと、皆、胸を締めつけられる思いだったと思う。あなたがどんな思いをしたかは誰にもわからない。あなたが何を考えて、誰の名前を呼んで、最後の数分がどんなものだったのか。

突然、つらい人生を送ることになってしまったあなたのママとパパの悲しみは想像もできない。

ときどき、思うの。だからディエムがここにいるのかなって。たぶんディエムがあなたにかわってママとパパを見守ってくれているのよね。

でも同時に、わたしがディエムに会えないのは、あなたがわたしを罰しているのかもしれないとも思う。それでもいい。当然よね。

抗ってみるつもりだけれど、仕方のないことだとも思っている。

毎朝、目が覚めると、心のなかで謝るの。あなたに、あなたの両親やディエムに。一日じゅう、あなたのパパとママに心のなかで感謝する。わたしたちにかわって、娘を育ててくれてありがとうって。そして毎晩、眠る前にもう一度謝る。

あなたの死に方を考えれば、わたしの刑期は正義が果たされるのに十分だったとは言えない。でもせめてあなたの家族が、その夜のわたしの行動を知って、それが自分勝手な動機によるものではないとわかってくれたらと思う。恐れ、ショック、苦しみ、困惑、恐怖がわたしをあなたから遠ざけた。自分だけが逃げようなんて思っていなかった。

わたしは悪い人間じゃない、あなたもそれはわかっていると思う。今、どこにいるとしても、あなたはわたしを許してくれるよね。あなたはそういう人だから。いつかディエムもわたしを許して許してくれたらいいのに、望みはそれだけよ。それからあなたのママとパパも。

それから、いつか奇跡が起こって、わたしも自分を許せたらと思う。
そのときまで、愛してる。会いたいよ。
ごめんね。
ありがとう。
ごめんね。
ありがとう。
ごめんね。
ありがとう……

34

カナ

わたしはドキュメントのウインドウを閉じた。もう読めない。涙があふれる。意外にも、泣き出すまでにかなりの部分を読めた。でも声に出すときは、言葉を嚙みしめすぎないようにした。

スマホを脇に置いて、涙を拭う。

レジャーは微動だにしない。ずっと運転席のドアにもたれかかったまま、前を見ている。わたしの声はもうトラックのなかに響いていない。息詰まるような静寂に、ついにレジャーが耐えられなくなった。ドアをさっと開け、トラックの外に出る。トラックの後ろへ歩いていくと、無言のままテーブルをおろしはじめた。

わたしはリアビューミラーで彼を見ていた。テーブルを地面に置くと、今度は椅子に降ろしにかかる。その後、テーブルに椅子を重ねる。テーブルと椅子のぶつかる大きな音が胸に響いた。

レジャーが二つ目の椅子をつかんで、庭に投げた。怒っている。見ていられない。

彼に手紙を読んだことを後悔し、わたしは背中を丸め、手で顔を覆った。彼が何に腹を立てているのかわからない。この状況に？　それともわたしに？　あるいは、それが五年分の感情を整理する彼なりの方法なの？

「ちくしょう」彼は叫びながら、最後の椅子を放り投げた。彼の声が宅地を取り囲むうっそうとした森に響き渡る。

テイルゲートを叩きつける音でトラックが震えた。

今、聞こえているのは、自分の浅く早い呼吸の音だけだ。トラックから出るのが怖い。もし彼の怒りがわたしに向けられたら、彼とどう向き合っていいかわからない。

わかっていたらいいけど。

喉にこみ上げる塊をごくりと飲みくだしたとき、砂利を踏む彼の足音が聞こえた。彼が助手席の側へやってきてドアを開ける。わたしはこわごわ手をはずし、彼を見上げた。

彼はトラックのルーフをつかんで、体をかがめた。持ち上げた腕の内側に頭をもたせかけている。目が真っ赤だ。けれど彼の表情は憎しみのそれじゃない。怒りでもない。あるとすれば、申し訳なさだ。自分の怒りの爆発がわたしを怖がらせたことを、申し訳なく思っている。

「きみに腹を立てているんじゃないんだ」彼は唇をきつく結んで、うつむいた。頭をゆっくりと振る。「ただ、あまりいろいろありすぎて」

わたしはうなずいた。でも胸がどきどきするし、喉が締めつけられて声が出ない。それにまだ、何と言えばいいのかわからない。

ルーフから手を放しても、彼はうつむいたままだ。目が合った瞬間、彼が手を伸ばし、助手席に座るわたしの脚にその手を添えて、自分と向き合うようにわたしを座らせた。

次の瞬間、レジャーはわたしの顔を包み込み、あごに指をそえて上を向かせた。ゆっくりと息を吐く。やがて、おもむろに口を開いた。「悲しかったね。彼を失って」

その言葉を聞いたとたん、涙があふれた。それは、あの夜、スコッティを失って以来初めて、わたしもまた悲しんでいるという事実を誰かに認めてもらえた瞬間だった。レジャーの言葉はわたしにとって、彼が考えるよりはるかに大きな意味がある。

苦しげな表情で彼は続けた。「きみに対するぼくたちの態度をスコッティはどう思うだろう?」彼の目からこぼれた涙が頬を伝う。たった一粒だけの孤独な涙、それがわたしをさらに悲しくさせた。「ぼくはきみがこの数年間流してきた孤独な涙の理由の一部だよね。ごめん、カナ。悪かった」

わたしは彼の胸に手を置いた。ちょうど心臓の上だ。「いいの。わたしが書いたことで何も変わらない。やっぱり一番悪いのはわたしだから」

「だめだ、こんなのおかしい」彼はわたしを抱きすくめ、つむじに頬を押しあてた。右手で、円を描くようにわたしの背中をさする。

長い間、彼はそのままわたしを抱きしめていた。わたしも体を離さなかった。

彼はわたしがあの夜の出来事をシェアできた最初の人だ。これで状況がよくなるのか悪くなるのかわからないけれど、こうしていると心が安らぐ。だからたぶん意味があることだ。

体にのしかかっていた重みが取り払われた気分だ。わたしの浮上を阻む重石じゃない。ディエムをこの手に抱くまではそれがなくなることはない。でもわたしの痛みの一部を彼に預けることができた。ほんの数分、彼がわたしの体を水の上に持ち上げて、息ができるようにしてくれたような感覚だ。

彼は最後に体を引き、じっとわたしの顔を見て、そこに慰めたくなる何かを見たに違いない。わたしの髪を優しくなで、額にそっとキスをした。そして鼻先、そして唇にも。

彼がお返しのキスを期待しているとは思わない。でも次の瞬間、わたしはこれまで感じたことのない衝動を感じて、彼のシャツをつかみ、無言のままもっとキスをねだった。彼はわたしの望みをかなえた。

彼のキスから許しを感じる。わたしのキスからは謝罪が感じられたはずだ。わたしたちは互いの体が離れそうになるたびに、何度も、何度もキスをした。

わたしがあおむけになり、彼が上半身をわたしの上に重ねる格好になっても、まだキスは続いた。

やがて熱気で窓がすべて曇ったトラックのなかで、彼はわたしのうなじから体を引き、ちらりとわたしを見た。火花を思わせる、一瞬の鋭い眼差しだ。でもその眼差しで、彼がもっと先を望んでいることがわかった。わたしも同じ気持ちだ。わたしがうなずくのを見て、彼は体を離し、グローブボックスを開けた。コンドームを出し、袋を歯で引きちぎると、片手ですばやく装着する。わたしは下着をおろし、ロングスカートをウエストまでたくし上げた。

でも彼は袋を開けて、そこではたと動きを停めた。

彼の熱い視線にさらされ、一秒が何秒にも感じられる。

次の瞬間、彼はコンドームを脇に放りなげ、再びわたしの体に体を重ねた。何度も唇にキスをする。頬をくすぐる熱い吐息のなかで彼が言った。「ここじゃだめだ。ベッドに行こう」

わたしは彼の髪をひっぱった。「ここにベッドはないでしょ？」

彼は首を横に振った。「だめだ」

「マットレスでも？」

「ぼくたちの最初の二回はマットレスの上だった。でもきみにはベッドがふさわしい。そしてここにはベッドがない」

「ハンモックはどう？」

わたしの言葉に彼はにこりと笑って、でも首を振った。

「ヨガマットは？　贅沢は言わないわ」

彼は大きな声で笑って、わたしのあごにキスをした。「やめる、あるいはこのトラックでやる、どっちかだ」

わたしは脚で彼のウエストをはさんだ。「トラックで何か問題ある？」

彼はわたしのうなじにむかってうめくと、わたしのお尻を持ち上げて、負けを認めた。

コンドームの封を開ける。その間に、わたしは彼のジーンズのジッパーをおろした。

彼がわたしの体をシートの一番端まで引っ張りおろす。トラックは絶妙の高さだ。お互い無理をせず、そのポジションになることができる。彼はわたしのお尻をつかみ、一気に入ってきた。本物のベッドじゃなくても、昨日の夜と変わらず、よかった。

35

レジャー

家のなかに入って、床を張るのに必要な時間、どうやって彼女から離れている自制心を保てばいいのかわからない。

彼女はぼくを見ながら、ときどきノートに何かを書き込んだりしていた。でも作業が遅れていることを話すと、すぐに手伝うと言ってくれた。

それから三時間、ぼくたちは作業をした。時折ちょっとした休憩をし、水を飲んで、何度かキスをしたけれど、リビングルームの床は完成まであと少しだ。

もし彼女があのシャツとスカートを身に着けていなかったら、今頃は全部終わっていただろう。彼女は床に這いつくばって、フローリングの板を押さえるのを手伝った。彼女を見るたびに、シャツに目がいってしまう。気が散りすぎて、けがをしてしまわないのが不思議なくらいだ。

トラックを出てからのぼくたちの会話はたわいのないことばかりだ。まるで大切なことはトラックに置いて、この家には重い話題は持ち込むまいとするかのように。

今日はすでにいろいろありすぎた。できるかぎり明るい気分でいたい。彼女も同じ気持ちだと思う。家のなかに入ってからは、ぼくは手紙のことには触れなかった。彼女も接近禁止命令のことは持ち出さなかった。母の日の話もしなかった。ぼくたちの始まったばかりの関係がどんな意味を持つのか、今後、それがどうなる可能性があるのかも話さなかった。いずれは話すだろうけれど、今この瞬間は二人とも、できるだけいい時間を過ごすことだけを考えていた。

カナとぼくには今日のような一日が必要だ。とくにカナは。彼女の肩には、いつも世界の重みがのしかかっている。だが今日の彼女はまるで重力から解き放たれたように、ふわふわと軽やかだ。

この数時間の彼女は、出会って以来、どの日よりも、微笑み、声をあげて笑っている。ぼくは、自分もまた彼女が抱えている重みの大きな部分だったのではないかと思った。

カナが板を押さえたまま、水のボトルに手を伸ばす。ぼくがちらりと胸を見たのを感じて、笑った。「わたしの目が見られないの?」

「きみのシャツに夢中なんだ」普段、彼女はTシャツを着ている。でも今日は胸もとが開いたしなやかな素材のシャツを着ていた。三時間働くと、汗でシャツが貼りついている。「すごくすてきだから」

彼女が笑った瞬間、またキスがしたくなる。這っていって、手を伸ばし、何度かキスをすると、彼女が仰向けに倒れた。笑いながらキスを続け、彼女の上に乗る。

家具がないのが気に入らない。仕上げたばかりの床の上でじゃれあうのも悪くないけれど、何か柔らかなもの、彼女の唇と同じくらい柔らかなものの上でキスがしたい。

「一生、床が仕上がらないわよ」彼女がささやいた。

「床なんかクソくらえだ」さらに数分、キスを続けると、ますます気持ちが高まっていく。ひっぱって、つまんで、味わって、わけがわからなくなって、やがてぼくが大好きな彼女のシャツは、床の上、ぼくたちのすぐ脇に脱ぎ捨てられた。

うっとりと彼女のブラを眺め、その上の肌にキスをすると、彼女が小さな声で言った。「怖い」ぼくの髪に手を差しいれて、そのままそこに置いたままだ。ぼくは体を離して、彼女を見下ろした。「あなたが二人に話をする前に、わたしたちのことがわかってしまったらどうなるの？　こんなの、無謀すぎる」

せっかく楽しい時間を過ごしているのに、今日は彼女にいろいろ考えさせたくない。町を出たら戻るまで、あれこれ考えてもしょうがない。ぼくは彼女の額にそっとキスをした。「心配しても、状況がよくなるわけじゃない。パトリックとグレースは町にいない。どうなるかわからないけれど、ぼくたちが今、ここで楽しんでいてもいなくても、何かが起こるときには起こる」

ぼくの言葉に、彼女はにっこり笑った。「それもそうね」ぼくの首に手を回し、自分の唇にむかって引き寄せる。

そのままキスをしようとして、次の瞬間、ぼくはささやいた。「もしきみをずっと隠しつづけなくちゃならないとして、起こりえる最悪の事態は何？　ここのクローゼットを見ただろ、カナ。すごく大きい。きっと気に入るよ」

彼女がぼくの唇越しに笑った。

「ミニ冷蔵庫とテレビを置くよ。二人が来たらクローゼットに行って、旅行中だってことにすればいい」

「ひどい冗談ね」彼女は言った。でも笑っている。キスを何度かすると、やがて笑いはなくなった。ぼくは彼女の上から降り、隣で床に横たわった。

そのとき初めて、ぼくたちは目をそらさなければと感じることなく、まっすぐに見つめあった。あらためて見た彼女は最高に美しい。

でも、それを声に出しては言わなかった。なぜなら彼女にはほかにもすばらしいところがいくつもある。ただ見た目だけをほめそやしたくない。彼女は賢明だ。そして強くて、活力にあふれている。

彼女の完璧な顔から、胸の谷間へゆっくりと目を移すと、寒気を感じたのか彼女がぶるりと震えた。「床を終わらせよう」ぼくは彼女の胸のふくらみを優しく包み込んだ。「ぼくを誘惑するのをやめて、シャツを着て」

彼女が笑った瞬間、部屋の向こうで咳払いが聞こえた。

はっとして起き上がり、誰だか知らないけれど侵入者からカナの姿を隠そうとする。

目を上げると、入口に立っていたのは両親だった。二人そろって天井を見上げている。カナはすぐにあわててぼくから離れ、シャツをつかんだ。

「驚いた」カナがつぶやく。「誰？」

「両親だ」二人のお気に入りの趣味に決まりの悪い思いをしながら、ぼくはぼそりと言った。

二人に聞こえるよう、わざと声を張りあげる。「今日くるなら、前もって言ってくれればよかったのに！」カナの手を引っ張って、助け起こす。二人がぼくたち以外のあちこちに目をやっている間に、カナがシャツをはおるのを手伝った。

父さんが言った。「入ってくるときに、咳ばらいをしたよ。ほかにどんな警告が？」

本当なら気恥ずかしい場面だけれど、ぼくは別に恥ずかしいとは思わなかった。二人のいたずらには慣れっこだ。でも、カナは違う。

今、彼女はシャツをはおって、ぼくの後ろに立っている。父さんが貼りかけの床を手振りで示した。「かなりはかどっているようだな……床が」

「床以外にもね」母さんはこの状況を楽しんでいるらしい。カナはぼくの腕に顔をうずめた。

「レジャー、お友だちを紹介してくれない？」母さんが微笑んだ。でも母さんの微笑みにはいろいろな意味がある。いつも優しさを意味するわけじゃない。でも、この笑顔は心からで、コリヤオモシロクナリソウの笑みだ。

「これは……その……」どんなふうにカナを紹介したらいいのかわからない。どっちの名前を使うのかも。もしカナと紹介すれば、二人も名前に聞き覚えはあるはずだ。でも彼女の顔を知っているかどうかわからない。「彼女は……新しい従業員だ」どう対処してほしいか、カナに聞く必要がある。ぼくは彼女の肩に腕を回し、寝室へ連れて行った。「ちょっと失礼。二人で話がある」ぼくは肩越しに言った。

寝室へ向かい、二人の見えないところまでくると、カナが目を丸くして小声で言った。「わたしが誰か、話さないでね」

「嘘はつけない。母さんはもう少し見ていたら、きっときみが誰かに気づくだろう。裁判も傍聴していたし、一度見た人の顔は忘れないたちだ。それにきみが町に戻ったのも知ってる」

カナは今にも倒れそうだ。おろおろと歩き回る彼女の肩に、ふたたび世界がのしかかっているのがわかる。彼女はおびえた目でぼくを見た。「二人はわたしを憎んでいる?」

その質問はぼくの心にぐさりと刺さった。彼女の目にこみ上げる涙を見たせいもある。そしてこの瞬間、ぼくは改めて彼女が、スコッティと知り合いだった人が皆、自分を憎んでいるに違いないと思っていることに気づいた。「まさか。二人はきみを憎んでなんかいない」

でも、その言葉が真実かどうか、ぼくも実際は知らない。スコッティが死んだとき、ぼくの両親も心潰れる悲しみを味わった。ぼくがランドリー夫妻にとって息子同然なのと同じく、スコッティはぼくの両親にとって大切な存在だった。でもカナについてどう考えているか、両親と話したことはない。それは五年前で、事故についてどんな会話をしたか思い出せない。今はもう、その話もめったにしない。

カナはぼくの考えを察したのか、ちょっとしたパニックになりはじめている。「わたしを家に連れて帰ってくれない? 裏口からこっそり出て、トラックのところにいるから」

両親がカナの正体に気づいていようがいまいが、カナは二人がどんな人間か知らない。心配することは何もないと気づいていない。

ぼくは両手で彼女の顔を包み込んだ。「カナ、二人はぼくの両親だ。きみが誰かわかったとしても、どんなときにもぼくの味方をしてくれる」その言葉で彼女は少し落ち着いた。「とりあえずニコールと紹介して、きみを家に送っていく。それから二人に真実を話すよ。それでいい? 二人はいい人だよ。きみと同じようにね」

うなずくカナを見て、すばやくキスをすると、彼女の手をとって寝室から出た。両親はキッチンにいて、最近、ローマンとぼくが作った家具を眺めている。ぼくたちが戻って来たのに気づいて、さりげなくカウンターに寄りかかり、あらためて紹介を待った。

ぼくは手振りでカナを示した。「ニコールだ」それから両親も手振りで示す。「母のロビンと父のベンジーだ」

カナはにっこり笑って、握手をした。でも次の瞬間、すぐにまたぼくの脇にさっと戻る。まるで少しでもぼくから離れるのを恐れているかのように。ぼくは彼女の手をとり、自分の後ろへ移動させると、ぎゅっと手を握って安心させた。

「あなたに彼女ができたのは嬉しい驚きよ」母さんが言った。「てっきり、今日、ここで一人でふさぎこんでいると思ってたのに」

聞きたくない話題だ。「なぜぼくがふさぎ込むの?」

母さんは陽気に笑って、父さんを振り返った。「ほらね、十ドルいただきよ、ベンジー」父さんにむかって片手を差し出す。父さんは財布から十ドル札をとりだして、母さんの手のひらに乗せた。母さんはそれをジーンズのポケットに入れた。「今日、あなたがハネムーンに行く日だってことを覚えているかどうか賭けたの」

ぼくは少しも驚かなかった。「ぼくが母の日を忘れてることは賭けたのはどっち?」

母さんが片手を上げた。

「忘れてない。メールをチェックしてみて。花を贈ろうにも、今週はどこにいるかわからなかったから、かわりにギフトカードを贈った」

母さんはポケットから十ドルを出し、父さんに返した。ぼくに歩み寄って、ハグをする。「ありがとう」カナのほうは見なかった。なぜならハグの最中に、パティオのドアに気がついたからだ。「あら、ステキ！　想像していたよりずっといいじゃない！」ぼくを放すと、折り畳み式のドアに向かっていった。

父さんはまだ、カナの様子を伺っている。気をつかって、会話に引き入れようとしているらしい。でも今の彼女には無視されるほうがはるかに気楽だ。

「ニコールは仕事に行かなきゃならないんだ」ぼくはだしぬけに言った。「彼女を送っていくよ。また家でね」

母さんがぼくの後ろではっと息を吐いた。「まだ来たばかりよ。全部、見せてちょうだい」

父さんはまだカナを気にしている。「ニコール、きみはほかの客にも何か……するの？」ぼくをさっと手で示す。「レジャー以外にも……？」

カナは静かに息を吸って言った。「ああ、えっと、レジャー」

ぼくはもう一度彼女の手を握った。たちの悪いジョークだ。父さんも本気でそう思っているわけじゃない。でもぼくたちはさっき……。「きみが仕事をしてないときとか、ぼくのところで働いていないときとかに……何をしてるのかって意味だと思うよ」カナはとまどったようにぼくを見ている。「さっきぼくが従業員だって紹介したのに、きみが仕事に行くって嘘をついたからだ。二人はぼくのバーが日曜は休みだってことを知っている。だからほかに何か……」

あわてて取りつくろうとしたのに、どんどんしどろもどろになっていく。父さんと母さんはそれを聞きながら、ぼくがあわてふためく様子を楽しんでいた。

母さんは父さんの隣に戻って、嬉しそうににやにやしている。

「家に送って」カナが悲壮な声を出した。

ぼくはうなずいた。「ああ。これって拷問だ」

「わたしにとっては嬉しい驚きよ」母さんが言った。「今までで最高の母の日のプレゼントかも」

「結婚できなくて、ここで落ち込んでると思ってたのに」父さんが言った。「こりゃ父の日には何がもらえるか楽しみだ」

「わたしには想像できるわ」

「いい加減にしてよ。ぼくはもう三十だよ。いつになったらやめるつもり？」

「まだ二十八よ」母さんが言った。「もう、じゃない。もう三十は二十九になって言うことよ」

「行こう」ぼくはカナに言った。

「だめよ、彼女を夕食に連れてきて」母さんが言った。

「彼女は腹がすいてないんだ」カナをドアへと促す。「家でね」

トラックまであと数メートルのところまできて、ぼくは両親を新居に残していくのが何を意味するかに気づいて、立ち止まった。「すぐ戻ってくる」トラックを指さし、先に乗っていてくれと指で示す。それから向きを変えると、家に戻り、玄関に入った。「ぼくの家でいちゃつくのはだめだ」

「まさか」父さんが言った。「するもんか」

「マジで言っている。これはぼくの家だ。ぼくより先にそんなことをされたら最悪だ」

「しないってば」母さんがしっしと追い払う。

「そんなに若くない」父さんが言った。「わたしたちはもう年寄りだ。息子はもう三十だし」

ぼくは玄関で、二人に家を出るよう手振りで示した。「出た、出た。行って。信用できない」

二人が外に出るのを待って、玄関の戸締りをすると、二人の車を指さす。「家で待ってて」

二人の不満の声には耳を貸さず、トラックに向かって歩き出す。二人の車が出て行ったのを見て、カナとぼくは同時にため息を吐いた。「ときどき手に負えないときがある」ぼくは認めた。

「まあ、なんていうか……」

「親って厄介だよね」ちらりとカナを見る。彼女は微笑んでいた。

「驚いたわ。でも二人ともいい人みたいね。さすがに一緒に夕食はまだちょっと……」

もちろんそうだ。ぼくはエンジンをかけると、シートの真ん中を指さした。砂に引いたラインが何であれ、それはもう消えかかっている。彼女にはできるだけ近くにいてほしい。彼女は滑るように体を寄せて、ぼくの隣に座った。ぼくは彼女の膝に手を置いて、車を走らせた。

「いつもするよね」彼女が言った。

「何を?」

「しょっちゅう指をさしてる。失礼よ」怒っているというより、おもしろがっている口調だ。

「指なんかさしてない」

「やってる。バーに行った最初の夜に気づいた。それがあなたにキスを許した理由よ。セクシーだと思ったの。あなたがいろいろ指さすのが」

ぼくはくすっと笑った。「失礼なのにセクシーなの？」

「まさか。優しさがセクシーよ。たぶん、失礼は違うかも」彼女は頭をぼくの肩にもたせかけた。「あなたの指をさす仕草がセクシーなの」

「ほんと？」ぼくは彼女の膝から手を離し、郵便箱を指さした。「カナ、見てよ。あれ何かな？　びっくり、ハトの豆鉄砲だ」

彼女は首を傾げ、不思議そうにぼくを見ている。標識で車が停止すると、彼女は言った。

「スコッティもよくそのフレーズを言ってた。どういう意味？」

ぼくは首を振った。「スコッティの口癖さ」その起源を知っているのはパトリックだけだ。口癖の誕生に感動のエピソードもない。でもぼくはまだそのフレーズを使いつづけている。カナはそれ以上、何も聞こうとせず、腰を浮かして、ぼくにキスをした。ぼくは通りに車を停めた。カナは微笑んでいる、そして彼女の笑顔を見るのはぼくを幸せな気分にした。ぼくは道路を振り返り、再びカナの膝に手を置いた。

彼女はぼくの肩にもたれている。しばらくすると、彼女が言った。「スコッティと一緒にいるときのレジャーを見たかったたな。きっと楽しいやりとりが聞けたよね」

彼女がその言葉を口に出してくれたことが嬉しかった。希望を感じる。ぼくたちは皆、スコッティが悲劇的な死を遂げたという事実を、いつか乗り越える必要がある。彼の思い出を語るときにはポジティブな感情だけを持っていたい。みんなとスコッティについて語れるようになりたい。とくにパトリックと。彼を泣かせずに。

ぼくたちは皆、スコッティを知っている。でも彼についての思い出は様々だ。パトリックとグレースは、カナだけが知るスコッティの思い出を聞いて心が慰められるかもしれない。

「ぼくもきみがスコッティと一緒にいるところを見たかったな」

カナはぼくの肩にキスをして、ふたたび頭をもたせかけた。静かだ。ぼくは手を上げて、自転車に乗る少年を指さした。「ほら、自転車だ」近づいてくるガソリンスタンドを指さす。「ほら、ガソリンスタンドだ」空に浮かぶ一片の雲を指さす。「ほら、雲だ」

カナはうめき声とも笑い声ともつかない声を出した。「やめて。せっかくのセクシーが台なし」


二時間前、ぼくは後ろ髪をひかれる思いで、カナのアパートメントを出た。キスをやめて、トラックに戻るまでたっぷり十五分はかかったかもしれない。それでもまだ立ち去りがたかった。午後の残りの時間をずっと一緒に過ごしたい。できることなら夜も彼女と。でもぼくの両親は、計画って概念を持たない自由人だ。そして二人はいつも最悪のタイミングで現われる。

少なくとも、今日は昼間だからまだましだ。一度は午前三時に来たこともあって、起きたら、父さんが裏庭で大音量のニルヴァーナをききながら、庭のグリルでステーキを焼いていた。

今夜、父さんはハンバーガーを作った。ぼくは夕食の間じゅう、カナ、というよりニコールについてきかれるものと身構えていた。だが、食事を終えて一時間たっても、二人は一向にその話を持ち出さない。話題にするのは、最近の二人のドライブ中のハプニングや、ぼくとディエムのエピソードだ。

二人はディエムとランドリー夫妻が出かけていることを残念がった。次に立ち寄ろうと思ったときには、先に知らせてほしいとさりげなく言ってみる。そうすればみんなが助かる。

父さんと母さんは今も、スコッティの両親と付き合いつづけている。スコッティが遅く生まれた子どもだから、年齢はパトリックとグレースのほうが少し年上だ。彼らが落ち着いているのはそのせいかもしれない。でも違いは落ち着きのなさだけじゃない。父さんと母さんはもう少しお気楽で、自由な考えを持っている。それでも、四人はごく親密とは言わないまでも、スコッティとぼくを通して絆を分かち合っている。

おまけにディエムはぼくの娘同然で、父さんと母さんにとっては孫のような存在だ。つまりみんなにとって、ディエムは大切な存在で、皆が彼女にとっての最善を望んでいる。

たぶんそれが、父さんがグリルを掃除しに裏庭に行くなり、母さんがスツールに座って、にっこり笑った理由だ。母さんお得意の「秘密があるでしょ、白状しなさい」の笑顔を浮かべて。

ぼくは母さんの笑顔に気づかないふりをして、残りの皿洗いを続けた。だが母さんが話を切り出した。「ここに座って。父さんが戻ってくる前に話しちゃいなさい」

手を拭き、カウンターの向かいに座ると、母さんはすべてお見通しという顔でぼくを見た。まあ、驚くことでもない。母さんは一度見た人の顔は忘れないと言ったけれど、それは本当だ。いつも感心させられる。

「スコッティの両親は知ってるの?」母さんが聞いた。

ぼくはとぼけた。「知ってるって、何を?」

母さんは首を傾けた。「彼女が誰か、すぐわかったわ。あの日、彼女がバーに入ってきたときに」

待って、どういうこと？「母さんが酔っぱらってた日？」

母さんはうなずいた。今、思えば、たしかにカナがバーへ入ってきたとき、母さんは彼女のことをじっと見ていた。でもなぜそのことについて、ぼくに何も言わなかったのだろう？　数日後に、電話で話して、カナが町に戻ってきたと話したときにも何も言わなかった。

「この間話したとき、彼女は町を出ていくと言ってたから」母さんは言った。

「出ていくつもりだ」ぼくは罪悪感を覚えた。なぜなら心のなかでは、全力でその反対を望んでいるからだ。「出ていくつもりだったんだ。今は知らないけど」

「パトリックとグレースは知ってるの？　あなたたち二人が……」

「いや」

母さんはふっとため息をついた。「どうするつもり？」

「わからない」正直に答える。

「これはまずいわ」

「だよね」

「彼女を愛してるの？」

ぼくはゆっくりと重い息を吐いた。「これだけは言える。もう彼女を憎んではいない」

母さんはグラスのワインを一口飲んで、ぼくの言葉を考えている。「まあ、あなたが正しいと思うことをやるしかないわね」

ぼくは眉をしかめた。「何が正しいのかな？」

母さんは肩をすくめた。「わからない。わかればいいけど」

ぼくはふっと息を吐いた。「アドバイスにならないアドバイスをありがと」

「そのためにわたしがここにいるのよ。こうやって、おろおろしながら見守るのを親の役目って言うの」母さんは微笑んで、カウンターの向こうからぼくの手を握った。「彼女のことを考えてるのね。行ってもかまわないわよ」

一瞬、ぼくはためらった。カナのところに行きたくないからじゃない。母さんが真実を知って、それでもぼくを止めないことに驚いたからだ。

「カナを責めないの？」わずかな沈黙の後、ぼくは母さんにたずねた。

母さんはまっすぐな目でぼくを見た。「スコッティはわたしの息子じゃない。だからみんなのことを気の毒に思ってる。カナのこともね。でももしスコッティに起こったことがあなたに起こったら、パトリックやグレースと違う決断をしたかどうかわからない。このサイズの悲劇では、事は単純じゃない。誰もが正しくて、誰もが間違っている可能性がある。でも……」母さんは言葉を継いだ。「わたしはあなたの母親よ。だからもしあなたが彼女に特別なものを感じるなら、きっとそうなんだと思う」

ぼくは母さんの言葉を噛みしめ、次の瞬間、車のキーとスマホをつかんで、頬にキスをした。

「明日もここにいるよね？」

「ええ、あと二、三日はいるわ。父さんには、あなたのかわりにおやすみって伝えておく」

36

カナ

玄関にノックの音が聞こえたとき、わたしはシャワーのなかにいた。何度も激しくノックする音、レディ・ダイアナはそんなふうにノックをしない。そしてレジャー以外に、ここに来たことのあるのはレディ・ダイアナだけだ。

コンディショナーを洗い流し、バスルームのドアを開けて叫ぶ。「ちょっと待って！」大急ぎで髪を拭き、水滴の跡を残しながらドアへ向かった。

Tシャツを着て、下着をはく。ジーンズをつかんで、のぞき穴から外を見る。そこにいたのはレジャーだった。鍵を開け、彼が入ってくると同時に、ジーンズに脚を通す。

半裸のわたしを見て、レジャーはぎょっとしたようだ。ただそこに立ち尽くして、わたしを見つめている。その間にわたしはジーンズのボタンを留めて、にっこり笑った。「パパとママをほっぽらかしてきたの？」

彼がわたしを引き寄せキスをしようとした。でもわたしは彼を押しとどめた。このキスはただのキスじゃない。キスの背後にたくさんのことがありそうだ。三時間前に別れたばかりなのに、まるで何週間ぶりに会ったみたいな様子だ。

「いい匂い」彼がわたしの濡れた髪に顔をうずめ、太ももを持ち上げて、脚を彼の腰に回させる。彼はそのまま歩いて、わたしをソファにおろした。

「ここはベッドじゃないわよ」わたしはからかった。

彼はわたしの下唇を軽く嚙んだ。「いいんだ。今日の午後みたいにうるさいことは言わない。今はきみとなら場所はどこでもいい」

「どうせなら、あそこのマットレスに移動しない？　このソファはどうかと思う」

彼はさっとわたしを抱き上げ、マットレスに落とした。でもうなじにキスをしている最中、アイヴィが鳴きはじめた。マットレスにのぼってきて、レジャーの手を舐める。彼はキスをやめ、子猫をまじまじと見た。

「これは気まずいよね」

「バスルームに入れてくる」子猫を抱き上げ、バスルームにいくと、キャットフードと水を与える。それからレジャーの上に乗った。彼をまたいで、上半身を起こすと、彼はわたしを上から下へと見つめながら、太ももをさすった。

「こうしてるの、今もいいと思う？」彼がたずねる。

「何が？　わたしたちのこと？」

彼はうなずいた。

「いいなんて思ったことない。わたしたちってひどいわよね」

彼はわたしのシャツをつかみ、唇が触れるまでわたしを引き寄せると、もう片方の手でお尻をつかんだ。「真面目な話だ」

わたしはにっこり笑った。固くなった彼自身を押しつけられているときに、真面目になれっていうほうが無理だ。「今、あなたの上に乗ったこの状態で、まともな話ができると思う?」

彼はくるりと体勢を変えて、わたしの上に乗った。「コンドームを持ってきた。きみの服を脱がせて、もう一度セックスしたい。でもこの関係が深まる前に、ランドリー夫妻とちゃんと話をするべきだったと思ってる」

「セックスの話を?」

彼はため息をついた。「カナ」名前を呼ばれると、まるで授業を受けている生徒になった気分だ。でも次の瞬間、彼は唇を押しつけてきた。甘く、柔らかなキス、これまで交わしたどのキスとも違う。

彼が何を言いたいのかはわかっている。でももう話し合いには飽き飽きしている。しばらくは考えたくない。彼と一緒に過ごすたびに、自分がどんな状況に置かれているのか考えてしまう。今後のことを考えると気が重くなる。正直言えば、恐ろしい。

わたしは手を上げ、彼の頬についているソファの毛玉を払った。「わたしがどう思っているか、本当に知りたい?」

「もちろん。だから聞いてる」

「わたしたちはずっと行ったり来たりを繰り返してる。あなたが心配して、次の瞬間、わたしも心配になって、そしてまたあなたが心配する。でも問題はまったく解決しない。もうどうにもならないんじゃないかと思うこともある。もしかしたらうまくいくかもしれないけど。でもどっちにしてもわたしたちは一緒にいるのが好きで、ハッピーエンドになるか、バッドエンドになるか、予測もつかない未来のことをぐるぐる考えて時間を無駄にしたくないの。だから脱がせて、そして抱いて」

レジャーは首を振って、微笑んだ。「ぼくの心が読めるみたいだね」

たぶん、でも感じていることをすべて口に出したわけじゃない。

恐れも感じている。心の底では彼が何を言っても、ランドリー夫妻のわたしに対する気持ちが変わらないのではと思っている。彼らは間違っていない。二人の決断が彼らにもっとも多くの心の平穏をもたらしてくれるのなら、きっとそれは正しい決断だ。

わたしは彼らの決断を尊重する。

今夜以降は。

でも今は、皆もこんなふうに見てくれたらいいのにと思うように、わたしを見てくれる、世界でたった一人の人、レジャーだけを見て、ほかのことはすべて忘れたい。そのために彼に嘘をついて、この物語がきっとハッピーエンドを迎えることができるふりをするのが必要なら、そうする。

彼のシャツを脱がせ、わたしのシャツの隣に置く。それからジーンズも。数秒以内に、わたしたちは生まれたままの姿になり、彼がコンドームを付けた。なぜこんなに急いで事を進めているのかわからない。でもわたしたちはすべてを急いだ。キスして、触れて、喘いで、まるで時間切れになってしまうことを恐れるように。

彼はわたしの体をキスでたどり、下へと向かうと、脚の間に頭をうずめた。左右の太ももにキスをして、舌で優しくわたしを開いていく。あまりの快感に、わたしはマットレスにかかとを押しつけて、背中をそらし、彼はわたしの太ももをつかんで、引き戻した。何かつかめるものを探すけれど、ブランケットもない。わたしは彼の頭の動きに合わせて動く髪をつかんだ。

あっという間に快感のうねりが体を駆け抜け、爪先が反りかえる。彼の巧みな舌の動きで、わたしは震え、喘ぎ、ついに我慢ができなくなった。彼が欲しい。髪をひっぱると、わたしの体を這いのぼってきた彼が、一気にわたしを貫いた。

激しく貫かれ、最後にわたしたちは汗にまみれて、息も絶え絶えにマットレスのそばの床で果てた。

絡まりあって、シャワーを浴びる。降り注ぐシャワーのなかで、彼は静かにわたしを後ろから抱きしめた。

いつか彼にサヨナラを言うことを考えると、体を丸めて泣きたくなる。わたしは自分で自分に言い聞かせた。ランドリー夫妻の気持ちが変わるかもしれない。きっとうまくいく。明日でもなく、今月のいつかでなくてもいい、でもいつかレジャーの言うとおりになってほしい。未来のどこかで、彼の言葉が二人の気持ちを変えてくれるかもしれない。

たぶんレジャーは二人に何かを言うだろう。種を植えるように。やがてその種が芽を出し、育って、二人と心を通わせられる日がくるかもしれない。

どうなっても、彼には感謝しかない。彼がわたしに与えてくれた許しに。たとえ彼以外の誰もわたしを許さなくても。

わたしはくるりと彼に向き直った。手を上げ、彼の頬に触れる。「たとえあなたがディエムを愛していなくても、きっとあなたと恋に落ちたと思う」

彼の表情が変わった。そしてわたしの手のひらにキスをした。「ぼくがきみと恋に落ちたのは、きみがディエムをすごく愛しているからだ」

まいった。さすがはレジャーだ。

わたしはもう一度彼に感謝のキスをした。

37

レジャー

人生は不思議だ。今日、ぼくは結婚したばかりの妻の隣で目覚め、オーシャンフロントのリゾートでハネムーンを祝っているはずだった。

それが今、粗末な部屋のマットレスの上で目覚めた。隣にいるのはぼくが何年も憎みつづけた女性だ。もし去年、水晶玉のなかにこの光景を見せられていたら、いったい何がどうなって、自分がそんなばかな決断をしたのだろうと思ったに違いない。

でも今、ぼくは自分がはっきりとしたビジョンを得て、ここにいるとわかっている。これまでの人生で、これほど確信をもってした選択はない。

カナはまだ起こさないでおきたい。穏やかに眠っているし、ぼく一人で今日のプランを練る時間も必要だ。この問題に立ち向かうのは早いほうがいい。

どんな結果になるか、心配はある。もう二、三週間、カナと人知れず至福の時間、きっとうまくいくという希望に満ちた時間を過ごしていたい気もする。

でも長く待てば待つほど、話がややこしくなる恐れもある。ぼくがもっとも恐れているのは、自分たちから穏やかに話を切り出す前に、パトリックとグレースに嘘をついていたのがばれることだ。

カナが腕を動かし、目をおおって、横を向いた。ぼくに背中をぴったりとくっつけて、うめく。「まぶしい」かすれた声がセクシーだ。

ぼくは彼女のウエストに手を回し、お尻を通り、太ももをつかんで引き寄せた。頬にキスをする。「よく眠れた?」

彼女はぼくのうなじに顔を寄せて笑った。「よく眠れた? 昨日は三回連続よ。しかも狭いマットレスの上で二人で眠った。眠れてせいぜい一時間ね」

「もう九時過ぎだ。一時間以上は寝てる」

カナは上半身を起こした。「うそ? まだ夜が明けたばかりだと思ってたのに」上掛けをはねのける。「今日は九時から仕事よ」

「しまった。送っていくよ」ぼくは服を探した。シャツはあった。でもカナの子猫がそのなかで丸くなって寝ている。猫をそっとソファに移し、それからジーンズを手にする。カナはバスルームで歯を磨いている。ドアは開けっ放しで、彼女は真っ裸だ。ぼくは服を着る手を止めて、思わず彼女のお尻に見とれた。

彼女は鏡越しに、ぼくがじっと見つめているのに気づいて、高らかな笑い声をあげ、次の瞬間、バスルームのドアを足で蹴って閉めた。「服を着て」

ぼくはジーンズをはいてから、彼女のそばに行った。彼女が口を注ぎ、ひょいと脇によける。歯磨き粉を指にひねり出そうとするぼくに、引き出しに入っていた歯磨きセットを差しだした。

「二個入りパックを買ったから」彼女はセットをぼくに渡し、バスルームを出ていった。

ぼくたちは玄関で合流した。「何時に仕事が終わるの？」彼女を引き寄せると、ほんのりとフレッシュミントの香りが漂う。

「五時」キス。「クビにならなきゃだけど」キス、キス、キス。「レジャー、行かなきゃ」彼女が唇越しにつぶやく。そしてぼくたちはもう一度キスをした。

スーパーについたのは九時四十五分、四十五分の遅刻だ。でも立ち止まって別れを交わした頃には、五十分の遅刻になっていた。

「五時までには迎えにくる」ぼくはトラックのドアを閉めようとする彼女に言った。

彼女はにっこり笑った。「わたしと寝たからって、運転手になる必要はないのよ」

「寝る前からぼくはきみの運転手だ」

彼女はドアを閉め、ぼくが座る運転席のほうへやってきた。もうすでに窓はおろしてある。彼女は体をかがめ、最後のキスをした。体を引いて、しばらくぼくをじっと見つめる。何か言いたいことでもあるかのように。でも何も言わなかった。言葉が喉まで出かかっている様子だったけれど、ただじっとぼくを見つめ、次の瞬間くるりと背を向け、店へ走っていった。

家まで一キロ半ほどのところに来たとき、運転の間ずっと、自分がにやついていたことに気づいた。拭い去っても、カナのことを考えるたびにまた笑みが浮かぶ。彼女のことが頭を離れない。

両親のRVが私道を占領しているのを見て、自分の車は家の前に停めた。

グレースとパトリックはすでに戻っていた。パトリックは庭で水撒《ま》きの最中で、ディエムはチョークを入れたバスケットを手に、私道に座り込んでいる。

ぼくは笑顔を拭い去った。一度の笑みでこの二十四時間に起こったことのすべてを知られることはないだろう。でもパトリックはぼくをよく知っている。ぼくの様子で何かあったと気づくかもしれない。そうなれば質問をされる。そしてきかれれば、さらに多くの嘘を重ねることになってしまう。

ぼくがトラックのドアを閉めたとたん、ディエムが振り向いた。「レジャー！」彼女は左右を見て、通りの真ん中でぼくを迎えた。彼女を抱き上げ、ハグをする。

「ノノのお母さんの家で楽しんだかい」

「ねえ、カメを見つけたんだよ。ノノが飼ってもいいって。ガラスのやつに入れて部屋に置いてるの」

「見たいな」地面におろすと、ディエムがぼくの手を取った。だが芝生にたどり着く前に、パトリックがちらりとぼくの目を見た。

たちまち心が沈む。

パトリックの表情が硬い。「やあ」とも言わない。にがりきった表情だ。

彼はディエムを見て、言った。「一分でカメを見せておいで。ノノはレジャーに話があるから」

ディエムは祖父から放たれる緊張はそっちのけで、スキップをして家のなかに入っていく。

一方ぼくは、パトリックが水を撒く芝生の端で凍りついていた。玄関のドアが閉まっても、彼は何も言わなかった。ただ淡々と水撒きを続けている。まるでぼくが自ら罪を認めるのを待っているかのように。

考えられる理由はほかにもある。パトリックの態度を見る限り、何かまずいことがあるのは明らかだ。でも先に口を開けば、的はずれなことを言ってしまう可能性もある。何かよくないこと、たとえば彼の母親が病気だとか、ディエムには聞かせたくないことがあるのかもしれない。

でも絶対にカナと関係があることのはずがない。だからとにかく彼が話し出すのを待った。

彼はノズルを放すと、ホースを地面に置いた。こちらにむかって歩いてくる。踏みしめるような一歩一歩に、胸の鼓動がシンクロする。ぼくから一メートルほどのところで、ぴたりと立ち止まった。でもぼくの鼓動は止まらない。気まずい沈黙が流れるなか、彼が何かに立ち向かおうとしているのがわかった。パトリックは争いを好む人間じゃない。その彼が「さてと」とも言わずに、話を切り出そうとしているなんて心配を通り越して恐怖だ。

何か言いたいことがあるらしい。それも深刻な問題が。ぼくはさりげない口調で、緊張を和らげようとした。「いつ戻ってきたの？」

「今朝だ」彼は言った。「どこへ行ってた？」まるで夜中に抜け出した息子を叱りつける父親のような言い方だ。

なんと答えればいいのかわからない。何か一番ましな嘘をつこうと考える。だがどれもしっくりこない。両親のＲＶが邪魔だったから車はガレージに停めていたとは言えないし、家にいたとも言えない。なぜならトラックがここになかったのは明らかだ。

パトリックは首を振った。その顔には特大サイズの失望が浮かんでいる。

「あいつはきみの親友だったんだぞ、レジャー」

ぼくは思わず息をのんだ。ポケットに手を入れて、足もとを見た。なぜパトリックはそんなことを？　言葉がない。彼が何をどんな形で知っているのかわからない。

「今朝、彼女のアパートメントにきみのトラックが停まっているのを見たんだ」パトリックは低い声で言った。ぼくを見ようともしない。今、自分と向かい合っている人間に我慢がならないとでもいうように。「偶然だと思った。きみと同じようなトラックを持っている誰かがそこに住んでいると思ったんだ。でもトラックの隣に車を停めてよく見ると、ディエムのチャイルドシートが目に入った」

「パトリック――」

「彼女と寝たのか？」抑揚のない声にかえって動揺が激しくなる。

ぼくは胸の前に置いた腕で、左の肩をつかんだ。胸が締めつけられる。肺がレンチに挟まれたみたいに息ができない。「三人でじっくり話したいと思ってたんだ」

「彼女と寝たのか？」パトリックはもう一度繰り返した。今度は大きな声で。

話がどこに向かうのかわからないいらだちを覚え、ぼくは顔をなでおろした。二、三時間考えてから、二人と話をするつもりだった。そうできたらよかったのに。「ぼくたちは皆、彼女を誤解していると思う」だがぼくの声に説得力はない。なぜなら今言えそうなことは何もないし、激怒しているパトリックに何を言ってもむだだ。

彼はうつろに笑った。だが次の瞬間、眉をひそめ、もっとも悲しげに顔をゆがめた。

「ぼくたち《we》だと？　わたしたち《we》が間違っていたと？」一歩近づき、ようやくぼくの目を見た。

彼の目に憎しみがあふれている。「彼女がわたしたちの息子を置き去りにしたんだろう？　彼女のせいで、きみの親友がこの世の最後の数時間を、息も絶え絶えに道路の脇で過ごしたんじゃないのか？」涙が一粒こぼれ、彼はその涙をさっと拭った。大きく深呼吸をして、ぼくをどなりつけたくなる衝動をこらえている。

「あれは事故だったんだ、パトリック」ぼくは小さな声で言った。「カナはスコッティを愛していた。パニックになって、間違った判断をした。でもその罪は償った。これ以上彼女を責める意味がある？」

パトリックはその質問にこぶしで答えた。ぼくの口もとめがけて強烈な一発を放った。

ぼくは無抵抗だった。パトリックとグレースがこんな形でぼくとカナのことを知ってしまったのを申し訳なく思っている。何百万回だって殴られてもいい。自分を守ったりしない。

「やめろ！」父さんが家から走り出てきて、ぼくたちのほうへ向かってきた。パトリックはもう一度ぼくを殴った。グレースも家から飛び出してくる。父さんがぼくたちの間に割って入る前に、三発目のパンチが炸裂した。

「いったいどうなってる、パット？」父さんが叫ぶ。

パトリックは父さんを見ようともしない。微塵《みじん》の後悔もない目で、ぼくをにらみつけている。

ぼくは話をしようと一歩前に踏み出した。なぜならようやくそれが皆の知る事実になった今、この会話を終わらせたくない。でもディエムが外に駆け出してきた。パトリックは彼女に気づかず、ぼくに再び突きを入れた。

「なぜ、こんな！」父さんが叫び、パトリックを殴った。「やめろ！」

目の前で繰り広げられる騒ぎに、ディエムが泣きはじめた。グレースが彼女を家のなかに連れていこうとする。だがディエムはぼくの名前を叫んで、手を伸ばした。どうすればいいのかわからない。

「レジャーと一緒にいる」ディエムの悲痛な声が聞こえる。

グレースが振り向いて、ぼくを見た。裏切り者、彼女の顔にはそう書いてあった。きっとパトリック以上に傷ついているに違いない。

「グレース、お願いだ。話を聞いてほしい」.

グレースはぼくに背を向けると、ディエムを連れて、家のなかに入っていった。ドアが閉まっても、まだディエムの泣き声が聞こえている。その泣き声に胸がつぶれる思いがした。

「自分の選択をわたしたちに押しつけるな」パトリックが言った。「きみはあの女を選んでもいい。あるいはディエムを選ぶこともできる。だが五年前、わたしたちが心穏やかに過ごすため、ようやくたどり着いた決断を非難するのはやめてくれ。きみは自分のために選択をしたんだ、レジャー」パトリックはぼくに背を向け、家に戻っていった。

父さんが腕を離し、ぼくの前に立ちはだかった。ぼくをなだめにかかるつもりだ。でもぼくはその隙を与えず、トラックへ歩いていき、家を後にした。

ぼくはバーへ向かった。店のなかに入るかわりに、ローマンの部屋に上がる階段へ続くドアを叩く。しばらく叩きつづけると、ようやくローマンが出てきた。とまどいながらも、ぼくの切れた唇を見て、言った。「ひでえな」一歩、脇によけ、ぼくにつづいて階段を上がった。

「何があった?」

「カナと寝た。それがパトリックとグレースに知られた」

「その傷はパトリックに？」

ぼくはうなずいた。

ローマンは目を細めた。「おまえは殴り返さなかったよな？　相手は六十だぞ」

「もちろん殴り返してない。だが歳は問題じゃない。あっちはぼくと同じくらい力強かった。殴り返さなかったのは、殴られるだけの理由があると思ったからだ」ぼくは口からペーパータオルを引き出した。血がべっとりついている。バスルームへ行き、顔の傷を調べる。目は大丈夫、少しあざになる程度だ。だが唇はなかからざっくり切れていた。力一杯殴られた拍子に歯で切れたのだろう。「ちくしょう」血が口から噴き出る。「縫わなきゃ」

ローマンはぼくの唇を見て、顔をしかめた。「ひでえ」布巾を取って、それを濡らすとぼくに渡した。「行こう。ERに送っていく」

38

カナ

弾む足取りで店を出ると同時に、レジャーのトラックが駐車場に停まっているのが目に入った。

彼もわたしが出てくるのを見つけて、車で駐車場を横切ってくる。トラックに乗り込むと、首を伸ばして運転席の彼にキスをする。でも彼はこちらを向こうとはしない。わたしのキスは頰に着地した。

いつもなら真ん中に座るところだけれど、今日は彼がコンソールを下ろしたままで、ドリンクホルダーには飲みものが置かれている。わたしは助手席に座り、シートベルトを締めた。

彼はわたしが車に乗りこんでからずっとサングラスをかけたままだ。不安になりはじめたところで、彼がコンソール越しにわたしの手を握った。その仕草にほっとする。もしかしたら彼が今日一日、昨日の夜のことを後悔しながら過ごしたのではと心配になりはじめていたからだ。でもわたしの手を握る彼の手から、会えて嬉しいという気持ちが伝わってくる。心配しすぎは悪い癖だ。「ねえ、聞いて」

「何？」

「昇格したの。キャシャーに。時給が二ドル上がるのよ」

「すごいよ、カナ」でも彼はまだわたしを見ようとしない。わたしの手を離し、ドアに肘をつき、片手を頭にあて、もう片手でハンドルを操っている。なんだかいつもと違って見える。わたしはじっと彼を見つめた。口数も少ない。

喉の渇きを覚えて、彼に声をかけた。「これ、飲んでもいい？」

レジャーはカップホルダーからドリンクを取り出して、わたしに渡した。「甘いお茶だ。二、三時間前のものだけど」

ドリンクを受け取り、さらに彼を見つめる。わたしはカップをホルダーに戻した。「何かあった？」

彼が首を振った。「別に」

「二人に話したのね？　それで騒ぎになった？」

「何でもない」彼の声が嘘で曇る。自分でもそのことに気づいているらしい。しばらく黙り込んだのち、彼は言った。「先にきみを送っていくよ」

シートに体を沈めると、不安が波のように襲ってきた。

今はむりに聞き出すのはやめよう。彼のよそよそしい態度の原因を知るのが怖い。アパートメントまでの道中、もしかしたらこれがレジャー・ウォードがわたしを家に送ってくれる最後になるかもしれないと考えながら、ずっと窓の外を眺めていた。

彼は駐車場に車を停め、エンジンも止めた。わたしはシートベルトをはずし、外に出た。でもドアを閉める直前、彼が運転席に座ったままでいることに気づいた。ハンドルを指で軽く叩きながら、物思いにふけっている。数秒後、ようやくドアを開けて、外に出てきた。

彼が何を考えているのか知りたくて、わたしは車の前を回って、運転席の側へ行った。でも彼を正面から見た途端、ぎょっとして足を止めた。

「ひどい、嘘でしょ?」唇が腫れ上がっている。駆け寄ると、彼はサングラスを頭の上に上げた。ひどい青あざに囲まれた目、何があったのか聞くのも怖い。わたしはどきどきしながらたずねた。「何があったの?」

彼は肩に腕を回し、わたしを引き寄せると、頭の上にあごを乗せた。ぎゅっと腕に力をこめ、頭の脇にキスをする。「なかで話そう」わたしたちは手をつなぎ、階段を上がった。

アパートメントのなかに入り、ドアが閉まるや否や、わたしはもう一度たずねた。「何があったの?」

レジャーはカウンターにもたれ、わたしの手を握った。わたしを引き寄せ、見つめながら髪をなでつける。「二人は今朝、ぼくのトラックがここに停まっているのを見たんだ」

そのとたん、今朝、残っていた希望の欠片が砕け散った。「殴られたの?」

彼がうなずいた。吐き気を感じて、後ずさり、倒れまいとする。泣きたい、何がどうなったらパトリックが誰かを殴るんだろう? スコッティやレジャーの話からすると、彼は怒りに我を忘れるタイプじゃない。つまり……わたしに腹を立てているってことだ。レジャーへの怒りにわたしへの憎しみが重なって、いつもは穏やかな彼も我を忘れたのだろう。思ったとおりだ。二人はレジャーに選択を迫るに違いない。

胸から始まったパニックが、全身へと広がっていく。わたしは水を一口飲んで、足もとでしきりに鳴いているアイヴィを抱き上げた。アイヴィの存在にはいつも慰められる。今やわたしのそばにいてくれるのはアイヴィだけだ。なぜならこの物語の結末は予想がつく。プロットにひねりはない、まったく。

わたしは一つの目的を持って、この町に来た。それはランドリー夫妻や娘との関係を築くことだった。でも、彼らはそれを望んでいないことをはっきりと示した。たぶん、感情的に耐えられないのだろう。

わたしはアイヴィを床に戻し、腕を組んだ。レジャーを見ずに質問をする。「わたしにはもう会うなって言われた？」

彼はため息をついた。それがわたしの問いに対する答えだ。彼と一緒に戦おうと思った。でも今は彼に出て行ってほしい。いや、出ていくべきなのはわたしだ。

このアパートメント、この町、この州。ディエムからできるだけ遠くに行きたい。会えないまま彼女との距離が近くなればなるほど、あの家に行って、ディエムをさらってしまいたいという思いが強くなる。この町に長くいたら、自暴自棄になって、何かとんでもないことをしでかしてしまいそうな気がする。

「お金が必要なの」

いきなりお金の話をされて、レジャーはとまどったような表情でわたしを見た。

「引っ越しの費用よ、レジャー。返すつもりだけれど、引っ越して、新しい場所に落ち着くまでに必要なお金を持っていないから。もうここにはいられない」

「待って」彼はわたしへと歩み寄った。「出ていくのか？　あきらめて？」

彼の言葉にわたしの胸に怒りがこみ上げた。「できる限りのことはやった。でも接近禁止令を出されて……それをあきらめるって言うの？」

「ぼくたちのことはどうでもいいのか？　ただ、ぼくを置いて去っていくつもり？」

「ばかを言わないで。これはあなたにとってより、わたしにとって、もっとつらい決断よ。少なくともあなたはディエムと一緒にいられる」

彼に肩をつかまれ、わたしは顔を背けた。でも彼が頭に手を添え、わたしの顔を自分のほうを向かせた。「カナ、お願いだ。行かないでくれ。もう二、三週間だけ待ってほしい。どうなるか様子を見よう」

「どうなるかなんてわかってる。このまま、密かに会いつづけて、もっと愛し合って、でも二人の考えが変わらなくて、わたしはやっぱりこの町を去ることになる。二、三週間後にこの町を去るなら、今すぐ出ていくほうがはるかにいい」わたしはクローゼットに行くと、スーツケースを取り出した。マットレスの上に広げて、シャツを投げ入れる。バスに乗って隣の町に行こう、そしてホテルに泊まって、これからのことを考えるつもりだ。「お金が必要なの」わたしはもう一度言った。「あとできちんと返すわ。レジャー、約束する」

レジャーは床を踏みしだいて、わたしのもとへやってくるとスーツケースを閉めた。「やめろ」わたしを振り向かせ、抱きすくめる。「お願いだ、やめてくれ」

もっと早く出ていけばよかった。こんなのつらすぎる。

わたしは彼のシャツを握りしめた。涙があふれる。彼がそばにいなくなるのは堪えられない。

彼の笑顔を見ることも、彼の励ましを感じることもできない。今、ここで彼の腕のなかにいるのに、すでに彼が恋しくてたまらない。でも、彼のもとを去ることはつらいけれど、今、泣いているのはディエムを思ってのことだ。涙はいつも彼女のためにある。

「レジャー」わたしは静かに言った。胸から顔を離し、彼を見上げる。「今、あなたにできるたった一つのことは、ランドリー家に行って、二人に謝ることよ。ディエムにはあなたが必要なの。つらいけれど、わたしの過ちが二人を過去から動けなくしているとしたら、あなたの仕事は彼らの壊れた心を修繕したり、元通りにすることじゃない。パトリックとグレースを支えることよ。そしてわたしがいると、あなたはその仕事ができない」

彼は歯を噛みしめ、泣くまいとしている。でもわたしの言うとおりだと思ったらしい。わたしから一歩離れて、財布を開けた。「クレジットカードが必要だよね？」一枚のカードを引っ張り出す。それから二十ドル札も何枚か。動揺し、憤り、敗北感に打ちのめされた様子で、カードと現金を乱暴にカウンターに置いた。それからわたしのもとへ歩いてくると、額にキスをして、去っていった。

ドアが大きな音を立てて閉まった。

わたしはカウンターに肘をつき、頭を抱えて、さらに激しく泣いた。自ら希望を手放してしまった自分に腹が立つ。でも事故からもう五年がたつ。もし彼らがわたしを許すつもりなら、すでにそうしていたに違いない。二人は許すことで癒しを得られるタイプの人たちじゃない。

許すことに心の安らぎを見出す人もいる。でも許すことを裏切りと考える人もいる。パトリックとグレースにとって、わたしを許すことは自分たちの息子を裏切るように感じられるのだろう。わたしにできるのは、いつの日か彼らの気持ちが変わることを願うことだ。でもその日まではこれがわたしの人生で、避けられない運命だ。

やりなおそう。もう一度。レジャーはいないし、彼の励ましや信頼もないけれど、どうにか切り抜けていくしかない。まだ涙が止まらないなか、玄関のドアが勢いよく開く音が聞こえた。顔を上げると、ドアを閉めて、わたしを抱き上げ、カウンターの上に乗せて、目と目を合わせる。そして切なげな瞳で、わたしにキスをした。まるでそれが最後のキスでもあるかのように。

やがて彼は決意を秘めた目でわたしを見つめて言った。「約束するよ。ディエムが結婚するときには付添人《ベストパーソン》になれる人間でいる。彼女に最高《ベスト》の人生を与えて、母親について聞かれたときには、きみがどれだけすばらしい人かを話す。ディエムにはきみが彼女をどれだけ愛しているかを知って、成長してほしい」

頭のなかがぐちゃぐちゃだ。これからも彼のそばにいたい。

彼は腫れ上がった唇でわたしにキスをした。わたしもそっとキスを返す。それから額と額をくっつけた。彼も感情をこらえ、平静さを保とうとしている。「ごめん、これ以上きみのためにできることがなくて」彼はわたしから体を離し、後ろ歩きでドアに向かっていく。去っていく彼を見るのはつらすぎて、わたしはただじっと床を見つめた。

足の下に何かがある。ショップカードのようだ。わたしはカウンターからさっと体を引いて、そのカードを拾った。スノーコーンショップのポイントカードだ。さっき、彼の財布から落ちたに違いない。

「レジャー、待って」わたしは玄関にいた彼を呼びとめ、カードを渡した。「これ、大事でしょ」鼻をぐすぐす言わせながら、涙をこらえる。「もうちょっとで無料コーンがもらえるよ」

彼は悲しげに笑って、カードを受け取った。でも次の瞬間、顔をしかめ、ふたたび額をわたしの額にくっつけた。「二人に腹が立ってるんだ、カナ。こんなのフェアじゃない」

わたしもそう思う。でもフェアか、フェアじゃないかを決めるのはわたしたちじゃない。わたしは最後のキスをすると、彼の手を強く握りしめ、懇願した。「二人を憎まないで。お願い。パトリックとグレースはわたしの小さな娘に幸せな暮らしを与えてくれているんだから」

彼はかすかに、でもたしかにうなずいた。わたしの手を離して、去っていく彼を見たくない。わたしはバスルームに駆け込んでドアを閉めた。

数分後、アパートメントのドアが閉まる音が聞こえた。

わたしは床に泣き崩れた。

39

レジャー

家に戻っても、ぼくはなかに入らなかった。まっすぐにパトリックとグレースの家の玄関に向かい、ドアをノックした。

そうせずにはいられない。ディエムはぼくの人生に置いて、どんなときも一番の大切な存在だ。何より、誰より、どんなときも。けれどそれでも、今、ぼくの心は真っ二つに引き裂かれている。

出てきたのはパトリックだ。すぐにグレースもやって来た。また言い争いになるのではと心配しているらしい。二人とも、ぼくのけがを見て、少し驚いた様子だったけれど、パトリックが謝ることはなかった。ぼくも謝ってもらえるとは思っていない。

ぼくは二人の目を見た。「ディエムがカメを見せたいって言ってたから」

すごくシンプルだ。でも意味するところは大きい。つまりそれは「ぼくはディエムを選んだ。以前と同じようにやっていきたい」ということだ。

パトリックがじっとぼくを見る。でも次の瞬間、グレースが横から一歩進み出た。「寝室にいるわ」

それは許し、そして承諾だ。ぼくが求めている許しじゃないけれど、受け取ることにした。

寝室に入ると、ディエムは床に寝そべっていた。緑色のレゴを持ち、三十センチほど先にいるカメにむかって、自分のほうへ歩いてくるよう応援していた。

「それが例のカメ？」

ディエムは上半身を起こし、にっと笑った。「そう」ディエムがカメをつまみ上げ、ぼくたちはベッドに向かった。腰を下ろし、ヘッドボードに背中を預ける。ディエムはベッドによじ登って、カメを渡すと、ぼくの隣で丸くなった。脚の上におくと、カメはぼくの膝を目指して移動をはじめた。

「どうしてノノはレジャーを殴ったの？」ディエムがぼくの唇を見上げる。

「ときどき、大人は間違ったことをするんだ。ぼくが言ったことが気に入らなくて、ノノが腹を立てた。ノノは悪くない。ぼくが悪いんだ」

「レジャーもノノに腹を立てた？」

「いや」

「ノノはまだ怒ってる？」

確実に。「いや」ぼくは話題を変えた。「カメはなんて名前？」

ディエムはカメをつかみ、膝の上にのせた。「レジャー」

ぼくは声をあげて笑った。「ぼくの名前をつけたの？」

「そう。だって大好きだから」愛らしい声に、胸が締めつけられる。カナに今の言葉を聞かせたかった。

ぼくはディエムのつむじにキスをした。「ぼくもきみが大好きだよ、D」

カメを水槽に戻し、二人でベッドに腹ばいになっていると、いつしかディエムがうとうとしはじめた。ぼくは彼女がぐっすりと寝入るまで、もう少しそのままでいた。

パトリックとグレースはディエムを愛している。そしてぼくのことも愛している。だからディエムとぼくを引き裂くことは一番したくないことのはずだ。二人は腹を立てるだろう。けれど、ディエムがぼくのことをどれほど好きかも知っている。たとえぼくたち三人の関係がどうであっても、ぼくはこれからもディエムの生活の大きな部分でありつづける。そして彼女の人生の一部である限り、ぼくは彼女にとっての最善を求めて戦うつもりだ。

これまでもそうするべきだった。

ディエムにとっての最善は母の存在を感じて育つことだ。

だからカナのアパートメントを出る前に、ぼくはあることをした。

カナがバスルームに駆け込んだ直後、ぼくは玄関のドアを一度閉め、出ていったふりをしてから、彼女のスマホを手にとった。パスワードは簡単にわかった。ディエムの誕生日だ。ドキュメントを開けると、そこにスコッティへの手紙が全部保存されている。ぼくはファイルをぼくのアドレスに転送して、静かに部屋を出た。

ディエムの寝室で、パトリックのプリンターに自分のスマホをつないだ。メールを開け、残りの手紙はすべて読み飛ばして、カナがぼくに読んでくれた手紙を見つける。この時点でカナのプライバシーを侵害している。彼女のスマホを使って、手紙を自分に転送した。でもほかの手紙を読むつもりはない。いつか彼女が自分で読んでくれる日までは。

今夜こそ、この手紙が必要だ。

「印刷」をタップして、目を閉じ、廊下の向かいにあるパトリックのオフィスで動くプリンターの音に耳を澄ました。

ようやくプリントが終わると、そっとディエムのベッドから降り、彼女を起こさないよう部屋を出る。プリンターから手紙を取り上げ、きちんとプリントされているのを確かめた。

「スコッティ、うまくいくよう祈っててくれ」ぼくはつぶやいた。

廊下に出ると、二人はキッチンにいた。グレースはスマホを探していて、パトリックは皿洗い機から洗い上がった皿を出している。二人は同時に目を上げた。

「どうしても言わなきゃならないことがあるんだ。大声を出すつもりはないけれど、必要ならそうするかもしれない。だから外で話がしたい。ディエムを起こさないように」

パトリックは皿洗い機を閉めた。「きみが言わなきゃならないことなんて、こっちは聞きたくもない」手振りでドアを示す。「帰ってくれ」

気持ちはわかる。でも我慢もそろそろ限界だ。うなじにじんわりと熱がこみ上げる。ぼくは怒りを押し込めた。だがそれはあまりに激しく、負けてしまいそうになる。ぼくは別れぎわのカナの言葉を思い出した。「お願い、二人に腹を立てないで」

「ぼくはディエムに人生の多くの時間を捧げてきた。だから二人もぼくの話を聞く必要がある。話を聞いてもらうまで、引き下がるつもりはない」ぼくは玄関を出て、庭で待った。一分、たぶん二分がたち、パティオの椅子に腰をおろす。二人の選択肢はこのどれかだ。警察を呼ぶ、外に出て話をする、寝室に引きこもって、ぼくを無視する。彼らが三つのどれかを選択するまで、ここで待つつもりだ。

数分後、背後でドアが開く音が聞こえた。振り向くと、パトリックが家から現われ、ドアロで一歩脇へよけると、グレースも出てきた。二人とも、仕方なくといった様子だ。だが、ぼくはとにかく話してみようと思った。待っていてもベストのタイミングはこない。この手の話をするのにも、そして彼らの人生をめちゃくちゃにした一人の女性の味方をするのにも。

これからぼくがしようとしているのは、ぼくの人生でもっとも大事な話だ。もっと準備ができればよかった。ぼくがカナとディエムの間に残された唯一の絆なのに。

ぼくは震える息を吐いた。「この五年間、すべての決断をディエムのためにしてきた。愛した女性との婚約も破棄した。なぜなら彼女がディエムに見合った女性だと思えなかったからだ。ぼくがディエムを何より大切に思っているのはわかってもらえていると思う。ぼくはあなたたちの人柄をよく知っている。そしてカナの行動がもたらす痛みから自分を守ろうとしていることも。でもカナの人生最悪の一瞬を切り取って、それが彼女のすべてだと決めつけるのはフェアじゃない。カナにとっても、ディエムにとっても。そしてスコッティにとっても」

ぼくは手紙を持った手を上げた。

「五年間ずっと、カナはスコッティに手紙を書いている。これはそのなかで、ぼくが読んだ唯一の手紙だ。でもたった一通でも、ぼくの彼女に対する見方が変わるのに十分だった」ぼくはしばし沈黙し、自分の言葉を頭のなかで反芻《はんすう》した。「いや、違う。正確に言えば、ぼくはこの手紙を知る前からカナを許していた。でも彼女が手紙を読んでくれたとき、ぼくたち同様、彼女もまた傷ついていることを知った。そしてぼくたちが痛みを与えつづけることで、彼女をじわじわと追いつめていたことも」ぼくは額に手を当て、何かもっとインパクトのある言葉を考えた。「ぼくたちは子どもから母親を取り上げた。その罪は大きい。スコッティはきっとぼくたちに腹を立てているはずだ」

ぼくがしゃべるのをやめると、あたりが静かになった。あまりにも静かすぎる。二人の息の音も聞こえない。ぼくはグレースに手紙を渡した。「読むのはつらいと思う。でもこの手紙を読んでほしいのは、ぼくがカナを愛しているからじゃない。彼女がスコッティが愛した相手だからだ」

グレースが泣きはじめた。パトリックはまだぼくの目を見ようとしない。だが手を伸ばして、妻の肩を抱き寄せた。

「ぼくは人生の五年間をあなたたちに捧げた。ぼくのためにほんの少しだけ時間を割いてほしい。この手紙を読むのには二十分あれば十分だ。そして読んだら考えてほしい、それから話し合いたい。二人がどういう決断をしても、必ず受け入れるつもりだ。でもお願いだ、お願いだから、ぼくに二十分をください。ディエムのために、彼女の人生にもう一人、彼女を愛する人を迎えることを考えてほしい。生きていたら、スコッティもきっとそう望んだはずだ」

二人に反論したり、手紙を返す余裕は与えなかった。ぼくはすぐに向きを変えて、自分の家に戻った。二人が家のなかに入ったか、あるいは手紙を読んだか、窓から様子を見ることもしなかった。

ひどく緊張して、震えが止まらない。

父さんと母さんを探すと、二人は裏庭にいた。父さんはＲＶからいろいろなものを取り出して庭に広げ、ホースの水で洗っている。母さんはパティオに座って本を読んでいた。ぼくは母さんの隣に座った。母さんは目を上げ、にっこり笑った。でもぼくの顔を見て、ペーパーバックをぱたんと閉じた。

ぼくは背中を丸め、両手で頭を抱えて泣きはじめた。耐えられない。ぼくが愛する人たちの人生が今、この瞬間にかかっている。感情が抑えきれない。

「レジャー」母さんが言った。「かわいそうに」母さんは腕を回し、ぼくを抱きしめた。

40

カナ

昨日は泣きすぎて、頭痛とともに目が覚めた。

レジャーがメッセージか、電話をくれるのではと思っていた。でもどちらもなかった。もっともそれを望んでいたわけでもない。ごたごたするよりは、いさぎよく別れたほうがいい。

あの夜のわたしの決断が、五年後の今、さらなる犠牲者を生むなんて嫌だ。あの夜の余波はどこまで続くのだろう？　永遠に広がっていくのだろうか？

わたしたちが皆、同じ量の善と悪を持って生まれてきたのだろうかと思うことがある。誰かが誰かより悪意があるとかではなく、皆、等しい量の邪悪な部分を持っていて、それをそれぞれに異なるときに解放するのだったらどうなるのだろうって。

よちよち歩きのときに自分のもっとも邪悪な部分を吐き出してしまう人がいる一方で、十代の数年に、手に負えなくなる人もいる。大人になってから、ごくわずかな悪意を吐き出しつづける人もいるかもしれない。悪意はじわじわと滲みだし、それは死ぬまで毎日、続く。

でもわたしのような人々もいる。一度に、たった一夜で、すべての邪悪さを一気に放つ人たちが。

一気に放出された悪は、じわじわと滲みだした悪より圧倒的に影響が大きい。後に残る破壊の余波が、人々の記憶の地図の上ではるかに大きなスペースを覆いつくす。

世の中には善人と悪人の二種類がいて、その間の人はいないとは思いたくない。自分がほかの人よりとびきり邪悪な人間で、体のどこかに邪悪さのバケツがあって、空になるたびに補充されつづけ、過去に犯した過ちを何度も繰り返すことができるとも思いたくない。でも五年を経ても、わたしのせいで今も苦しんでいる人がいる。

でも自分の人生の軌跡に、破滅的な状況を残したけれど、わたしは悪人じゃない。邪悪な人間じゃない。

週に一度のセラピーを五年間受けつづけて、ようやくそれがわかった。そして最近になって、声に出して言えるようになった。「わたしは悪人じゃない」と。

午前中はずっと、レジャーがくれたプレイリストの曲を聞いて過ごした。悲しいことを思い出させる曲は本当に一つもない。こんなにたくさんの曲をどうやって見つけたのだろう？きっとすごく時間がかかったに違いない。

わたしはメアリー・アンからもらったヘッドホンをつけ、プレイリストをシャッフルにして、部屋の掃除を始めた。どこに引っ越すかを決めたら、保証金を返してもらわなきゃならない。ルースに払い戻しをしない理由を与えないようにしたい。

掃除をはじめて十分ほどたったところで、今までとは違うリズムが聞こえた。しばらくたって、それが音楽じゃないと気づいた。

ノックの音だ。

ヘッドホンをはずすと、一気にノックの音が大きくなった。誰かがドアをノックしている。胸の鼓動が速くなる。それがレジャーであってほしくない、でもレジャーであってほしい。もう一度キスをされてもわたしは壊れない。たぶん。

わたしは爪先立ちでドアへ向かい、のぞき穴から外を見た。

レジャーだ。

ドアに額をつけ、どうするのが正解か考えた。彼は今、弱っている、でも彼を入れるわけにはいかない。今、彼を受け入れたら、わたしは破滅する。このままくっついたり離れたりを続けたら、二人ともダメになる。

わたしはスマホで彼にメッセージを打ち込んだ。**ドアは開けない**

のぞき穴から見ていると、彼がメッセージを読んでいる。でも彼の表情は揺らがない。彼はのぞき穴の前で、ドアノブの方向を指さした。

やだ。**指をさすなんて卑怯だ。**わたしはチェーンロックをはずし、ほんの数センチだけドアを開けた。「わたしに触れたり、キスをしたり、優しいことを言わないでね」

レジャーは微笑んだ。「努力する」

そろそろとドアを開ける。でも彼はなかに入ってこようともしない。ただそこに立ったまま言った。「少しだけ時間がある？」

わたしはうなずいた。「大丈夫。入って」

彼は首を振った。「ここでいい」彼はアパートメントのなかを指すと、一歩脇に避けた。

彼の後ろから現われたのはグレースだ。

わたしははっと口に手を当てた。まさか彼女が来るとは思っていなかった。スコッティが死んで以来、会ったこともなかった。なぜグレースがここに来たのか、見当もつかない。

どういうこと？　というか、どういうことなのかも考えられない。でもグレースが現われたことで、わたしのなかにかすかな希望が芽生えた。

部屋のなかに入っても、涙が止まらない。わたしから彼女に言いたいのはたった二つ、謝罪、そして約束だ。

グレースがアパートメントに入ると、レジャーは外に残ってドアを閉め、わたしたちを二人きりにしてくれた。わたしはペーパータオルをとって、涙を拭った。でも拭っても拭っても涙が出てくる。ディエムが生まれて、連れていかれたとき以来、これほど泣いたことはないと思うほどに。

「驚かせようと思ったんじゃないの」グレースは言った。優しい声、優しい表情だ。

わたしは首を振った。「いえ……ごめんなさい。ちょっと……待って」

グレースは手振りでソファを示した。「座らない？」

グレースはポケットに手を入れ、何かを出した。そしてそれをわたしの手のひらにぽとりと落とした。

「何？　どうやって？」わたしは息をのんだ。それは昔、スコッティがアンティークショップに連れていってくれたとき、ひと目で気に入った指輪、ピンクの宝石がついた四千ドルの金の指輪だ。あのときお金がなくて買えなかった。この話を誰かにしたことはない。なぜグレースがその指輪を持っているのかわけがわからない。「どうしてこれを？」

「あなたたちがこの指輪を見た日、スコッティがわたしに電話をしてきたの。まだプロポーズをするつもりはないけど、この指輪を見た瞬間、プロポーズをするときにはこの指輪でしようと決めた。でも今はお金がないから、そのときのために、指輪を買ってほしいって。だからわたしたちはあの子にお金を貸した。彼は指輪をわたしに渡して、自分がお金を貯めるまで大切に預かっておいてくれと頼んだ」

指輪を持つわたしの手は震えている。「信じられない。スコッティがあの指輪を……」

グレースはほっと息を吐いた。「正直に言うわね、カナ。あの子が死んだ後、わたしはこの指輪を持っていたくなかった。あなたに渡そうとも思わなかった。あなたにすごく腹を立てていたから。だけどディエムが女の子だとわかって、持っていようと思った。いつか彼女に渡したいと思う日がくるかもしれないと思った。でもいろいろ考えて……これはスコッティが決めて、あなたのために買ったものだから、あなたに持っていてもらいたいと思ったの」

まだ訳がわからない。わたしはしばらくの間、じっと考えた。首を振りながら。まだ怖くて信じられない。「ありがとう」

グレースは手を伸ばし、わたしの手を強く握ると、自分のほうを見るように促した。「レジャーに約束したの。あなたには言わないって。でも……レジャーはあなたがスコッティに書いた手紙の一つをわたしに見せてくれた」

グレースが話し終わらないうちに、わたしは首を振った。なぜレジャーがわたしの手紙を？

どの手紙を渡したの？

「レジャーに言われて、昨日の夜、その手紙を読んだ」悲しそうな顔だ。「手紙に書かれた、あなたから見たあの夜の状況を読んで、わたしはさらにショックを受けて腹が立った。つらかった……すべてを知るのが。そして一晩じゅう泣いた。でも今朝、起きたときに、驚くほど心が安らかになっていたの。今日はあの事故以来、初めてあなたに怒りを感じずに目覚めた朝になった」グレースは頬を流れる涙を拭いた。「この五年の間、法廷であなたが沈黙していたことが許せなかった。冷淡すぎると思った。スコッティを車のなかに置き去りにしたのは、あなたが自分のことだけを考えて、トラブルに巻き込まれないようにしたのだと思っていた。たぶんそう思い込んでいたのは、想像もしていなかったことが起こって、どこに向けていいかわからない喪失感を誰かのせいにするほうが楽だったからだと思う」グレースは、まるで母が娘にするように、わたしのポニーテイルからこぼれた一筋の髪をすくって、耳の後ろにかけた。

わたしはとまどった。彼女がどうやって、わたしを憎むことから、そんな短い時間で許しの境地に達したのかがわからない。だからまだこわごわ様子を伺っていた。でも彼女の目からあふれる涙に真実を感じた。「許して、カナ」これは心からの言葉だ。「この五年間、わたしのせいで、あなたは自分の娘に会えなかった。言い訳の言葉もないわ。約束できるのは、あなたがこの先、ただの一日さえ、ディエムのことを知らずに過ごさないってことよ」

震え出した手を、わたしは胸に当てた。「あの……彼女に会わせてもらえるの？」

グレースはうなずき、わたしを抱きしめた。ハグの瞬間、涙腺が決壊した。髪を優しくなでる彼女の手を感じながら、わたしはそのまま数分間、今、何が起こっているのかを懸命に理解しようとした。

これこそがわたしの願っていた瞬間だ。すべてが一気に実現した。心も体も圧倒されている。以前にも、こんな夢を見たことがあった。グレースが現われてわたしを許して、ディエムに会わせてくれる。でも目が覚めると、わたしはひとりぼっちで、それが残酷な夢だったことを知らされる。**どうかこれが夢ではありませんように。**

「レジャーはここで何が起こっているかを知らないから、たぶん心配で死にそうになってるわね」グレースは立ち上がって、玄関のドアを開け、彼をなかに入れた。

レジャーはしばらく目を白黒させて、最後にわたしを見た。わたしがにっこり笑った瞬間、彼が肩の力を抜いたのがわかった。まるでわたしの笑顔がこの瞬間のすべてであるかのように。

彼がグレースをハグして、ささやくのが聞こえた。「ありがとう」

グレースはアパートメントを出る前に、わたしをじっと見つめた。「ラザニアを作るわ。夕食を食べにきて」

わたしはうなずいた。グレースが帰ると言い、まだドアが閉まるか閉まらないかのタイミングで、レジャーはわたしを腕のなかに包み込んだ。

「ありがとう、ありがとう、ありがとう」わたしは何度も何度も言った。もしレジャーがいなければ、この瞬間はけっして実現しなかった。「ありがとう」キスをする。「ありがとう」そしてようやくありがとうと言うのをやめ、長いキスをすると、最後に体を引いて、彼の目をじっと見つめた。彼もまた泣いている。その涙に、わたしの胸にこれまで感じたことのないほどの感謝の気持ちがあふれた。

彼にものすごく感謝している。彼に。

これがたぶん、わたしがレジャー・ウォードと一生の恋に落ちた瞬間だ。

「吐きそう」

「停めようか？」

わたしは首を振った。「だめ、もっと早く走って」

レジャーが励ますようにわたしの膝をぐっとつかんだ。

午後、パトリックとグレースの家に向かうのを待つ時間は拷問のようだった。グレースがわたしのアパートメントを出るやいなや、ディエムのもとに連れていってもらいたかった。でもすべて言われたとおりにしたい。できるかぎり、辛抱強くするつもりだ。

パトリックとグレースのルールを尊重する。二人の都合、決断、希望も。何もかも二人に合わせるつもりだ。娘に会わせてもらえるのだから。

スコッティは両親が大好きだった。二人はいい人だとわかっている。この決断にたどり着くまでに時間が必要だったのは理解できる。

心配しているのは、自分が何かへまをするんじゃないかということだ。何か、まずいことを言ったり……。以前、二人の家に行ったときには、へまの連続だった。今回は絶対に失敗するわけにはいかない。

わたしたちは車をレジャーの家の私道に停めた。すぐにトラックからは出なかった。レジャーはたわいもない話をして、十回ばかりわたしにキスをした。でも次の瞬間、緊張と興奮のあまり、いろんな感情がないまぜになって体のなかを駆けめぐりはじめた。とにかくこの再会を果たしてしまわなければ、爆発してしまいそうだ。

彼がわたしの手を強く握り、通りを渡って、ディエムがいつも遊んでいる芝生を横切り、ドアをノックする。

泣くな、泣くな、泣いちゃだめ。

強烈な陣痛のなかでレジャーの手を握りしめている気分だ。

ようやくドアが開いた。わたしたちの前に現われたのはパトリックだ。どうにか微笑んでこの場を切り抜けようとしているけれど、緊張が伝わってくる。彼はわたしをハグした。わたしが彼の前に立っているからとか、あるいはグレースに促されたからじゃなく、ごく自然に。

そのハグにはたくさんの意味が込められている。体を引いたとき、パトリックは涙をぬぐった。「ディエムはカメと一緒に裏庭にいる」そう言って廊下の先を示した。

パトリックから厳しい言葉や、否定的なエネルギーはなかった。謝るなら今がそのときだろうか？　でもディエムのいる場所を示したところを見ると、この後、三人で落ち着いたときにしたほうがよさそうだ。

レジャーに手を取られたまま、わたしは家のなかに入った。以前、来たとき、裏庭にも行ったことがある。だから心地よく、どこか懐かしく感じられる。でも何もかもが恐ろしくもある。もしディエムがわたしのことを好きになってくれなかったら？　ディエムがわたしに腹を立てたら？

グレースがキッチンから現われ、ディエムに会おうと裏庭に向かっていたわたしたちは立ち止まった。「ディエムにはなんと説明を？　わたしがいなかったことについて。それを知らないと……」

グレースは首を振った。「あなたのことは何も話してないの。一度、ディエムがなぜママが一緒に暮らしていないのかと聞いてきたときには、あなたの車が大きくないからだって答えた」

わたしはぎこちなく笑った。「どうしてまた？」

グレースは肩をすくめた。「パニックになっていたの。何と言えばいいかわからなくて」

わたしの車が大きくない？　それなら何とかなりそうだ。ひそかに、二人がディエムにわたしに関して否定的なことを話しているのではないかと心配していた。そんなはずないのに。

「あとはきみに任せようと思ったんだ」パトリックが言った。「きみがどの程度、ディエムに知らせたいと思っているかがわからなかったしね」

わたしはうなずき、にっこり笑って涙をこらえた。レジャーを見る。彼はまるで錨《いかり》のようにずっしりと、わたしを支えてくれている。「一緒に来る？」

わたしたちは裏庭に続くドアに向かった。ガラス越しに座っているディエムが見える。わたしはしばらくの間その様子を眺め、何であれ、次に起こる事態に備えて、彼女に関してできるだけ多くの情報を収集しようとした。次に何が来るかと思うと怖い、怖くてたまらない。ここから先は未知の領域だ。でも同時に、これまで感じたことのない希望と興奮と愛が詰まっているのを感じる。

ついにレジャーが、励ますようにわたしを肘でつついた。わたしはドアを開けた。ディエムが顔を上げ、ポーチに立っているレジャーとわたしを見る。ちらりとわたしを見て、すぐにレジャーに目を移し、ぱっと明るい顔になった。駆け寄ってきたディエムをレジャーは抱き上げた。

ふわりとストロベリーシャンプーの香りが立ち昇る。

わたしにはストロベリーの香りがする娘がいる。

レジャーはディエムを抱いて、ポーチのブランコに座り、隣のシートを指さした。わたしも二人と一緒にブランコに乗る。ディエムは彼の膝の上で、わたしと、そしてレジャーを見上げた。

「ディエム、ぼくの友だちのカナだよ」

ディエムはわたしに向かってにこっと笑った。その笑みに倒れそうになる。「あたしのカメ、見る？」彼女はそう言って、ぴんと背筋を伸ばした。

「見たい、見たい」

ディエムの小さな手が、わたしの二本の指を握る。彼女はレジャーの膝から降りると、わたしを引っ張った。ちらりと見ると、レジャーは大丈夫と言うようにうなずいた。ディエムはわたしを連れて芝生に向かい、カメの隣でしゃがんだ。

わたしもカメを挟んで、ディエムの向かい側にしゃがむ。「カメの名前は？」

「レジャー」ディエムはくすくす笑って、カメを持ち上げてみせた。「似てるから」

わたしは声をあげて笑った。彼女はカメを甲羅から出そうと一生懸命だ。ディエムから目を離すことができない。動画の彼女を見るのはわくわくしたけれど、実際にそばにいて、彼女のエネルギーを感じるとわたしまで生まれ変わった気分になる。

「あたしのジャングルジムを見たい？　誕生日にもらったの。来週で五歳になるから」ディエムはジャングルジムへ走っていく。わたしは後を追った。レジャーを振り返ると、彼はまだポーチのブランコに座って、わたしたちを見ていた。

ディエムはジャングルジムから顔を出して言った。「レジャー、迷子にならないように、カメを水槽に入れといてくれる？」

「まかせろ」レジャーは立ち上がった。

ディエムはわたしの手をつかんで、ジャングルジムに引き入れると真ん中で座った。さっきよりリラックスできる。ここならだれにも見られる心配がない。彼女とのやりとりを誰かに判断されることもない。

「これはね、パパが使ってたものなの」ディエムは言った。「ノノとレジャーがあたしのために組み立ててくれたんだ」

「わたし、あなたのパパを知ってるわ」

「友だちだったの？」

わたしは微笑んだ。「あなたのパパのガールフレンドだった。パパのことが大好きだったの」

ディエムはくすくす笑った。「パパにガールフレンドがいたの？」

今、目の前のディエムはスコッティによく似ている。とくにその笑顔は。こぼれそうになる涙に、わたしはあわてて顔を背けた。

でもディエムはわたしの涙に気づいた。「どうして泣いてるの？　パパがいなくて寂しいから？」

わたしはうなずき、涙を拭った。「うん、寂しい。でも泣いているのは別の理由よ。ようやくあなたに会えて、すごく嬉しいから」

ディエムは首を傾げた。「どうして？」

彼女はちょうどわたしから一メートルほどのところにいる。彼女を抱き寄せてハグしたい。わたしは自分の前の場所を手で軽く叩いた。「こっちにきて。話したいことがあるの」

ディエムはわたしのほうへ這ってくると、あぐらをかいて座った。

「今までわたしたち、会ったことがなかったよね。でも……」どう言えばいいのかわからない。だから一番シンプルに伝えた。「わたしはあなたのママなの」

ディエムの目にこみ上げる感情がよぎった。でもそれが何を意味しているのか、まだはっきりとはわからない。驚き、あるいは好奇心だろうか？「本当？」

わたしはにっこり笑った。「本当。あなたはわたしのお腹のなかで大きくなったの。そして生まれた後は、ナナとノノがわたしのかわりにあなたのお世話をしてくれた。なぜなら、ママは……」

「大きな車を買ったの？」

わたしは笑った。事前に情報をもらっておいてよかった。でなければ、ディエムが何を言っているのかわからないところだった。「今はもう車は持っていないの。でもまたすぐ買うと思う。あなたに会うのが待ちきれなくて、レジャーが車に乗せてきてくれた。ずっとずっと会いたかった」

ディエムはきょとんとして、ただ笑っている。そして次の瞬間、芝生の上を這い、ジャングルジムの壁に取りつけられた○×ゲームの遊具のところへ行った。「じゃあ、Tボールのゲームに来てね。あたしの最後のゲームだから」壁のコマの一つをくるくると回している。

「見にいくわ、絶対に」

「でも、もうすぐ剣を使ったやつを始めるんだけどね」ディエムは言った。「ねえ、このゲーム、どうやるか知ってる？」

わたしはうなずき、彼女に近寄って、○×ゲームの遊び方を教えた。

どうやらこの瞬間は、ディエムにとっては、わたしが思うほどの大事件ではなかったらしい。この出会いがどうなるのか、頭のなかで数えきれないほどのシナリオを描いていた。そしてどのシナリオでも、ディエムは泣くか怒るかして、ようやくわたしを受け入れてくれることになっていた。

でも彼女は、わたしがずっといなかったことにさえ気づいていないようだ。

わたしは心から感謝した。つまり不安と悲しみに満ちた数年はわたしだけのもので、ディエムはその間もずっと、何一つ不自由なく、幸せで恵まれた日々を送っていたということだ。

これ以上、望むものなどない。ディエムが幸せでいたからこそ、今、大きな波乱もなく彼女との再会を果たせた。

ディエムはわたしの手を握って言った。「これ、つまんない。ブランコで遊ぼ」○×ゲームを途中でやめて、わたしたちはジャングルジムから這いでた。ディエムはブランコに乗った。

「名前、何だっけ？」

「カナよ」わたしは微笑んだ。もう名前を聞かれて嘘をつく必要もない。

「押してくれる？」

わたしがブランコを押すと、ディエムは最近、レジャーに連れていってもらった映画について話しはじめた。

レジャーがポーチに出てきて、わたしたちが話している様子を見ている。そばにきて、わたしを後ろから抱きしめた。頭の脇にキスをする、そのとたんディエムが振り返ってわたしたちを見た。「キモい！」

レジャーはもう一度わたしの頭にキスをした。「これに慣れなきゃね、D」

レジャーがわたしにかわって、ディエムのブランコを押す。わたしは彼女の隣に座って、二人を眺めた。ディエムは頭をそらし、レジャーを見た。「あたしのママと結婚するの？」

たぶん結婚という言葉にも何か反応すべきだった。でも彼女が「あたしのママ」そう言ったことで頭が一杯だ。

「さあね。これからもっとお互いのことを知らなくちゃ」レジャーはわたしを見て笑った。

「たぶん、いつか、ぼくがカナにふさわしい人になったら」

「フサワシイって？」ディエムがたずねる。

「いい人になったらってことかな」

「もういい人だよ」ディエムは言った。「だからカメにレジャーって名前を付けたんだもん」

ディエムはまた頭をそらし、彼を見た。「喉が渇いちゃった。ジュースを持ってきて」

「自分でとってきなよ」レジャーが言う。

わたしはブランコから降りた。「わたしがとってくるわ」

レジャーがディエムにささやいている。「甘えん坊だな」わたしはその場を離れた。

ディエムが笑った。「甘えん坊じゃないもん」

家のなかに入ると、しばらくの間、わたしは裏庭に面した窓から二人の姿を眺めた。二人が一緒にいるところは実にほほえましい。ディエムのあまりの愛らしさに、これは夢で、目が覚めたら誰もいないんじゃないかと心配になるほどだ。でも夢じゃない。でも、この幸せをかみしめるのは、たぶん、この後、パトリックとグレースとじっくりと話をした後だ。

キッチンに入っていくと、グレースが料理をしていた。「ディエムがジュースを欲しいらしくて」わたしは声をかけた。

グレースは小さく切ったトマトを両手ですくい、サラダの上に乗せた。「冷蔵庫に入ってるわ」

わたしはジュースを取り出すと、料理をしているグレースを見た。手伝って、彼女と話がしたい。初めてスコッティに連れてこられたときにはできなかったことだ。「手伝いましょうか？」

グレースはにっこりと笑った。「大丈夫。行って、ディエムと楽しんできて」

わたしはキッチンを出た。でも足取りが重い。グレースに言いたいことがたくさんある。今日、わたしのアパートメントで言えなかったことが。振りかえると、ごめんなさいが喉もとまで出かかる。でも口を開こうとしたとたん、涙があふれた。

グレースはわたしの目を見た。わたしの表情に苦悩を見てとったのだろう。

「グレース……」わたしはかすれた声で言った。

彼女はすぐにわたしのもとへきて、わたしを抱きしめた。

奇跡のハグ、許しのハグだ。「ねえ」なだめるように彼女は言った。「聞いてくれる？」体を引くと、目と目が合った。わたしたちはほとんど同じ背の高さだ。グレースはわたしからジュースを取り上げると、脇に置いた。それからわたしの手をぎゅっと握って言った。「前に進みましょ。大切なのはそれだけ。とてもシンプルなことよ。わたしはあなたを許して、あなたはわたしを許す。そして一緒に前を向いて歩き出すの。ディエムが幸せな毎日を送れるように。いいわね？」

わたしはうなずいた。それならできる。わたしは二人を許した。ずっと許していた。

わたしが許せずにいたのは自分自身だ。でも今はもう、自分を許してもいいと思える。

そうしよう。

あなたは許されたんだよ、カナ。

41

レジャー

カナはごく自然にぼくたちになじんだ。夢を見ているような、正直、圧倒されている。夕食を終えた後、まだ皆、テーブルに座ったままで、ディエムはぼくの膝の上にいて、ぼくはカナの隣に座っていた。

夕食が始まったときには、カナは緊張していた。でも今はリラックスしている。とくにパトリックがディエムの人生の一大事について披露した後は。六か月前、ディエムが腕の骨を折ったときの話だ。

「ディエムは最初の二週間は、永遠にギブスをつけることになると思っていた。わたしたちが折れた骨は治ると言わなかったからだ。一度折れた骨は、ずっとそのままだと思ったらしい」

「やだ、まさか」カナは笑いながら言った。ディエムを見下ろし、彼女の頭を優しくなでる。

「心配だったわね」

ディエムは手を伸ばし、カナの慰めを受け入れた。そしてごく自然に、ぼくの膝を降り、カナの膝に移った。それはあまりにすばやく自然な動きだ。ディエムはカナの膝の上にすっぽりと収まり、カナがディエムに腕を回す。まるでそれが世界で一番自然なことと言わんばかりに。ぼくは感心したように二人を見つめた。でもカナは気づいていない。ディエムのつむじに頬を押しつけていたからだ。ぼくはあふれそうになる涙に、コホンと咳ばらいをして椅子を引いた。

とくに声はかけなかった。しゃべろうとすると、声がかすれてしまいそうだ。だから静かにテーブルを離れた。

四人で話をさせたい。今日、ぼくは緩衝材の役回りだ。でもぼくがいないところで、互いに話をしてほしい。ぼくにもたれていなくても、カナが彼らといてくつろげるようになってほしい。ぼくがいないときにも、皆が親しくやりとりできるのが重要だ。

パトリックとグレースの態度から、カナが自分たちが思っていたのとはまったく違う人物であることに嬉しい驚きを覚えているのがわかる。

時間、距離、そして悲しみのせいで、人は自分たちがよく知りもしない相手を悪者に仕立て上げてしまうことがある。でもカナは悪者なんかじゃない。犠牲者だ。ぼくたち皆と同じように。

太陽はまだ沈んでいない。でももう午後八時になろうとしている。そろそろディエムが眠る時間だ。カナはまだ帰るつもりはないらしい。でもぼくは今日のことを話すのが待ち遠しくてたまらない。彼女と二人っきりになって、今日が彼女の人生最良の日だったことを確かめたい。

裏口のドアが開き、パトリックがポーチに出てきた。椅子に座らず、柱の一つにもたれて、裏庭をじっと眺めている。

昨夜、手紙を二人に渡して、ここを去ったとき、ぼくはすぐに彼らから何かの反応があると思った。それがどんなものかはわからないけれど、何かはあるはずだと思っていた。メッセージ、電話、あるいはぼくの家をノックする音が。

でも何もなかった。

二人の家を出て二時間後、勇気を奮い起こして、窓から彼らの家を見ると、明かりがすべて消えていた。

その瞬間ほど絶望を感じたことはなかった。自分の努力は実らなかったと思った。でも今朝、眠れない夜を過ごした後、ドアにノックの音が聞こえた。

ドアを開けるとグレースがディエムとパトリックと一緒に立っていた。泣いたのか、目が腫れている。「彼女に会いたいの」グレースはたった一言、そう言った。

ぼくはグレースをトラックに乗せて、カナのアパートメントへ向かった。彼女がカナを受け入れるのか、拒否するのか、何を言うのかもわからず。到着すると、グレースはトラックを出る前に、ぼくを振り返って言った。「彼女を愛しているの？」

ためらうことなく、ぼくはうなずいた。

「なぜ？」

その質問にもためらいはなかった。「会えばわかるよ。カナを憎むより、愛するほうがずっと簡単だ」

グレースはそのまま無言で座って、しばらくするとトラックから降りた。ぼくと同じくらい緊張した面持ちだ。一緒に階段を上がる途中で、グレースは少しカナと二人で話したいと言った。アパートメントのなかで、二人の間にどんな会話が交わされるのか心配だった。でもそれ以上に、パトリックがこの事態についてどう考えているのかわからないのが不安だった。

まだパトリックの気持ちについては話をしていない。たぶんそれが今、彼がポーチに出てきた理由だ。

パトリックとグレースの考えが同じならいいなと思う。でも違うかもしれない。パトリックがカナを受け入れようとしているのは、ただグレースにそう言われたからかもしれない。

「カナのこと、どう思っているの？」ぼくはたずねた。

パトリックはあごを軽くさすって、ぼくの質問を考えている。そしてぼくを見ないまま答えた。「もし二時間ほど前、きみとカナがきたときにその質問をされていたら、たぶんきみに腹を立てている、そう言ったと思う。そしてきみを殴ったのも、少しも悪いと思っていないと」

パトリックはそこで息をついて、ポーチの段に腰をおろした。膝の間で手を組んで、ぼくのほうを見る。「でも気持ちが変わったのは、カナを見るきみのまなざしを見たときだ。夕食のテーブルでディエムが彼女の膝に上がったとき、目を潤ませた」パトリックは首を振った。

「きみのことは、きみがディエムぐらいの歳から知っている。その長い年月の間、一度として、わたしの信頼を裏切るようなことはしなかった。もしきみが、カナがディエムにふさわしいと言うなら、それを信じる。わたしにできるのはきみを信じることだ」

ちくしょう。

ぼくは彼から目をそらして、涙を拭った。このやるせなさをどうしたらいいのかわからない。

カナが戻って以来、何度もこの感情を覚える。

パトリックにどう返事をすればいいのかわからないまま、ぼくは椅子に深く背中を預けた。たぶん何も言う必要はない。彼の言葉だけで十分だ。

ぼくたちは一分、いや二分は無言のまま座っていた。でも以前の沈黙とはまるで違う。心地よく穏やかで、少しも悲しくはない。

「驚いたな」パトリックが言った。

ぼくは彼を見た。でも彼の注意は裏庭の何かに向けられている。彼の視線の先を追うと……

まさか……そんな。

「すごい」ぼくは静かに言った。「びっくり、ハトの豆鉄砲だ」

そう。それは生きた本物のハトだった。白と灰色のまじったハトが裏庭を歩き回っている。鳥類の歴史において、このタイミングが奇跡でもなんでもないと言いたげに、平然とした様子で。

パトリックは大きな声で笑った。困惑に満ちた笑いだ。

その笑いにぼくもつられて笑う。

彼は泣いていない。スコッティの話をしていて、パトリックが泣かなかったのは初めてだ。それはすごいことだ。今、まさにこのタイミングで、たまたまハトが裏庭に舞い降りる確率はたぶん十億分の一だ。これまでスコッティに関して、ぼくが深刻な話を避けていたのは、涙にくれるパトリックを一人残して、静かにその場所を去ることしかできなかったからだ。

でも今、パトリックは笑っている。それがすべてだ。そしてスコッティが死んで以来はじめて、ぼくはパトリックに希望を感じた。そしてぼくたち皆にとっても。

＊

カナがぼくの家のなかに入ったのは、以前、彼女がこの通りに突然現われたときだけだ。それはぼくたち二人にとって、いい思い出じゃない。だから玄関のドアを開けて、彼女をなかに案内したとき、できるかぎり歓迎の気持ちを伝えたいと思った。

今夜、彼女を独り占めできるのが楽しみでたまらない。ちゃんと、まともなベッドで。これまで一緒に過ごしたいくつかの夜もほぼ完ぺきだった。でもいつも思っていたのは、彼女にはマットレスやトラックや固い床の上はふさわしくないってことだ。

家のなかを一通り案内したい。でもまずはキスだ。玄関のドアが閉まるなり、ぼくは彼女を引き寄せた。この数時間、彼女にキスをしたいとずっと思っていた。ほんの少しの悲しみも恐れも混じらない最初のキスだ。

今までで一番お気に入りのキスだ。キスが続くうちに、家のなかを案内するのはどうでもよくなった。彼女を抱き上げ、ベッドへと連れていく。マットレスに降ろすと、彼女は伸びをして、小さなため息をついた。

「すごい、柔らかくてふかふか」

ぼくはベッドの隣のリモコンでベッドをマッサージモードにした。その動きに彼女がくぐもった声をあげる。でも彼女に覆いかぶさった瞬間、蹴り飛ばされた。「まずこのベッドを楽しみたいの」そう言って目を閉じる。

ぼくは彼女の隣に寝そべって、彼女の顔に浮かぶ笑みを見つめた。手を上げ、そっと彼女の唇をなぞり、あごから首を指でたどる。

「話したいことがあるんだ」ぼくは静かに言った。

彼女は目を開け、微笑みながら、ぼくが話し出すのを待った。

手を彼女の顔に戻し、ふたたび完璧な形の唇に触れる。「この数年間、ぼくはディエムにとってお手本になる人間でいようと思ってきた。だからフェミニズムに関する本をいくつか読んだ。女性の外見について注目しすぎるのは危険だと学んで、ディエムにもかわいいと言うのは避けて、それより大事なことを誉めるようにしてきた。たとえば賢いとか、強いとか。だからきみのことも同じように扱おうとして、きみの外見を誉めたことはなかった。めちゃくちゃきれいだと思っても、言葉に出しては言わなかった。でも今はそのことにほっとしている。なぜなら今ほどきみがきれいだと思ったことはないからだ」彼女の鼻の頭にキスをした。「カナ、きみには幸せが似合う」

カナはぼくの頬に触れ、笑顔でぼくを見上げた。「ありがとう」

ぼくは首を振った。「ぼくは何もしていない。今夜を迎えられたのは、すべてきみの努力の結果だ。こつこつとお金を貯めて、この町に引っ越して、毎日、歩いて仕事にいって――」

「愛してる、レジャー」カナはさらりと言ってのけた。「何も言わなくていい。ただ知らせたかったの、どれだけ――」

「ぼくも愛してるよ」

カナはにこりと笑い、それからぼくの唇に唇を押しつけた。キスを返そうとしたけれど、彼女はまだぼくの唇ごしに微笑んでいる。服を脱がせ、彼女の肌にむかって、何度も愛してるとささやきたい。でもそれと同じくらい、このまま彼女を抱きしめていたい。今日起こったすべてのことを考えながら。

今日はいろいろありすぎた。でも、話すことはまだまだある。「引っ越しはやめた」ぼくは言った。

「どういうこと？」

「この家を売るのはやめる。新しく建てた家を売る。ずっとここにいたいから」

「いつ決めたの？」

「たった今だ。ぼくの大切な人は皆、ここにいる。ここがぼくのホーム《いるべき場所》だ――」

あの家を建てるのにどれだけの多くの時間を費やしたかを考えると、あり得ない選択かもしれない。ローマンも多くの時間をつぎ込んでくれた。もしかしたら、材料費だけで彼にあの家を売るのも悪くない。ぼくにできるせめてものお礼だ。結局のところ、今日こうなったのもローマンがいてくれたおかげだ。彼は、あの夜、ぼくを説得し、アパートメントにカナの様子を見に行かせた。一番のヒーローはローマンかもしれない。

カナの口数が少なくなり、ぼくにキスをした。キスはそのまま一時間続き、お互い汗ばんで、疲れて、ようやく満足して、腕を互いの体にまわして抱きあう。彼女が眠りに落ちるのを見た後、ぼくは眠れず、じっと天井を見つめた。

さっきのハトについて考えずにはいられない。

このことにスコッティが関わっている可能性は？　彼が何かしたのだろうか？

それは偶然かもしれない。でも何かの啓示のようにも思える。どこかにいるスコッティからのメッセージだ。

それが偶然でも、啓示でも、どっちでもいい。いろいろな場所や物にその人の存在を感じるのが、愛する人の死と折り合いをつける最良の方法なのかもしれない。そしていなくなってしまった人がどこかで、自分の話を聞いているかもしれないというかすかな可能性にかけて、人は語りかけつづける。

「きみの愛する二人を大切にするよ、スコッティ。約束する」

42

カナ

ディエムのシートベルトをはずし、レジャーのトラックから降ろす。わたしは片手に十字架を持ち、もう片方の手で床からハンマーを取り上げた。

「本当に手伝わなくていいの？」レジャーがたずねる。

わたしはうなずいて、首を振った。これはディエムと二人でやりたい。

十字架をはじめて見つけた路肩に、ディエムを連れて行く。そして雑草と土をスニーカーの爪先で踏み、もともと十字架がささっていた穴を探すと、ディエムに十字架を渡した。「穴が見える？」

彼女はかがんで、地面を見た。

「そこにこれを入れて」

ディエムは穴に十字架を差し込んだ。「どうしてこんなことをするの？」

わたしは十字架がしっかりと立っていることを確かめた。「これがここに立っていることで、ナナが安心するからよ。車で通りかかったときにね」

「パパは喜ぶ？」

わたしはディエムの隣に膝をついた。今まで一緒にいられなかった分、一分でも彼女と一緒に過ごしたい。そして一緒にいるときは、できるかぎり彼女に正直でありたいと思っている。

「いいえ、たぶん喜ばない。パパはメモリアルなんてばかげてるって思っていたから。でもナナは違う。わたしたちは自分のためなら絶対にしないと思うことでも、大好きな人のためにはするときもあるの」

ディエムはハンマーに手を伸ばした。「やってもいい？」

わたしがハンマーを渡すと、彼女は何度か十字架を打った。でもあまりうまく打てない。わたしはハンマーをディエムから受け取り、さらに数回、強く地面に打ち込んだ。

ディエムを腕に抱きしめ、二人で十字架を見つめる。「何かパパに言いたいことはある？」

ディエムは少し考えて言った。「何て言うの？ お願いをするとき？」

わたしは笑った。「やってみて。でもパパはジーニーでもサンタクロースでもないわよ」

「弟か妹をお願いする」

スコッティ、ディエムの願いはまだかなえないでね。レジャーとは付き合いはじめて五か月よ。

わたしはディエムを抱き上げ、トラックまで歩いて戻った。「きょうだいを作るのはお願いだけじゃダメかもね」

「知ってる。ウォルマートで卵を買うんでしょ？ そしたら赤ちゃんが育つの」

わたしはディエムをチャイルドシートに戻してシートベルトを締めた。「それはちょっと違うかな。赤ちゃんはママのお腹のなかで育つのよ。覚えてる？　ママがあなたはわたしのお腹のなかで育ったのよって言ったこと？」

「うん、覚えてる。なら、もう一人赤ちゃんを育てられる？」

どう答えたらいいのかわからず、ディエムをじっと見つめる。「もう一匹、猫を飼うのはどう？　アイヴィには友だちが必要でしょ」

ディエムは嬉しそうにさっと両手を上げた。「飼う！　もう一匹！」

わたしは彼女の頭にキスをして、ドアを閉めた。

助手席のドアを開けたとき、レジャーが横目でわたしを見た。シートの真ん中を指さす。わたしはさっと横に体を滑らせ、シートベルトを締めた。彼がわたしの手を握り、指に指を絡める。目を輝かせて、わたしを見た。まるでディエムにきょうだいをプレゼントするというアイデアに胸を弾ませているかのように。

レジャーはわたしにキスをして、エンジンをかけた。

久しぶりにラジオをききたくなった。悲しい曲でもいい、何か音楽がききたい。わたしは手を伸ばして、ラジオをつけた。このトラックのなかで、レジャーのプレイリスト以外の曲をきくのは初めてだ。

ラジオをつけたのに気づいて、彼がちらりとわたしを見た。わたしはただ微笑んで、彼の肩に頭をもたせかけた。

音楽をきくと、今もスコッティを思い出す。でもスコッティのことを考えても、悲しい気持ちにはならなかった。自分を許せた今、彼との思い出はわたしをただ微笑ませる。

エピローグ

大好きなスコッティへ

ごめんね。あなたに手紙を書くのはもうやめる。これまで手紙を書いていたのは寂しさを紛らわせるためもあった。だから今、手紙が少なく、間遠になっているのはいいことだと思う。まだあなたのことが恋しい。いつだって恋しく思っている。でもあなたが残した穴は、わたしたちの心が作り出したものよね。どこにいるにせよ、あなたは自分の人生に何かが欠けているなんて思っていない。それが一番大切なことだと思う。

ディエムの成長は早い。もう七歳よ。彼女が生まれてから五年間、自分がここにいなかったなんて信じられない。ずっとここにいたみたい。レジャーとあなたのパパとママがたくさんのことをしてくれたのよね。三人はわたしに、ディエムが小さい頃どんなだったかを話して、ビデオも見せてくれる。だから、何も見逃してないって気がするの。

わたしが現われる前のことを、ディエムが覚えているかどうかわからない。今、彼女はわたしがいつもそばにいて当然だと思ってる。あなたを大好きだった人たちは皆、わたしとあなたがここにいられなかった間、ディエムにすべて必要なものを与えてくれた。

彼女はまだあなたのパパとママと住んでいるの。毎日、会いにいくけれどね。そして少なくとも週二回は、レジャーとわたしと一緒に過ごしてる。あっちの家とこっちの家、二つ寝室があるの。そして夕食は毎晩、皆で食べる。

毎日一緒に住めたらなと思うけれど、ディエムにとって、生まれてから慣れ親しんだ生活が変わらないのがいいことよね。それにパトリックとグレースにとって、ディエムは生きがいだから奪いたくない。

ディエムの人生に受け入れてもらって以来、歓迎されていないと感じたことはない。一日、いや一秒だって。皆、あたたかくわたしのことを受け入れてくれた。あなたを愛する人たちと共に、ここにいるべき存在として。

あなたはいい人に囲まれていたのね、スコッティ。ご両親、親友、親友の両親、これほど愛で結ばれた関係は、以前のわたしには想像もつかなかった。

あなたの人生に関わりがあった人々は、今、わたしにとっても関わりのある人になった。皆に愛と尊敬を与えるためなら、何でもする。名前を考えるときにも、あなたが築きあげた人々との関係を大切にして考えたの。

わたしが名前をどれだけ大切に考えているか、知ってるよね。ディエムって名前を考えるときも、長い時間、一生懸命に考えた。アイヴィって名前を決めるときにも三日間考えた。

二週間前、わたしが役所に届けたラストネームは、とびきり大切な人にちなんだの。

胸に生まれたばかりの息子を抱いたとき、涙があふれた。わたしはその子に言ったの。「こんにちは、スコッティ」って。

愛してる。
カナ

カナ・ローウェンのプレイリスト

1） レイズ・ユア・グラス――ピンク
2） ダイナマイト――BTS
3） ハッピー――ファレル・ウィリアムス
4） パーティクル・マン――ゼイ・マイト・ビー・ジャイアンツ
5） アイム・グッド――ザ・モーグリス
6） イエロー・サブマリン――ザ・ビートルズ
7） アイム・トゥー・セクシー――ライト・セイド・フレッド
8） キャント・ストップ・ザ・フィーリング
――ジャスティン・ティンバーブレイク
9） サンダー――イマジン・ドラゴンズ
10） ラン・ザ・ワールド（ガールズ）――ビヨンセ
11） ユー・キャント・タッチ・ディス――M. C. ハマー
12） フォーゴット・アバウト・ドレー
――ドクター・ドレー・フィーチャリング・エミネム
13） ヴァケイション――ダーティ・ヘッズ
14） ザ・ロード・アウト――ジャクソン・ブラウン
15） ステイ――ジャクソン・ブラウン
16） ザ・キング・オブ・ベッドサイド・マナー
――ベアネイキッド・レディース
17） エンパイア・ステート・オブ・マインド――ジェイZ
18） パーティ・イン・ザ・USA――マイリー・サイラス
19） ファッキン・ベスト・ソング・エヴァー
――ウォールペーパー
20） シェイク・イット・オフ――テイラー・スウィフト
21） BANG！――AJR

訳者あとがき

ニューヨークタイムズ紙のベストセラーリストの常連、コリーン・フーヴァーの『リマインダーズ・オブ・ヒム　あなたの遺したもの』（原題 *Reminders of Him*）をお届けします。本書はアメリカで二〇二二年一月に出版され、アマゾンでも大ヒット『イット・エンズ・ウィズ・アス』に次ぐ、レビューの多さと星の数で、今なお大人気の作品です。

主人公カナは二十一歳のとき、深夜、恋人のスコッティと飲酒後、彼を乗せて車を運転している最中に、横転事故を起こします。それだけでも大変な事態ですが、さらに最悪だったのは、パニックになったカナが、スコッティがすでに死んでしまったと思い込み、事故現場を離れてしまったこと。結局、スコッティは亡くなり、カナは保護責任者遺棄の罪に問われます。自分の間違った判断で最愛の彼を失ったことに絶望したカナは、何ら抗弁することなく罪を認め、懲役七年の刑の判決を受けて、服役するのですが、その直後、スコッティの忘れ形見を身ごもっていることに気づきます。

五年後、模範囚として刑期を短縮され、出所したカナは、スコッティと出会った町に戻ってきます。獄中出産して以来、離れ離れになり、スコッティの両親に育てられている娘にひと目でも会えたら……そう願って。ですが、もちろん事は簡単には進みません。孤独のなか町に戻って一日目に出会い、心惹かれたレジャーが、スコッティの大親友であったことが発覚したうえに、レジャーもスコッティの両親も今もカナを許せず、娘のディエムと再会させることを拒んで、徹底的に彼女を排除しようとします。もとよりカナ自身もまだ自分で自分を許せず、苦しんでいます。一方、レジャーはレジャーで、親友の死の原因を作った相手として憎みつづけたカナが目の前に現われ、事故の詳しい経緯や彼女の人となりを知るうちに、自分たちの態度がこのままでいいのか葛藤を覚えるようになり……そこから先はもうノンストップ、皆さんの心を揺さぶりつづけるストーリーが展開します。

近年、アメリカのみならず、世界中で大人気のコリーン・フーヴァーですが、彼女の作品の人気の秘訣を一言で言い表わすとすれば「共感」でしょう。フーヴァーはしばしば社会的な問題を物語の中核に据えます。たとえば『イット・エンズ・ウィズ・アス　ふたりで終わらせる』（二〇二三年・二見書房）ではパートナーによるDV、また『そして、きみが教えてくれたこと』（二〇一四年・ヴィレッジブックス）や『*Heart Bones*』（二〇二〇年・未訳）では貧困や家族の問題というふうに。この『リマインダーズ・オブ・ヒム』では、セカンドチャンスと許しがテーマです。フーヴァー作品で描かれるのは夢のようなシンデレラストーリーではありません。ロマンスの様式を踏襲し、ときには読んでいるほうが照れてしまうようなシーンを織り交ぜながらも、女性たちが身近に感じる社会的な問題をテーマに、戦いながら自らの幸せを勝ちとっていく等身大のヒロインの姿です。このロマンスとリアルのなんとも絶妙なバランスが、今の時代に生きる女性たちの心をわしづかみにしているのでしょう。

フーヴァー作品では、心に刺さるセリフも大事な共感ポイントですが、もちろん今回も魅力的な言葉が随所にちりばめられています。ほんの少しだけ、ここで紹介しましょう。

刑務所帰りの女については、皆、ある独特のイメージを持っているらしい。でも、わたしたちだって、誰かの母で、妻で、娘で、人間だ。

男は悪い噂ともうまく付き合っていける。でも女は一度、烙印を押されたら、それを払しょくするチャンスはない（カナ）。

事故のせいで、ぼくはカナをひどい奴だと決めつけていた。たしかにあの夜の彼女の選択は最悪だ。でも、もしぼくたちが悲しみのあまり、事故について咎を負わせることのできる誰かを探していたとしたら？（レジャー）

この五年の間、あなた（カナ）が許せなかった［……］想像もしていなかったことが起こって、どこに向けていいかわからない喪失感を誰かのせいにするほうが楽だったからだと思う（スコッティの母、グレース）

ほかにもまだまだ、思いがけない悲劇に翻弄される人々のリアルで切ない言葉が相次ぎます。

今回もフーヴァーが紡ぎ出す言葉の世界にどっぷりとはまって、登場人物それぞれの心の揺らぎに思いをはせ、カナがたどる再生と許しへの旅路を楽しんでいただければと思います。

余談になりますが、コリーン・フーヴァーによれば、本書を書きはじめたときには、ロマンティックコメディを書こうとしていた。でも実際にキャラクターが動き出すと、彼らはロマンティックコメディのムードとは程遠く、今回の作品ができあがった。ぜひ「次回作をお楽しみに（たぶん）！」とのこと。まだ具体的な構想はないようですが、スピード感のある展開とセリフ回しのうまさにかけては定評のあるフーヴァーのこと、どんなロマンティックコメディを書いてくれるのか、今から楽しみです。

二〇二四年二月

相山夏奏

リマインダーズ・オブ・ヒム　あなたの遺《のこ》したもの

2024年 4月25日　初版発行

著者　コリーン・フーヴァー
訳者　相山夏奏《あいやまかなで》

発行所　株式会社 二見書房
東京都千代田区神田三崎町2-18-11
電話 03(3515)2311［営業］
03(3515)2313［編集］
振替 00170-4-2639

印刷　株式会社 堀内印刷所
製本　株式会社 村上製本所

落丁・乱丁本はお取り替えいたします。
定価は、カバーに表示してあります。

ISBN978-4-576-24023-7
https://www.futami.co.jp/